Bisher von Don Both erschienen:

Rock oder Liebe
Rock oder Liebe – unplugged
Rock oder Liebe – Thunder

The unholy book of Tristan Wrangler (Sammelband)
Immer wieder Verführung (Sammelband)
Immer wieder Tristan und Mia – Hochzeitsspecial
Immer wieder ist nicht genug

1. The Tower – Mad Love
2. The Tower – Bad love

Corvo – Spiel der Liebe
Forbidden Secret (mit Emily Key)
Hope (mit Kera Jung)

1. Dark Demand
2. Unzähmbar – Liebe ohne Hard Limits
3. *Deep Instinct*

Don Both

Lost Control

aus der

Dark-Love-Reihe

A.P.P.

Lost Control
von Don Both
Drama / Romanze/ Erotik
Deutsche Erstausgabe November 2016

Kontakt: bethy86@hotmail.de
https://www.facebook.com/pages/DonBoth/248891035138778
http://donboth.weebly.com/
Lektorat: Anke Neuhäußer
Korrektorat: Anke Neuhäußer
Cover: Babels Art
Erschienen im A.P.P.-Verlag
Peter Neuhäußer
Gemeindegässle 05
89150 Laichingen
ISBN – mobi: 978-3-96115-041-0
ISBN – E-pub: 978-3-96115-042-7
ISBN – Print: 978-3-96115-043-4

Für alle, die nicht der Norm entsprechen.

Klappentext

Ich weiß, er ist nicht so wie ›normale‹ Menschen. Aber was ist schon normal? Wer legt das fest? Ich weiß, dass es Abgründe der menschlichen Psyche gibt. Schon seit Jahren tänzle ich an diesen entlang und weiß auch, dass der Absprung gleichermaßen berauschend wie zerstörend sein kann. Instinktiv fühle ich, dass er mich gleichermaßen zerstören wie berauschen könnte – es ist ein Spiel mit dem Feuer. Ein Spiel mit ungewissem Ausgang, aber ich war schon immer eine Spielerin ...
Die Faszination, die Evan Black auf mich ausübt, wird mit jeder Minute stärker. Er ist wunderschön, knallhart und skrupellos. Anstand und Moral bedeuten ihm genauso wenig, wie mir, und er kann Menschen nicht ausstehen … Aber bei mir ist das anders … Ich bedeute ihm etwas – nur was?
Wenn die wahre Liebe deine dunkelsten Dämonen zum Leben erweckt … Wenn du die Frau, die du liebst, gleichermaßen zerstören wie heilen könntest … Wofür würdest du dich entscheiden? Dunkelheit oder Licht?
Verrucht, intensiv, berauschend, anders – Die Kontrolle zu verlieren kann so schön sein …

Dies ist ein Teil der Dark Love Reihe – Liebe ohne Hard Limits.
Romantisch/erotische Geschichten über Dominanz und Unterwerfung, Grenzüberschreitungen, falsche Motive, die einzig wahre Liebe und wie sich Menschen für diese ändern können.
Alle Teile handeln von anderen Protagonisten und sind in sich abgeschlossen.

Prolog

Verdammte Schlampe!

Das geht mir durch den Kopf, während ich an einer dunklen Häuserecke lehne und beobachte, wie sie sich an ein Rudel Kerle ranschmeißt, nur um in den Club reinzukommen. Engelsgleich, sexy, wunderschön … Mit ihrer wild gelockten, blonden Mähne, ihren hellgrünen Katzenaugen und ihren endlos langen Beinen in engen Jeans, genauso wie den wunderschönen, vollen Titten, weiß sie genau, dass kein Kerl ihr widerstehen kann. Selbst ich nicht! Natürlich bin ich wie immer hart, während ich sie beobachte, aber wie immer werde ich sie nicht ansprechen und sie wird mich nicht zu Gesicht bekommen.

Ich bin nichts weiter als ein Schatten, der ihr folgt.

Selbstverständlich laden die Kerle sie allzu gerne ein, und kurz darauf landet sie mit ihnen an der Bar. Es sind Bauern, die einen Trip in diese verseuchte Stadt unternommen haben, und sie ist die gewiefte Ratte, die das ausnutzt. Wie immer an den Wochenenden wird sie mit einem von ihnen im Bett landen, vielleicht sogar mit allen auf einmal. Ich sage ja, sie ist eine kleine Schlampe! Aber sie ist *meine* Schlampe!

Deswegen verenge ich auch die Augen, als sie aufs Klo geht, und einer der Typen sofort die Möglichkeit nutzt. Aus seiner hinteren Hosentasche befördert er ein kleines Fläschchen; im Halbkreis stellen sie sich um ihr Glas wie kleine Kinder um ein totes Tier, in dem sie stochern können, und schütten den gesamten Inhalt der Flasche in ihren Drink … Sie lachen dabei, tuscheln und rempeln sich voller Vorfreude mit ihren Schultern an.

Noch wissen sie nicht, dass sie am nächsten Morgen nicht mehr aufwachen werden. Genau genommen nie wieder. Sie war schon immer mein Eigentum, aber trotzdem habe ich mich stets zurückgehalten, denn es existiert tatsächlich noch ein kleines Fünkchen in mir, das gut ist. Aber jetzt ist Schluss! Jetzt werde ich mir das holen, was ich schon immer wollte.

Ab Morgen wird sie mir gehören …

Also folge ich den Typen auf die Toiletten … und jeder von ihnen verlässt diesen Raum nie wieder. Am Schluss sind alle beseitigt und mein Weg frei …

Von hinten trete ich an sie heran, während sie immer noch an der Bar steht und an ihrem Drink nuckelt. Wie üblich kribbelt dabei mein gesamter Körper; es wird intensiver, je näher ich ihr komme. Sie ist so perfekt … fast *zu* perfekt, um sie auch nur anzusehen und mit dem Blick zu entweihen. Dennoch wage ich diesmal etwas, was ich davor noch nie getan habe: Ich trete ganz nah an sie heran, und sie verspannt sich. Obwohl die KO-Tropfen dieser Bastarde bereits wirken und der Alkohol den Rest tut, wittert sie die Gefahr, sie weiß, dass sie laufen sollte, aber dazu ist sie nicht imstande.

Dummes Mädchen …

»Wenn du wissen willst, wer deine Eltern getötet hat, dann

kommst du hierhin!« Ich gebe ihr die Illusion, dass sie endlich das erfahren wird, was sie schon immer wissen wollte. Was sie schon ihr ganzes Leben lang gequält hat … und stecke ihr einen Zettel in die hintere Tasche ihrer Jeans.

Sie wirbelt zu mir herum, hat Tränen in den wunderschönen Augen, aber da bin ich schon in der Masse verschwunden … Sie soll mein Gesicht nicht sehen, noch nicht … Aber sie wird den Zettel finden und sie wird dahinkommen, wo ich sie haben will.

Und dann kann das Spiel beginnen …

Endlich.

1. Blutrot

Herbst. Das ebenmäßige Grün des Sommers wird zu einem undefinierbaren Braun-Rot-und-Grün-Gemisch. Als könnte sich die Natur nicht entscheiden, zu welcher Farbe sie gerade tendiert. Das gefällt mir nicht, denn ich bin definitiv ein Fan klarer Entscheidungen – von Kontrolle.

Nicht, dass ich jemals diese Farben klar und deutlich oder gar strahlend sehen würde. Für mich ist alles in ein angenehmes Grau gehüllt. Nur hier und da gibt es Farbkleckse, die mein tristes Dasein erhellen. Meine Eltern, meine Schwester, Nicole und Peter, ansonsten sind sie alle gleich, ansonsten ist mein gesamtes Leben immer dasselbe.

Zielstrebig laufe ich durch den Park. Schritt für Schritt. Knartsch für Knartsch. Tag ein, Tag aus. Mitten in der Nacht – natürlich. Einmal habe ich den Fehler gemacht und bin am frühen Abend zum Joggen gegangen – ein einziges Mal –, dann nie wieder. Von Kindern angestarrt zu werden, denen das Eis am Kinn entlangläuft. Hunden dabei zuzusehen, wie sie stinkende Haufen aus ihren Körpern drücken. Grelles, lautes Lachen zu hören, vermischt mit den penetrant knarzenden Schritten eines Übergewichtigen hinter mir, die laut in meinem gesamten Schädel widerhallen …

Das alles war widerlich und nur schwer zu verarbeiten.

Jetzt bin ich schlauer und laufe ganz allein und in aller Ruhe. Vorbei an der hell flackernden Laterne, einmal den riesigen, schwarzen Stein umrunden, bei der Eiche rechts direkt zu meiner glänzenden Bank, an der ich immer meine Dehn…

Abrupt bleibe ich stehen.

Mein Körper wird steif wie ein Brett. Ich habe die Fäuste geballt, den Blick auf die Störung gerichtet, die dort gemütlich auf meiner Bank sitzt und sie belagert. Es ist doch Mitternacht – eiskalt und windig, wie der Herbst ebenso ist. ›Normale‹ Menschen liegen daheim in ihren Betten! Aber nicht sie. Sie sitzt dort im Nebel und stört einfach meinen Ablauf, ein neongelber Fleck, der aus allem heraussticht!

Auf meinen leisen Fluch hin blickt sie auf. Gerötete Augen sehen mich groß und leicht verschleiert an. Eine zierliche Hand hält eine Flasche mit durchsichtiger Flüssigkeit, hebt sie an rote Lippen in einem blassen Gesicht, soweit ich das im Schein der Laterne ausmachen kann. Sie trinkt einen Schluck und ein heftiger Schauder erfasst sie. Ihre Augen verengen sich, die Lippen verziehen sich leicht nach unten, nachdem sie sich den Mund abgewischt hat. Die Bewegungen sind abgehackt und unkoordiniert.

»Was schaust'n so blöd?«, fragt sie lallend.

Man kann meiner Meinung nach blöd sein, aber nicht blöd schauen, wie denn bitte? Irritiert runzle ich die Stirn und beschließe, diese sinnlose Frage zu übergehen. Stattdessen mühe ich mich damit ab, sie zu ignorieren und setze meinen Fuß, der in Turnschuhen steckt, mit dem üblichen Sicherheitsabstand neben sie auf die Bank. Als wäre sie nicht da, dehne ich mich, doch dabei sehe ich sie aus dem Augenwinkel unentwegt an. Sie stört meinen Ablauf erheblich, allein indem sie hier sitzt. Nicht, dass sie noch mehr im Sinn hat …

»Sag mal …«, lallt sie wieder und wedelt mit ihrer Flasche vor mir rum. »Hörsch du schlechd?«

Sie schaut mich mit hochgezogener Augenbraue an. Irgendetwas drückt von innen gegen meine Brust, raubt mir den Atem und ich wende den Blick ab. Ich fühle mich genötigt, ihr zu antworten, und ich hasse es …

»Mein letzter Hörtest fiel positiv aus. Danke der Nachfrage.« Leise und kontrolliert spreche ich – leise und kontrolliert *bin* ich. Unauffällig, ein Schatten dieser Gesellschaft, der sonst nicht von anderen Menschen wahrgenommen wird, und das ist auch gut so! Jedes noch so belanglose Wort ist eigentlich schon zu viel. Dabei kann ich nichts gegen das Stirnrunzeln tun, das sich erneut unter meinem Haaransatz ausbreitet. Was will sie von mir? Sie betrachtet mich mit schief gelegtem Kopf, verzieht die Mundwinkel nach oben, und ihre Augen fangen an zu funkeln. Ich entdecke es, weil ich einen kleinen Blick zu ihr riskiere, zu all diesem unangenehmen Strahlen. Ehe ich mich versehe wirft sie den Kopf zurück und ein melodischer Ton entschlüpft ihren Lippen – Lachen.

»Du bisch ja n verfickta Komika. Aber Komiker sind auch Hurenböcke …« Wieder folgt ein Schluck aus dieser unförmigen Flasche.

Sie passt nicht in ihre Hand.

Sie gefällt mir dort nicht.

Doch kaum ist die Flüssigkeit in ihrem Magen gelandet, wird aus dem leisen Lachen etwas anderes … Sie schnieft … laut auf … Dann füllen sich ihre Augen mit Flüssigkeit –

Tränen. Schon hat sie eine Hand vor den Mund geschlagen und ein Schluchzen folgt.

Sie weint.

Interessant.

Mit einer langsamen Bewegung, denn ich bewege mich niemals unkoordiniert, lasse ich mich vorsichtig auf dem anderen Ende der Bank nieder und starre sie fasziniert an. Die Hände verstecke ich in den Taschen meines schwarzen Kapuzenpullovers. Ich mag es nicht, wenn mir jemand auf die Hände starrt, an denen kann man zu viel ablesen – okay, eigentlich mag ich es nicht, wenn man mich überhaupt ansieht. Sie stützt ihre Ellbogen auf die Knie und starrt blicklos in den nebligen Park. Meinen Kopf schief legend betrachte ich den intensiven Glanz, der ihre Wangen herabläuft, sich an ihrem Kinn sammelt und auf ihre Schenkel herabtropft.

Tropf ...

Tropf...

Tropf...

Ich neige den Kopf auf die andere Seite.

Tropf ...

Tropf ...

Tropf...

Es tropft nun auch aus ihrer Nase.

Sie schüttelt den Kopf in kleinen ruckartigen Bewegungen, ihre Lippen bewegen sich unentwegt.

Tropf ...

Tropf ...

»Hörsch du mir eigentlich zu?«

Mein Kopf richtet sich auf, als sie mich aus meinen Beobachtungen reißt.

»Nein«, antworte ich ruhig.

Diese Tränen auf ihren Wangen … Sie funkeln wie Sterne.

Sie winkt ab. »Wieso sollltest du auch? Natürllichh binnn ich dia auch egal!« Wild kramt sie in ihrer Manteltasche. Es blitzt auf und schon hält sie ein silbernes Messer in der Hand. »Das bringt alles nichts … weißt du… diese ganze Scheiße … Das Leben … Fick drauf! Ich hab echt keinn Bock mehr! Sieh mal lieber weg jetzt!«, und dann fährt sie mit der Klinge quer über ihr zierliches Handgelenk.

Rot.

Blutrot!

Ein grelles Quietschen fährt durch meine Gliedmaßen, es würde mich in die Knie zwingen, wenn ich stehen würde. Es schreit in meinem Kopf, vibriert durch meinen Körper, von meinem Haupt bis hinunter zu meinen Zehen. Ich kann ein gequältes Stöhnen gerade so unterdrücken … und schließe die Augen, um nicht, nach so langer Zeit, doch die Kontrolle zu verlieren.

Ist sie wahnsinnig!?

Aus reinem Selbstschutz greife ich nach der Klinge und entwinde sie zitternden Händen.

»HEY!« Als sie mich anfallen will, bin ich schon auf den Beinen. Doch sie folgt mir. Was tut sie jetzt? Sie springt auf und ab, wie ein verdammtes Duracel-Häschen! Versucht an mir hochzukommen! Während ich nichts anderes tun muss, als meinen Arm nach oben zu strecken und das Messer hoch in die Luft zu halten. Sie ist ziemlich klein – genau genommen, 1,61 – und hat somit keine Chance. Dies scheint sie jedoch keineswegs zu interessieren.

»Du Dreckskerl!«, schreit sie mich an und müht sich weiter ab, während ich rückwärts gehe und versuche, mich vor ihren Berührungen in Sicherheit zu bringen.

»Gib das her! Das gehört dir nicht!« Sie hat recht. Aber wenn sie sich aufschlitzen will, muss sie das woanders machen! Nicht vor mir! Sie weiß nicht, was sie tut! Vor *wem* sie es tut! »Du Idiotenscheißer! GIB! JETZT! HER!« Nun wählt sie eine andere Taktik und will mir ins Schienbein treten. Gerade so kann ich ausweichen.

»Genug!« Mein Tonfall lässt sie sofort innehalten und mich mit offenem Mund anstarren. Ein Schauer durchfährt sie sichtlich, ihre Arme umarmen sich selbst. Es vergeht eine Sekunde, zwei Sekunden … Dann bricht sie wieder in Tränen aus und schlägt die Hände vors Gesicht.

Sie heult.

Sehr gut.

Hauptsache, sie berührt mich nicht noch mal. Zufrieden grinsend lasse ich das silberne Objekt in meine Pullovertasche gleiten und ziehe die Kapuze tiefer in mein Gesicht. Wieso ich es ihr nicht zurückgebe, weiß ich nicht so recht, auf jeden Fall tue ich es nicht.

Stattdessen drehe ich mich um und gehe wortlos nach Hause. Mein allabendlicher Plan ist sowieso schon völlig durcheinander, außerdem muss ich dringend duschen. Ich kann die Wärme ihrer Hände immer noch auf meinem Körper fühlen … und es irritiert mich.

»Wohin gehscht du?« Ihre Stimme erklingt erneut hinter mir, und sie ist viel zu nah.

Frustriert beschleunige ich meine Schritte. Sie auch.

Ich gehe noch schneller. Sie auch.

Im Augenwinkel sehe ich, wie sie stolpert und bin überrascht über ein Anspannen meiner Armmuskeln, doch ich gehe trotz meiner Verwirrung weiter.

Wieso kann sie mich nicht in Ruhe lassen?

Verzweiflung macht sich in mir breit. Meine Fäuste ballen sich.

Was soll ich tun? Wie soll ich sie loswerden? Wieso bin ich nicht am Anfang gegangen?

Ich fange wieder an zu joggen, laufe vor einem kleinen betrunkenen Mädchen davon und sie läuft mir hinterher. Es könnte fast komisch sein. Sie keucht erschreckend laut in meinen Nacken, außerdem pfeift ihre Lunge. Und sie schreit mich unentwegt an, die wüstesten Schimpfworte werden mir in den Rücken geschleudert. Teilweise bringen sie mich zum Schmunzeln. Ein paar Lichter der ansonsten ausgestorbenen Straße flammen in den Fenstern auf. Eine Frau brüllt uns etwas hinterher. Eine Dose fliegt und rollt klirrend über die Straße …

Dann bin ich daheim und sie ist leider auch da. Ich wünschte, sie wäre eine Rauchwolke und einfach verpufft. Während ich den Schlüssel in das unwillige Schloss ramme, beugt sie sich vornüber und stützt ihre Hände auf die Knie. Sie keucht, die Schminke läuft in dunklen Schlieren über ihr Gesicht. »Oh … mein … Gott … bist … du … schnell …« Zwischen jedem Wort ein Luftholen.

Schnell? Das war gar nichts ...

Es macht *klack!* und das Schloss ist offen. Sie sieht hoch, die Augen wieder groß … riesig genau genommen. »Du lässt mich hier jetzt aber nicht einfach …«

Den Rest höre ich nicht, denn ich bin bereits drinnen, habe die Tür verschlossen, die Kette angebracht, und noch eine, den Schlüssel zweimal umgedreht und somit meine Ruhe – endlich. Tief durchatmend fahre ich mir durch die Haare und massiere meinen angespannten Nacken. Langsam, aber sicher verzieht sich der Nebel, der drohte, meinen Geist zu übermannen … Puhhh … das war knapp!

Seufzend schalte ich das Licht an. Die einfache Lampe flackert leicht, aber das tut sie immer, nur ein wenig, eigentlich verändern sich die Lichtverhältnisse gar nicht wirklich, aber ich sehe es trotzdem. Mein Hab und Gut wird erhellt. Ein alter Schreibtisch. Ein Bett. Eine Küchenzeile. Der Kühlschrank brummt laut – wie immer. Ein beruhigendes Geräusch.

Weniger beruhigend ist allerdings das Hämmern im Hintergrund.

Natürlich wird es weiterhin begleitet von einem wahren Schimpfwort-Orchester.

Himmel! Da ist aber jemand fantasievoll!

Die Tür wackelt sogar in den Angeln, und ich frage mich, wie so eine kleine Person so eine unbändige Kraft entwickeln kann. Sie schreit und hämmert und hämmert und hämmert.

Mach doch einfach auf?

NEIN!

Die Augen zusammenzwickend laufe ich meinen Kreis. Dort, wo ich immer gehe, ist der Teppich schon abgenutzt und dunkler. Sie wird sicher bald müde werden oder aber einen Krampf bekommen – dann geht sie spätestens nach Hause. Wenn sie in ihrem Zustand überhaupt weiß, wo das ist. Hauptsache, sie lässt mir meinen Frieden.

Ich kann so nicht duschen gehen – ich kann so nicht klar denken … Langsam werde ich wirklich sauer und ich weiß, dass dies gefährlich ist. Nicht für mich … Keineswegs. Nur für jede andere Person in meinem Umfeld.

Plötzlich gesellt sich draußen eine andere Stimme hinzu.

»Du blöde Schlampe, sag mal hast du sie noch alle?« Sie gibt einen erschrockenen Laut von sich.

Ehe ich mich versehe sind die Schlösser offen, die Tür aufgerissen und ich blicke auf den dauerbetrunkenen, planlosen Kerl herab, der im dritten Stock wohnt. Ein graues, ausdrucksloses Gesicht von vielen. Ich starre ihn an, sie starrt mich an, er schluckt mühsam. Sein Adamsapfel hüpft, er hat einen Fleck auf dem Muskelshirt – Kaffee oder Kotze. Als er *es* in meinem Blick sieht, hebt er sofort beide Hände. »Sorry, sorry wusste ja nicht, dass sie dein Flittchen ist!« Dann dreht er um und marschiert davon.

Mein … Flittchen?

Meine Verwirrung über diese Bezeichnung nutzend schiebt sich dieses an mir vorbei in meine Wohnung. Wenn ich ungeplanten Körperkontakt vermeiden will – was grundsätzlich immer der Fall ist – muss ich zurückweichen. Schon ist sie drin.

»Mein Gott … Putzfimmel, hm?« Ein Zeigefinger streift über meinen fünfzehn Jahre alten Fernseher. »Und verdammt altmodisch«, gibt sie noch mit einem Blick auf meine Möbel dazu. Sie sieht wieder hoch. Ein helles Grün trifft mich unvorbereitet – bohrt sich wie ein Messerstich durch das alltägliche Grau. Ich sehe zu Boden und fühle, dass sie mich beobachtet. Wie ich in meiner kleinen Wohnung stehe und die Tür immer noch aufhalte.

Ich möchte, dass sie geht … oder nicht?

Die Tür wird bewegt, sie schließt sie. Meine Hand fällt einfach so herab. Mit einem Mal kann ich nicht mehr richtig atmen, etwas drückt wieder auf meine Brust. Ich weiß einfach, dass sie mich ansieht, und sie ist so nah, so nah, als würde ich nackt vor ihr stehen. Da ist dieses Kribbeln, das ich immer fühle, wenn ich beobachtet werde. Es intensiviert sich, je mehr Menschen mich ansehen. Bei ihr ist es, als würde mich eine ganze Horde anstarren. Es bohrt sich durch meine Haut, meine Knochen … *Nicht gut!*

»Lebst du hier so ganz alleine?« Ihre Stimme klingt mit einem Mal nicht mehr so betrunken und sie spricht viel leiser.

Ich nicke.

»Keine Freundin, die gleich reinkommt und mir den Kopf abreißt?« Ja, auf jeden Fall, ihre Stimme klingt leiser – tiefer.

Eine Freundin? Ohhh nein! Sicher nicht!

Ich schüttle den Kopf.

»Sag mal. Redest du immer so viel?«

Ich dachte, ich hätte geschwiegen, aber vielleicht ist es wie beim Schlafwandeln, das merkt man ja auch nicht. Von meiner Verwirrung verwirrt hebe ich den Blick – und betrachte sie. Sie lächelt mich an. Weiße Zähne bohren sich in das satte Rot ihrer Unterlippe. Letztere ist ein wenig spröde, *zu wenig Wasser getrunken* … stelle ich nebenbei fest. Langsam leckt sie mit einer rosa Zungenspitze über ihr Fleisch, sie geht einen Schritt auf mich zu. Ich muss meinen Blick wieder abwenden und einen Schritt zurückgehen. Doch weiter komme ich nicht, denn da ist bereits die Tür in meinem Rücken.

Fuck!

Dann berührt sie mich. Ihre Hände legen sich auf meine Brust. Meine Haut kribbelt und mein Herz schlägt sofort heftiger. Schnell drehe ich mein Gesicht weg, presse die Lippen aufeinander und kneife die Augen zu. Ich hasse es, wenn eine Frau mich unvorbereitet berührt, ich hasse es, wenn überhaupt etwas Unvorhergesehenes passiert, aber ich versuche, ruhig weiter zu atmen. Himmel, sie hat keine Ahnung, was sie tut! Weich presst sich nun auch ihr Oberkörper an mich, und ihre Lippen sind im nächsten Moment an meinem Ohr. »Du bist … irgendwie … sexy …

gefährlich, so düsta … Aber vor allem hübsch … Als wärst du gerade aus einem Werbeclip gestiegen … du hast sicher viele Verehhhrrinnen … nicht wahr?« Leider muss ich doch irgendwann Luft holen und sterbe fast, als ich es tue.

Ihr Geruch.

Süß, rein ... unschuldig ... und gleichzeitig ... so weiblich ...

Er gefällt mir …

Mehr als gut für sie ist!

Ein leises, gequältes Stöhnen entschlüpft meinen Lippen. Sie muss weg, sie muss aufhören mich anzufassen!

Sofort!

»Gott … Du riechst sooo guuuut …« Es ist als hätte sie meine Gedanken ausgesprochen, weshalb ich zusammenzucke, aber auch wegen ihrer Nasenspitze, die nun hauchzart über meinen Hals streicht. Dort, wo meine Ader so heftig pocht. Ihre Hand … fährt über meine Schultern und mein Atem wird wieder schneller, denn ich kann mich beim besten Willen nicht mehr konzentrieren. »Oh man … du trainierst, hm?« Wie nebenbei berührt sie meine Oberarmmuskeln, tastet sie unkoordiniert ab. »Oh Gott, ja … das tust du!«… Sie ist so warm und fest – real und doch wie ein Traum aus Farbe und Duft – und ihre Hand nähert sich südlichen Körperteilen, denen diese Behandlung komischerweise mehr als gefällt.

Fuck! Fuck! *Fuck!*

Mein Atem wird noch schneller …

Sie weiß nicht, was sie tut, sie weiß nicht was sie tut! Gott bitte, ich darf nicht die Kontrolle verlieren! Ich darf es nicht!

Halt die Klappe und genieße einfach! Pussy!

Mein Atem wird noch schneller und ich kneife die Lider aufeinander.

»Wow … das ist auch nicht schle…« Sie ist bereits an meinen Bauch angekommen und die Muskeln darin ziehen sich ruckartig zusammen. Ein Blitz schießt durch meinen Körper, direkt in meinen Kopf. Schon habe ich ihr Handgelenk umfangen und hochgerissen. Ich berühre den Schnitt, meine Fingerspitzen bohren sich in das aufgeraute Fleisch … Aber ich kann es ignorieren … einigermaßen … Keuchend sieht sie mir in die Augen.

»Fass mich nie wieder an«, stoße ich abgehackt und warnend hervor. Ich atme, als wäre ich einen Marathon gelaufen. Dort wo ich sie halte, brennt meine Haut, meine Fingerspitzen pochen regelrecht.

Ruckartig schiebe ich sie von mir, lasse sie einfach stehen und stürme in mein Bad – in meine Oase. Zum Glück kann ich die Tür absperren, was ich auch sofort tue und mich mit dem Rücken dagegen lehne. Mir ist so schwindlig. Ich muss die Augen schließen und reibe über mein Gesicht. Wieso gebe ich ihr nicht einfach das verdammte Messer zurück, damit sie wieder aus meinem Leben verschwindet? Ja, wieso habe ich sie überhaupt aufgehalten? Und dann auch noch reinkommen lassen! Ich bin wahnsinniger als ich dachte!

Sie hämmert nicht. Zum Glück. Meine Selbstbeherrschung hängt nämlich wirklich am seidenen Faden. Das erste Mal seit Jahren!

Noch niemals hat mich eine Frau einfach so aus der Fassung gebracht, wie dieses ungehobelte Wesen.

Diese Gefühlswallungen sind nicht gut.

Sie hat ja so was von keine Ahnung … was sie mir antut und vor allem, wozu ich imstande bin, mit ihr zu tun …

In Wahrheit sollte sie schleunigst verschwinden … Aber ich bin mir nicht sicher, ob ich sie jemals wieder gehen lassen kann.

2. Störungen

Ich weiß nicht, wie viel Zeit vergangen ist, aber irgendwann zwinge ich mich dazu den Schlüssel wieder umzudrehen, langsam die Tür zu öffnen und vorsichtig in meinen Wohnraum zu spähen … Die neongelbe Störung liegt auf meinem Sessel und gibt keinen Mucks von sich.

Zum Glück.

Mir ist ganz heiß in diesem Pullover, aber hier im Bad konnte ich ihn unmöglich ausziehen.

Darauf bedacht, ja kein Geräusch zu machen – also nicht auf die zweite Diele vor der Tür zu steigen – verlasse ich den schützenden Raum und betrete das Wohnzimmer. Als würde dort ein wilder Tiger liegen, umrunde ich den Sessel und blicke dabei vorsichtig auf sie herab. Ihre Lider sind geschlossen. Sie atmet tief und langsam, ist seitlich zusammengerollt, die Hände unter dem Gesicht gefaltet und ihr blondes Haar überall verteilt.

Sie schläft.

Eine riesige Last fällt von mir.

Ich richte mich auf, bewege meine Schultern, fühle, wie sich die Muskeln entspannend dehnen und strecken, dann schlüpfe ich aus meinen Pullover, hänge ihn an seinen Haken, greife in meine Tasche und zwinge mich, das Messer nicht anzusehen, während ich es rausnehme. Denn dort strahlt es mir immer noch entgegen – ihr Blut. Ich habe normalerweise nichts gegen den Anblick von Blut. Deswegen verwirrt es mich umso mehr, wie heftig ich auf ihres reagiert habe.

Ich weiß nicht wirklich, ob es mir gefallen hat …

Sonst ist alles so klar in meinem Leben …

Komisch …

Ich werfe das Messer in den weißen Mülleimer neben meiner Küchenzeile, dann starre ich sie wütend mit in die Seiten gestützte Hände an.

Wie kann sie so etwas einfach vor mir machen und mir dann auch noch bis nach Hause folgen? Wie ein verirrtes Katzenbaby! Wie kann sie hier so dreist eindringen und alles durcheinanderbringen? Nach allem, was ich versucht habe! Verdammte Scheiße!

In meinem Zorn erschreckend unvorsichtig gehe ich zu ihr, beuge ich mich vor, betrachte das Gesicht des Chaos-Verursachers ganz genau aus der Nähe. Ja … Es ist tatsächlich nicht grau, so wie jedes andere Gesicht. Es ist … anders …

Die Unschuld, die sie schlafend ausstrahlt, passt nicht zu ihrem vorigen Verhalten. Sie fasziniert mich schlafend irgendwie …

Sie hat Sommersprossen … Viel zu intensiv sind sie vereinzelt über ihre Wange gesprenkelt … Dann sind da diese Lippen. Das Rot ist immer noch viel zu grell, genauso wie die goldene Farbe einer langen gelockten Strähne, die über die milchig weiße Haut ihres Halses fällt. Sie gehört da nicht hin. Sie zerstört alles. Ich muss meine Hand daran hindern, sie von dieser blau pulsierenden Halsschlagader zu streichen. Also wirklich, dieses kleine Ding scheint nur aus Farbe und Duft zu bestehen. Duft, den ich am liebsten rund um die Uhr riechen

nächsten Morgen zu strecken versuche. Sie ist da. Ganz nah. Zu nah. Genau genommen an mich gepresst nah.

Mit gerunzelter Stirn schaue ich mir, gegen das Tageslicht anblinzelnd, das Desaster an und versuche zu verstehen, wie zum Teufel, das passieren konnte! Während sie sich hinterhältig anschlich, bin ich nicht aufgewacht! Das muss man sich mal vorstellen! Normalerweise wache ich allein davon auf, wenn eine Fliege über meinen Arm krabbelt!

Ihr Atem geht tief und ruhig, ihre Haare kitzeln mein Kinn. Ihr Kopf liegt an meiner Schulter, als würde er dorthin gehören, die Hand ruht an meiner Brust und sie ist … nicht nur warm. Oh nein … sie ist *heiß*!

Ich warte auf das Gefühl, das jeden Moment kommen wird. Gleich wird es passieren. Die Ekelschauer die meinen Körper fluten, die Übelkeit, die meinen Magen umdreht. Die blinde Panik, die mit eiskalten Armen nach mir greift und mich hinab in ein dunkles Loch zieht …

Meine Uhr tickt vor sich hin. Die Autos fahren auf der Straße. Die Sonne scheint. Ich halte unfreiwillig ein Mädchen in den Armen. Es ist in meinem Reich, meinem Bett …

Und es passiert … *nichts*.

Leise seufzt sie und bewegt ihr Gesicht.

Ergeben schließe ich die Augen und beiße mir auf die Unterlippe. Auch wenn ich sie dafür hasse, was sie mir gestern Abend angetan hat, so kann ich sie nicht mit einem Urschrei aufwecken.

Aber es passiert immer noch nichts.

Mein Herz schlägt in dem gleichen lauten Takt weiter. Mein Kopf ist leer, er schwebt schon fast, und meine Hand hat auch nichts dagegen, ihre zierliche Taille festzuhalten.

Da stimmt was absolut nicht!

Mit einem Ruck, der aggressiver ausfällt als geplant, richte ich mich auf und ziehe meinen Arm unter ihr hervor. Ihre Haare – immer noch zu strahlend – schreien mich förmlich durch ihre Farbe an. Sie sind kurzzeitig alles, was ich von ihr erkenne. Aber nicht lange, denn sie stöhnt angestrengt. Eine zierliche Hand landet an ihrer Stirn, dann blinzelt sie zu mir hoch, während ich noch weiter von ihr weg an die Wand rutsche. Sie ist nämlich halb nackt und völlig entstellt! Grässlich!

»W … was … Oh!« Dieses unsagbar helle, intensive Grün wird noch greller als gestern, während es mich vorwurfsvoll anschreit. »Oh nein! Nicht schon wieder!« Sie sieht sich panisch um, doch dann verzieht sie ihr Gesicht und fasst sich wieder an den Kopf. Als Nächstes vergräbt sie ihre Nase in meinem Kissen.

Ich runzle die Stirn.

»Hatten wir Sex?«, nuschelt das Kissen.

»Nein.«

Abrupt richtet sie sich auf. »Wir hatten keinen Sex?« Ich kann diesem Strahlen nicht mehr länger standhalten und sehe aus dem Fenster.

»Ich sagte bereits: nein. Verlasse jetzt mein Bett, meine Wohnung und mein Leben!« Nur mit äußerster Müh und Not bringe ich diese Worte raus.

»Klar … gib mir nur zwei Mi…«

»Nein!«, unterbreche ich sie bestimmter. Ich hatte genug Geduld. Ein Blick auf meine Uhr – die natürlich auch unnatürlich leuchtet – sagt mir, dass sie exakt sechs Stunden und 23 Minuten Zeit hatte, um von hier zu verschwinden. Mehr Zeit, als ich jedem anderen Menschen in meinem Leben zugestanden habe, um sich davon zu machen. Ja, genau genommen ist sie die erste Person, die jemals so lange in meinem Apartment war. »Raus! *Jetzt*!«

Nun hebt sie ihren Kopf. Die störenden Haare fallen ihr ins Gesicht. Ihre Augen verengen sich und sie ihre Lippen wirken leicht verzerrt. Versucht sie gerade, wütend auszusehen? Sie wirkt dabei wie ein nassgewordenes Kätzchen! Ich möchte sie auslachen und das kommt bei mir nicht oft vor!

»Was bist *du* denn für ein Arsch?!« Doch als sie sich aufrappelt verzieht sie wieder ihr kleines Gesicht und blickt dann auf ihr Handgelenk. Ihre Augen verdunkeln sich, als sie den immer noch schrecklich grellen Schnitt ansieht. Mein Magen zieht sich zusammen, sobald ich es ihr gleichtue. Schweiß sammelt sich bei der Erinnerung an gestern auf meiner Stirn und gewisse Körperteile verselbstständigen sich. WAS ZUM TEUFEL?!

»Geh!« Meine Stimme wird immer leiser, ihre Augen immer größer, und dann sind sie wieder da. Die Tränen. Sie dreht sich zu mir herum.

»Es tut mir leid!«

Ich weiß nicht, was sie jetzt schon wieder meint, will es auch gar nicht erfahren, also sehe ich aus dem Fenster und fühle, wie sich das Bett endgültig bewegt. Stoff raschelt. Sie trampelt lautstark umher, zieht sich an und verhüllt diese Grässlichkeiten. Ein leises Fluchen, dann: »Darf ich deine Toilette benutzen?«

Okay! Jetzt reicht's! Mit einem Ruck stehe ich vor ihr. Überrage sie um gute zwei Köpfe und sehe, wie sie mühsam schluckt.

»Nein!« Ich weiß genau, was sie in meinen Augen sieht, sie weicht sofort einen Schritt zurück, während ich den Zeigefinger Richtung Tür ausstrecke. »So – fort!« Keine Sekunde länger kann ich sie hier ertragen, ich glaube, wenn ich noch ein Wort über meine Lippen bringen muss, dann platze ich. Sie tut gut daran, sofort zur Tür zu huschen, nicht einmal einen Blick wagt sie zurück, dann ist nur noch ein entspannendes Klacken zu vernehmen und ich kann erleichtert ausatmen.

Hallo Alltag! Endlich hast du mich wieder!

Ciao neongelber Fleck! Hoffentlich werden wir uns nie wiedersehen!

Ich stürme durch die Tür neben meinem Schrank in den Keller und somit in mein Atelier und versinke in heilendem Nebel …

***

Einige Stunden zuvor …

Keine Ahnung, wie ich in diese Bruchbude komme, aber ich fühle mich hier sicher – das erste Mal in meinem Leben. Das fällt mir vor allem anderen auf.

Ich bin immer noch völlig benebelt, sobald ich mitten in der Nacht aufwache und mir sicher, dass tatsächlich etwas in dem Drink war, den mir irgendein Kerl gestern in dem Club spendierte. Zuerst waren da ganz viele Kerle, dann kam irgendwie keiner mehr wieder und ich saß alleine an der Bar … Ab da ist alles nur noch in dichten Nebel getaucht, ich kann mich nicht erinnern, aber … irgendwas war da … Ich ging in den Park … Ich wollte wissen, wer meine Eltern umgebracht hat … Diese Stimme … ich kann sie nicht mehr fassen, doch ich fühle bei ihrem Klang wieder mein Herz rasen, meine Handflächen werden feucht; aber vor allem zwischen meinen Beinen spüre ich, was diese Stimme in mir angestellt hat.

Ich schließe die Augen, will mich an mehr Details erinnern, aber der gesamte Abend ist verschwommen, vernebelt, ich kann nichts mehr fassen, wie bei einem lebhaften Traum, der kaum, dass man aufgewacht ist, im Nebel des Unterbewusstseins verschwindet.

Langsam richte ich mich in dem Sessel auf, in dem ich liege, dann blicke ich zum Bett und sehe ihn … nur vom Mond erhellt. Der Atem stockt in meiner Kehle. *Ich möchte zu ihm.* Das ist alles, was sofort durch meinen nach wie vor leicht berauschten Kopf geht. Meine Umgebung ist immer noch leicht verschwommen, aber nicht das. Nicht dieses perfekte Gesicht, mit diesen markanten Linien, umrahmt von blonden kurzen Haaren. Er ist ein Engel. Bei Gott, ja wirklich … Und ich möchte ihm die Decke wegreißen, seine Shorts herabziehen und mich einfach so auf seinen himmlischen Schwanz setzen … Oh Gott, was ist nur los mit mir? Ich presse die Augen zu und schüttle meinen Kopf, versuche, ihn zu klären. Sobald ich die Augen geschlossen habe, fühle ich harte Muskeln unter meinen Fingerspitzen … ein dünnes Shirt mit einem Sixpack darunter …

WTF?

Ein heiseres Stöhnen schlüpft über meine Lippen. Ich beiße darauf und fange an, mich noch auf dem Sessel liegend auszuziehen, weil mir brennend heiß geworden ist. Der Mantel fällt zu Boden, die Jeans ist schnell abgestreift. Mein Handgelenk brennt, als ich jeglichen störenden Stoff von meinem Körper zerre und ihn achtlos liegen lasse.

Es ist mir egal.

Mir ist viel zu heiß und zwischen meinen Beinen pocht es so stark.

Sobald ich nur noch mein Höschen und meinen BH trage, stehe ich auf und muss mich dabei erst mal an der Lehne vom Sessel festhalten. In meinem Kopf befindet sich eindeutig ein Karussell und das dreht sich ziemlich schnell. Unkoordiniert torkele ich zum Bett, das von Mondlicht erhellt wird. Relativ vorsichtig für meine Verhältnisse, hebe ich die Decke und schlüpfte einfach so in die wohlige Wärme darunter. Irgendwie erscheint er nämlich aus der Nähe etwas einschüchternd, trotz des friedlichen Schlafes, und ich traue mich nicht, ihn zu berühren.

Eine Erinnerung an blitzende eiskalte grüne Augen flutet meinen umnebelten Verstand und alarmiert einen alten Instinkt … den Fluchtinstinkt … Sie zieht aber sofort wieder an mir vorbei.

Wieso kommt er mir nur so bekannt vor?

Und wieso ist es nicht verboten, so schrecklich schön zu sein?

Genau genommen so schön, dass ich es tatsächlich nicht über mich bringe, ihn zu berühren. Also lege ich mich auf die Seite, wobei mein Hintern fast aus dem kleinen Bett ragt, falte die Hände unter dem Gesicht und starre ihn an. Der Mondschein reicht aus, lässt diese ebenmäßigen Gesichtszüge in ein interessantes Spiel aus Licht und Schatten tauchen. So, als würde eine Seite von ihm auf der Sonnenseite, die andere in der Dunkelheit stehen. Wie bei mir. Entweder strahlenden Sonnenschein an einem schrecklich heißen Tag oder tiefster Winter in eisiger Kälte.

Heute war ein kalter Tag.

Aber jetzt schaffe ich es, mich auf etwas anderes zu konzentrieren. Seine Lippen sind nicht zu voll und nicht zu schmal. Auf der Unterlippe hat er ein kleines Muttermal. Sein

Kiefer ist kantig, ein Grübchen ziert das Kinn. Er sieht aus wie ein Supermodel, ist es aber sicher nicht. So, wie er lebt, ist er ein armer Schlucker. Mir ist es egal. Ob man arm oder reich ist, sagt nichts über den Menschen aus. Die Augenbrauen sind dicht, aber nicht auf Waigel-Art, sondern ziemlich markant und etwas dunkler als die Haare. Dennoch glaube ich nicht, dass diese gefärbt sind. Ein paar Strähnen hängen ihm in die Stirn, aber ich streiche sie nicht weg. Stattdessen liege ich hier mitten in der Nacht vor einem Fremden und starre ihn an.

Ich will ihn …

Aber die Erinnerung an diesen grünen, eisigen Blick lässt mich reglos daliegen …

Außerdem ….

Was will er schon mit so einer wie mir? Ich würde so ein reines Wesen, wie ihn mit meiner Niederträchtigkeit beschmutzen. Ja, eigentlich sollte ich sofort aufstehen und gehen. Alles, was ich ansehe oder anfasse, zerstöre ich. Eingeschlossen mich selbst. Aber ich kann einfach nicht. Es ist so schön warm. Der Duft, der von ihm ausgeht, wirkt so beruhigend. Ich fühle mich das erste Mal in meinem gesamten Leben absolut sicher.

Deswegen schließen sich wohl auch meine Augen und ich schlafe sofort ein …

3. The same old shit

»Was.Noch?« Nummer 13 – sie ist leicht gestört, was man daran merkt, dass sie sehr langsam spricht, stellt jedes Mal dieselbe Frage. Ich antworte genauso langsam, wie sie spricht, damit sie mich auch ja versteht.

»Drei.Scheiben.Farmer.Schinken.« Ärgerlich, wie unordentlich sie die Scheiben aufeinanderstapelt, stelle ich fest, während ich den Kopf schief lege und sie genauestens beobachte. Ich hätte es ordentlicher zustande gebracht. Als ich hierherkam, wollte ich in der ersten Zeit immer hinübergreifen und ihr zeigen, wie man es richtig macht. Doch Dr. Newhouser, mein Therapeut, hat mir erklärt, dass nicht jeder so ordentlich sein kann wie ich. TOLERANZ soll ich üben. Also übe ich ... täglich.

»Noch.Etwas?«

»Sechs. Scheiben. Baguette. Salami.«

Auch hier schafft sie es beim besten Willen nicht, einen ordentlichen Stapel zu bilden. Seitdem ich zwanzig bin, komme ich hierher, und muss mir das Debakel anschauen – schließlich befindet sich dieser Supermarkt um die Ecke und er bietet ordentliche Qualität, außerdem ist er sauber. Ich kaufe immer dieselben Sachen, am selben Tag, zur selben

Stunde. Egal bei welchem Wetter. Ob es stürmt oder schneit oder die Welt untergeht.

»Sonst. Noch. Etwas?«

Zielsicher bewegt sich mein Finger dorthin, wo üblicherweise immer die Kalbsleberwurst liegt. Sie ist nicht mehr da. Stattdessen liegt da Mettwurst.

METTWURST!

Was hat dort Mettwurst verloren?

Können sie sich nicht an die einfachsten Regeln halten?

Die Theke verschwimmt vor meinen Augen, ich versuche, ruhig weiter zu atmen.

Nach einer Weile, in der sie mich mit gerunzelter Stirn beobachtet, meldet sich wieder die laaaaaaaaaaaaaaaangsame Nummer 13 zu Wort. »Sir?«

»Hm?« Kurz werfe ich einen Blick auf sie.

»Bekommen. Sie. Noch. Et-was?«

Meine Aufmerksamkeit fällt erneut auf das Ding, das dort statt der üblichen Leberwurst liegt.

Ein Kopfschütteln.

Sobald das Wurst-Paket vor mir auf der Theke landet, nehme ich es automatisch und marschiere davon. Das Hemd klebt jetzt an meinem Rücken. Mein Atem geht schnell, ich brauche ein paar Schritte, bis ich wieder normal geradeaus sehen kann.

Meine Frischwurst lege ich an den rechten Rand des Wagens, gleich neben den Käse, da liegt bereits Butter, Milch und Fleisch, von klein nach groß. Das Gemüse, das ich montags mit Tagliatelle esse, befindet sich links davon. In direkter Nachbarschaft zum Lachs, den es dazu geben wird. Daneben die Lasagne für Dienstag und die Pizza für Mittwoch. Salat für Donnerstag – also heute – liegt obenauf.

Auf der anderen Seite stehen Ravioli für Freitag. Aufschnitt und Brot für samstags. Chilli Con Carne koche ich sonntags, das Baguette dafür hole ich immer um sieben Uhr frisch vom Bäcker, zusammen mit dem Brot, das bis Mittwoch reichen wird. Dann werde ich erneut zum Bäcker gehen. Zwei Rühreier – nicht durch – mit Farmerschinken. Dazu zwei Butterbrote, eine in sechs Viertel geschnittene Fleischtomate und vier Scheiben Gurke – gesalzen und gepfeffert – machen mein Frühstück aus. Zum Abendessen gibt es Hühnersuppe und eine Scheibe Brot. Alles genau durchgeplant, so wie ich das gern hab.

Zum Glück gibt es alles, was ich darüber hinaus brauche und es liegt auch noch dort, wo es zu liegen hat. Halleluja! Zielsicher greife ich in die Fächer und gehe dann zur Kasse. Die Schlange ist lang. Die Geräusche um mich herum sind laut und penetrant. Ich drohe, in ihnen zu versinken. Die Masken rennen um mich herum, lachen, schwatzen und ich muss meine Hände am Einkaufswagen festklammern. Eines dieser weiblichen Wesen, die mich bei jedem Einkauf anstarren, steht an der anderen Kasse und lächelt mich an, dann schiebt sie ihr Oberteil ein wenig nach unten, sodass man die Spitze ihres roten BHs sieht … Ich frage mich, ob ihr vielleicht zu heiß ist oder ob es sie da juckt und konzentriere mich schnellstens wieder auf meine Aufgabe. Stück für Stück wird aufgelegt. Jeder Millimeter des Bandes ausgenutzt, in genau derselben Reihenfolge wie immer. Dabei versuche ich ruhig zu bleiben, weil eine Großfamilie in meinem Rücken drängelt und sich die drei Kinder lautstark streiten. Die Mutter rammt mir nicht nur einmal ihren Einkaufswagen in die Hacken. Dieselbe Summe wie immer wird bereitgelegt. Das Geld lege ich auf die Kasse, ignoriere die ausgestreckte Hand des Kassierers und packe dann alles in die vier Tüten.

Daheim angekommen, verstaue ich in Lichtgeschwindigkeit den Einkauf und begebe mich sofort in mein Atelier.

Ich brauche zwei Stunden, um mich zu erholen.

***

Knirsch. Knirsch. Knirsch. Knirsch. Knirsch.

Wie paralysiert blicke ich auf meine Turnschuhe, die sich in dem stetigen beruhigenden Takt bewegen.

Schritt. Schritt. Schritt. Schritt. Schritt.

Die Luft ist kühl und rein, der Geruch nach nassem Laub kräftig und klärend. Der Winter naht.

Ihre grünen Augen, ihre grünen Augen, ihre grünen Augen …

Fast stolpere ich.

Vehement schüttele ich den Kopf und die Farbe nimmt somit langsam ab, wird wieder so grau wie immer …

Doch bei meiner Bank erwartet mich der nächste Schock.

Ein kurzer Blick. Nein. Sie lächelt nicht nur. Sie STRAHLT – wortwörtlich!

Zum Teufel! Das kann nicht wahr sein! Was tut sie hier? Schon wieder!

Was jetzt?

Umdrehen und weglaufen wirkt selbst auf mich ziemlich verrückt, deswegen gehe ich einfach weiter und mache neben ihr mit meinem Dehnprogramm weiter … *Sieh sie bloß nicht an!*

»Hi.« Sie klingt leise. Sehr leise. Ich ignoriere sie komplett – soweit mir das möglich ist. Es scheint sie nicht zu stören, denn sie redet einfach weiter. »Ich habe mich daran erinnert, was gestern geschehen ist … ich … es …« Ein kurzer Blick auf sie. Sie ringt ihre Hände, starrt diese an. Ich entdecke ein Muttermal an ihrem Handgelenk, das ich berühren möchte, vielleicht sogar mit meinen Lippen – ich will wissen, ob es ein wenig rau ist, ein wenig hervorsteht … Fasziniert von diesem kleinen Ding lasse ich mich auf die Bank sinken und starre es mit schief gelegtem Kopf an. Sie spricht, am Rande bekomme ich ein paar Worte mit »Leben … Gerettet … Danken … Richtig … Falsch … Betrunken … Vergessen … Date …«

Date?

Ich reiße meinen Blick hoch. Da ist dieses strahlende Grün. Groß und offen …

»Hast du mich gehört?« Ihre blutroten, unsagbar vollen Lippen bewegen sich langsam, fast so langsam wie Nummer 13 immer mit mir spricht. Vielleicht ist das eine neuartige Schildkröten-Seuche, die die Menschheit dazu bringt besoooondeeers laaaangsaaaaam zu sprechen?

Ich schüttle den Kopf.

»Ich möchte gerne ein Date mit dir.«

Oh nein! DAS will sie NICHT!

Ich stehe auf.

»Was hast du?«

»Ich mach so was nicht!«

Auch sie erhebt sich. Ihr Gesicht sticht intensiv aus dem alltäglichen Nebel hervor.

»Wieso nicht?«

Wieder ein Kopfschütteln.

»Ja klar … du bist schüchtern, aber das macht doch nichts … Ich bin auch schüchtern – *manchmal*.«

Ha! Wenn sie wüsste!

SCHÜCHTERN!

»Ich bin nicht *schüchtern*.« Das kommt fast angewidert.

Jetzt schweigt sie, runzelt verwirrt die Stirn und beißt sich auf die Unterlippe …

Endlich!

Ohne sie noch einmal anzusehen, drehe ich mich erleichtert um, vergrabe die Hände in meinen Taschen und marschiere davon. Was richtig genial ist? Sie folgt mir! Schon wieder!

»Dann … magst du keine Menschen?«

Nicht mögen? Mir sind sie egal! SOLANGE SIE MICH IN RUHE LASSEN!

Was will sie nur von mir? Außer eines verdammten *Dates*! Wie kann eine Frau nur so wenig Überlebenswillen zeigen, dass sie sich freiwillig auf ein Date mit mir einlassen würde? Hat die keine *Instinkte*?

Kopfschüttelnd gehe ich weiter.

Das Frage- und Antwortspiel geht auch weiter und sie gleich mit.

»Du … verstehst unsere Sprache nicht richtig. Bist du Ausländer?« Meine Mundwinkel heben sich ein wenig, wenn sie wüsste, wie viele Sprachen ich beherrsche – momentan sind es sieben. Die achte lerne ich gerade als entspannende Abendlektüre. Wieder schüttle ich den Kopf.

»Du … du … bist ein Drogendealer und willst versteckt leben, abgeschieden von allem!« Ein leises Glucksen will über meine Lippen, doch ich unterdrücke es verbissen, gleichzeitig schüttle ich erneut meinen Kopf. Ich höre sie lachen.

Es gefällt mir.

»Oookaaay … bist du schwul?« Ruckartig bleibe ich stehen und sehe sie mit hochgezogener Augenbraue an, woraufhin sie knallrot wird und sich auf die Unterlippe beißt. Ihre Atmung wird schneller, die Pupillen weiten sich unnatürlich – aha, sie hat also doch Instinkte! Aber sie hört nicht auf sie, denn sie verschwindet immer noch nicht! Verdammt! Dieses Mal muss sie allerdings den Augenkontakt unterbrechen und sieht zur Seite.

»Gut …«, nuschelt sie. Ich runzle die Stirn und gehe weiter.

»Hmmm, lass mich weiter nachdenken.«

Habe ich denn eine Chance, etwas dagegen zu tun?

»Du bist verheiratet?«

Kopfschütteln.

»Verlobt?«

Kopfschütteln.

»Verliebt?«

Kopfschütteln.

»Du stehst auf ausgefallene Praktiken?«

Hm …

»Oh!« Im Augenwinkel bekomme ich mit, wie sie dieses Mal stehen bleibt.

Yeah! Jetzt schnell weg!

Doch schon höre ich, wie sie wieder aufholt. Den Park haben wir mittlerweile lange hinter uns gelassen und gehen durch eine kleine schlafende Siedlung mit Reihenhäusern.

»Spanking?«

Kopfschütteln.

»Grannies?«

Angewidertes Kopfschütteln.

»Teens …«

Geht sie da gerade ernsthaft Pornokategorien durch?

»Ähm … Urin? Kot?«

Angewidertes Kopfschütteln inklusive abfälligem Schnauben. Sie lacht.

»Dreier? Vierer? Fünfer?«

Oh Frau!

Kann sie endlich aufhören, solche Dinge zu sagen? Sie scheint überhaupt keine Scham oder Grenzen zu kennen! Außerdem reagiert mein Körper auf gewisse Vorstellungen, es mit ihr zu tun, ziemlich männlich, und das kann ich jetzt sicher nicht gebrauchen!

»Du hast nicht deinen Kopf geschüttelt!« *Ach! Sie hat nicht nur Instinkte! Sehen kann sie auch noch! Herzlichen Glückwunsch!* »Oh ha! Wir kommen der Sache also näher? Swinger!«

Kopfschütteln.

Sie schnaubt.

»Machtspielchen.«

Na ja …

Kein Kopfschütteln.

»Ohhhhh …« Dieses Mal bleibt sie nicht stehen, sondern geht weiter. »D … Du bist dominant …« Sie stottert und das gefällt mir. Aus dem Augenwinkel sehe ich sie an. Jetzt ist sie so rot wie meine Tomaten heute Vormittag. Es gibt also *doch* eine Schamgrenze. Interessant … »Aber nicht nur das … nicht wahr? Du brauchst … D … Die *absolute* Kontrolle in allen Lebenslagen.«

Mein Bauch zieht sich zusammen, als sie die letzten Worte eher haucht, als alles andere. Es ist keine Frage, sie hat mich durchschaut – so einfach ist das. Verwundert bewundere ich, wie schnell sie diese Schlüsse gezogen hat.

Wirklich intelligente, gebildete Menschen, sogar Professoren und unzählige Therapeuten, haben versucht, hinter meine Fassade zu blicken und sind kläglich gescheitert. Aber dann kommt dieser … dieser … schamlose Trampel mit dem Verstand eines Bauern und schafft es innerhalb von ein paar Worten, mich zu durchschauen. Die neongelbe Störung ist nicht dumm, nichtsdestotrotz ist sie genau das – eine Störung, die es schnellstmöglich zu beseitigen gilt!

Und wir sind wieder vor meiner Haustür angekommen.

Ich fühle mich fast gezwungen, etwas zu ihr zu sagen. Mich irgendwie zu verabschieden. Tut man das nicht so? Genau weiß ich es nicht, deswegen schlüpfe ich einfach durch die Tür und will verschwinden, aber ein Fuß in einem dreckigen kaputten Lederstiefel verhindert das endgültige Schließen.

Das penetrante Grün strahlt mich intensiv durch den Spalt hindurch an.

Echt gruslig.

»Sagst du mir wenigstens deinen Namen?« Ihre Stimme ist melodisch, sie schmerzt nicht in meinen Ohren, so wie andere. Genauso wie ihr Name, der sofort in meinen Kopf schießt ... *Lillian* … Sehr selten, sehr edel, sehr alt …

»Evan Black!« Mit meinem Fuß schiebe ich ihren fort und schließe die Tür mit einem bestimmten *Klack* …

Im nächsten Moment könnte ich mir eine für meine Dummheit verpassen. Ich habe ihr tatsächlich meinen *echten* Namen gesagt!

Was ist nur los mit mir?

4. Sleep

Am nächsten Abend lässt er es kommentarlos zu, dass ich ihn begleite. Okay, davor hat er auch nie viel geredet, aber ich merke an etwas anderem, dass er sich ergeben hat. Er joggt nicht mehr. Wahrscheinlich will er sich mein angestrengtes Geschnaufe nicht antun. Stattdessen stapft er wie ein dunkler Riese neben mir her, die Hände tief in den Taschen seines schwarzen Kapuzen-Pullovers vergraben und augenscheinlich mehr als genervt.

Manchmal erinnert er an einen kleinen Jungen.

Okay … einen sehr großem, sehr attraktiven Jungen … alles andere als klein … oder unmännlich. Ehrlich gesagt.

Er ist eher etwas einschüchternd.

Und faszinierend.

Oft ist sein Blick unfokussiert, es sieht aus, als befände er sich in einer anderen Welt. Ich merke genau, wenn er wieder ins Hier und Jetzt zurückkommt und sich auf mich konzentriert. Denn dann ist da etwas in seinen sonst so eiskalten, abwesenden blauen Augen, das sie fast grün wirken lässt. Ein Feuer, dessen Funken auf mich übergehen und seinen Blick auf meiner Haut förmlich prickeln lassen. Als ich gestern sagte, er brauche die Macht … oh mein Gott! Wie er mich angesehen hat! Wie sein Blick zu meinen Lippen glitt, wie er sich verdunkelte und leicht grünlich schimmerte, wie bei einem Raubtier, das sein Opfer auserkoren hat und sich nur noch darauf konzentriert, es schnellstmöglich zu erlegen. Er schien in meinem Anblick regelrecht zu versinken … Es war so wow …

So etwas Intensives, wie das Gefühl, allein von ihm angesehen zu werden, habe ich noch nie empfunden. Es nahm mich vollkommen ein.

Es lenkte mich ab.

Von meinem abgefuckten, scheiß Leben …

Ich weiß nicht, wie lange ich das noch mitmachen kann. Der Winter streckt bereits seine eiskalten Arme nach der Natur aus, um sie unter der weißen, zerstörenden Schicht der Ruhe zu begraben, damit dann im Frühling alles von Neuem beginnen und erblühen kann. Jede Nacht wird es kühler, die Wölkchen vor meinem Mund dichter, doch ich kann ihm nicht fernbleiben, auch wenn ich friere.

Noch niemals habe ich so einen faszinierenden Menschen wie ihn getroffen, und ich hatte bereits mit vielen Menschen zu tun.

Wie kann man nur so schön, aber gleichzeitig so abweisend und eiskalt sein?

Was ist sein Geheimnis?

Was geht in seinem Kopf vor?

Ich weiß er ist nicht so wie ›normale‹ Menschen. Aber was ist schon normal? Wer setzt das fest? Ich weiß, dass es Abgründe der menschlichen Psyche gibt. Ich tänzle selbst seit Jahren an diesen entlang und weiß, dass der Absprung gleichermaßen berauschend wie zerstörend sein kann. Instinktiv fühle ich, dass er mich gleichermaßen zerstören wie berauschen könnte, es ist ein Spiel mit dem Feuer. Ein Spiel mit ungewissem Ausgang, aber ich war schon immer risikobereit und lege nicht viel Wert auf Selbstschutz. Die Faszination, die er auf mich ausübt, wird mit jeder Minute stärker und stärker. Er ist knallhart und skrupellos. Anstand und Moral bedeuten ihm genauso wenig wie mir, und er kann Menschen nicht ausstehen … Aber nun geht er dennoch neben mir her. Und er hat mich gestern bei sich schlafen lassen! Er hat nicht zugelassen, dass ich mich aus lauter Verzweiflung umbringe! Ein völlig Fremder, dem ich eigentlich egal sein könnte. Er ist nicht einfach nur an mir vorbeigegangen und hat mich auf dieser Parkbank ignoriert, so wie das sonst die Menschen tun, wenn sie etwas Unangenehmes zu Gesicht bekommen. Das muss doch was zu bedeuten haben, oder?

»Und?«, frage ich irgendwann, als das Knirschen des Kieses mich fast wahnsinnig macht … »Was hast du heute so gemacht?«

Er antwortete nicht, oh Wunder …

»Weißt du … Wenn du dich jetzt schon bereit erklärt hast, meine Anwesenheit zu bemerken und neben mir her zu gehen, anstatt vor mir davonzulaufen, dann könntest du auch wenigstens mal mit mir reden … Du weißt schon … Smalltalk?«

»Kein Interesse an jeglichen Gesprächen«, kommt es aus der Kapuze hervor, die irgendwie an den Sensenmann erinnert. Ich schmolle …

»Du bist wirklich ein harter Brocken.«

Er antwortet nicht.

»Was denkst du gerade?«, bohre ich weiter und er seufzt.

»Dass du nervst.«

»Oh wow … Jetzt verstehe ich, wieso du nur so wenig sagst.« Ich grinse in mich hinein. Er ist wirklich irgendwie …

verdammt süß! Wie trocken er die Beleidigungen gegen mich rüberbringt, ist witzig. Aber er ist aufrichtig und das rechne ich ihm hoch an. »Weißt du, ich kann die Wahrheit ertragen! Du kannst bei mir deine Gedanken einfach aussprechen und ich weiß, dass ich dich gerade nerve.«

»Kein Interesse.«

»Wieso?«

»Kein Interesse an jeglichen Gesprächen …« Ich glaube er verdreht die Augen.

Spöttisch schnaube ich auf und verschränke die Arme vor der Brust. »Okay, ich habe verstanden! Ich wollte ja auch einfach nur …« *Nicht allein sein* … denke ich mir und schaffe es gerade so, die Wahrheit nicht zu sagen, die mir sonst so leicht über die Lippen kommt. Aber ich will ihn auch eigentlich nicht nerven. Also seufze ich und bleibe stehen …

»Okay, ich lass dich schon in Ruhe! Es tut mir leid … ich … Ich weiß auch nicht, was mit mir los ist … Normalerweise bin ich bei Männern nicht so … anhänglich. Aber irgendwie … fand ich es einfach so nett, dass du mich davon abgehalten hast Scheiße zu bauen, und dass du mich mit heimgenommen hast und dass du … nicht mal was dafür wolltest, nicht mal Sex, du weißt schon … Ich dachte, ich wäre dir wenigstens das schuldig … Ich dachte irgendwie … ich muss mich erkenntlich zeigen und … Ach, ich weiß auch nicht … So läuft es doch in dieser Gesellschaft! Du tust, was für mich und ich muss dir dafür auch was geben … Leider habe ich momentan nicht mehr als Sex zu bieten …«

Er bleibt auch mit dem Rücken zu mir stehen … Huch?!

»Ich will keinen Sex mit dir!«, antwortet er mir mit einem Mal fast schon angewidert, was echt an meinem Ego kratzt. *Also bitte! Ich sehe super aus! Habe einen Hammerbody! Das ist alles, worauf ich stolz sein kann! Jeder will mich bumsen! Boah!*

»Wie bitte? Du willst mich *nicht* ficken? Was geht denn mit dir ab?«

»NEIN!«, kommt es klipp und klar, bevor er sich herumdreht und mich unter dem Rand seiner Kapuze ansieht … »Ich will dich nicht ficken!«, verkündet er düster und sehr, sehr deutlich. Doch dann seufzt er, und lässt seinen Kopf kreisen, bevor er murmelt: »Und jetzt komm …«, und einfach weitergeht.

Ich tue ihm den Gefallen, den Rest des Spazierganges zu schweigen.

***

Die Tür schließt sich wie immer um 00:25 Uhr vor meinem Gesicht und ich stehe in der beißenden Kälte. Doch mir ist warm, jedenfalls innerlich, irgendwie … Das rede ich mir zumindest ein. Vor seiner Haustür hat er sogar gemurmelt … »Nacht …«, bevor er schleunigst machte, dass er sie mir vor der Nase zuschlug.

Seufzend sehe ich nach oben …

Der Himmel ist sternenklar, nur noch ein paar Tage, dann wird es schneien … Mein Mantel hat Löcher, er und die Jeans werden mich bald nicht mehr vor der Kälte schützen. Sie tun es eigentlich jetzt schon nicht. Meine Nase spüre ich schon lange nicht mehr, genauso wenig wie meine Wangen. Handschuhe bräuchte ich auch dringend. Mit gesenkten Schultern vergrabe ich meine Hände in meinen Manteltaschen und mache mich auf den ›Heimweg‹.

Mein Zuhause? Der Bahnhof.

Wie ich da hinkomme?

Tja …

Abgefuckte Bekanntschaften. Abgefucktes Leben. Ich bin total abgefuckt …

Ich hatte mal eine Familie … dann war sie weg.

Ich bin im Heim aufgewachsen. Dann auf der Straße.

Hier und da kam ich bei ein paar Fickbekannten unter, aber irgendwann wurde es ihnen oder mir zu viel und so landete ich schließlich komplett auf der Straße.

Andere haben sich in der großen Bahnhofshalle schon eingefunden. Ein Penner pisst gerade an die Wand. Es stinkt erbärmlich. Zum Glück liegt mein Schlafsack in einer abgelegenen Ecke. Doch dafür muss ich an den anderen vorbeigehen, auch an … Jerry … Früher war er mal ein attraktiver Kerl aus gutem Hause, dann geriet er an die falschen Leute … und die falschen Drogen. Jetzt fehlen ihm eine Reihe Zähne und die Bierfahne betäubt jedem im Umkreis von zwei Metern, er sieht aus wie vierzig, ist aber vielleicht Mitte zwanzig. Einer der vielen Zombies, die am Rande dieser Gesellschaft vegetieren und die keiner sehen will.

»Hey Babe, siehst ja ganz schön durchgefroren aus, ich weiß, wie dir wieder warm wird!« Er wackelt mit den Augenbrauen. Die verrohten Idioten, die neben ihm stehen, brechen in schallendes Gelächter aus. Ich kann gerade so seiner Hand ausweichen, die mir auf den Arsch klatschen will und gehe weiter. Wenn ich ihn beachte, macht das alles nur noch schlimmer. Mit gemäßigten Schritten biege ich um die Ecke, denn ich darf nie Angst zeigen, dann sehe ich ihn schon. Meinen Riesenteddybären.

Er liegt auf meinem Schlafsack in einem Nebenraum und

bewacht ihn geduldig, wie immer, wenn ich nicht da bin. Als er mich sieht, springt er auf und rennt zu mir. Man könnte Angst haben, dem Boden gleich gemacht zu werden … Aber das riesige Tier stoppt jedes Mal rechtzeitig. Sein muskulöser Körper schmiegt sich um meine Beine, während ich ihn streichle.

»Hey Teddy-Schatz!« Aus der Hosentasche hole ich das halbe Sandwich, das ich vorhin aus einem Mülleimer geangelt habe, und gebe es ihm. Er ist zu dünn. Besorgt lasse ich mich nieder und befühle seine Rippen, während mein Magen laut knurrt. Nein, es ist noch in Ordnung. *Meinem Teddy geht's gut, alles ist gut ... alles absolut bestens* … denke ich, während ich erschöpft den Kopf gegen die Wand hinter mir sinken lasse und die Augen schließe.

Er legt sich zu meinen Füßen und verschlingt innerhalb von Sekunden das riesige Sandwich. Mit schweren Lidern sehe ich mich um und streichle seine weichen Ohren und seinen riesigen Kopf, den er dann zufrieden schmatzend auf meinen Schoß legt und meine Hände beschnüffelt. Da könnte ja noch mehr von dem guten Zeug sein.

Die eigentliche Halle, an der die Geschäfte grenzen – ein Burger-King, eine Bäckerei, ein Buchladen – ist groß, aber dort dürfen wir uns über Nacht nicht aufhalten. Um ein Uhr wird alles abgesperrt und die Penner vertrieben. Aber hier bei den Schließfächern um die Ecke wird nicht abgeschlossen. Am Boden liegt sogar Teppich und in der Nacht holt meist keiner etwas aus seinem Schließfach, deswegen bleibt die elektronisch gesicherte Tür geschlossen und die Kälte draußen. Es ist ein relativ kleiner Raum, ich habe Glück, dass der übergroße Rottweiler alle von mir fernhält. Heute Nacht werde ich dennoch nicht richtig schlafen können, das weiß ich.

Mein Magen rumort und meine Kehle ist trocken. Die dünne Brühe heute Nachmittag in der Suppenküche ist schon längst verwertet, und zurück bleibt nichts als schmerzende Leere, die sich hier und da verkrampft.

Ja, natürlich ich könnte zum Arbeitsamt gehen und dort Arbeitslosengeld beantragen. Ja, ich könnte mich dort von den Bearbeitern wie den letzten Dreck ansehen und behandeln lassen, aber dafür bräuchte ich erst mal eine Adresse. Außerdem will ich von ihr nichts – von dieser beschissenen Gesellschaft, die sich einen Dreck um mich schert. Ich will ihnen nichts schuldig sein! Keinem von ihnen! Mir ist klar, dass ich alleine bin … und das ist auch gut so … versuche ich mir zumindest einzureden. Arbeiten gehen? Wieso sollte ich arbeiten gehen und dieses abgefuckte System somit noch unterstützen? *Nein!*

Irgendwann falle ich in einen unruhigen Dämmerzustand.

In die Träume verfolgen mich eiskalte grüne Augen und ein teuflisches Lächeln.

***

Als ich am nächsten Morgen aufwache, fühle ich mich noch müder, als am Abend davor. Mit seinem Seufzen denke ich noch im Halbschlaf an diese eine wunderbare Nacht zurück … in seinem Bett. Es war so warm, ich fühlte mich so geborgen, wie noch nie.

Aus einem Schließfach bei dem ich das Schloss geknackt habe – das kann ich gut – hole ich mein weniges Hab und Gut und putze mir auf dem Bahnhofsklo die Zähne. Zähne sind mir schon immer sehr wichtig gewesen. Dann wird noch schnell eine Katzenwäsche mit kaltem Wasser veranstaltet und die

Haare gekämmt. Kurz darauf hole ich mein Heiligtum aus dem Schließfach. Meine Geige. Die Politur ist beschädigt, ein paar Kratzer zieren das Instrument, dennoch klingt es noch immer wunderschön.

Als ich aus der Halle trete, scheint mir die Sonne entgegen. Lächelnd begebe ich mich in die Fußgängerzone an meinen Platz, lasse Teddy neben mir liegen und fange an zu spielen … Natürlich setze ich mich nicht hin und bettle, ohne etwas dafür zu tun. Ich mag es, wenn die Menschen stehen bleiben und meiner Musik lauschen – wenn sie mir dafür noch ein paar Cent da lassen bin ich schon zufrieden. Die Sonne scheint, viele Leute sind unterwegs und sie haben gute Laune. Heute könnte ein guter Tag werden.

***

Ich kann mir etwas zu essen und zu trinken kaufen. Teddy bekommt aber als erstes ein richtiges Festmahl. Den Rest stecke ich zu meinen dürftigen Ersparnissen. Ich brauche bald neue Schuhe. Meine Stiefel sind schon fast durchgelaufen und außerdem undicht an den Sohlen. Bei der kleinsten Pfütze habe ich nasse Füße, und das könnte im Winter ein richtiges Problem werden. Im Notfall werde ich gar nichts mehr essen. Aber das habe ich schon öfter durchgestanden. Zwei Wochen ohne Essen halte ich aus. Immer wieder sehe ich auf die Uhr in der Bahnhofshalle, während ich mit ein paar uralten Typen zusammensitze, die stinken wie eine Kloake gemischt mit einer Kneipe, und warte darauf, dass ich aufbrechen kann.

Mein Herz schlägt immer schneller, je näher die Stunde rückt, in der ich ihn sehen darf. Ob er heute vielleicht endlich mal lächeln oder was erzählen wird? Ich kann nur wenig über mich preisgeben, möchte ihn aber dringend kennenlernen. Er soll kein Mitleid mit mir haben, wenn er zu solchen Gefühlen überhaupt fähig ist, was ich nicht annehme.

»Oh Baby … was machst du denn hier?« Eine Hand auf meiner Schulter, Gestank an meiner Wange. Ich will mich unter Jerry wegducken, aber er schiebt mich zurück gegen die Wand.

»Lass mich in Ruhe!«, fauche ich Jerry an und will gleichzeitig mein Knie heben, doch er ahnt, was ich vorhabe und weicht aus. Im nächsten Moment drückt mich sein hagerer Körper an die Wand und das mit einer Kraft, die ich ihm nicht zugetraut hätte. Mir wird übel, denn er will mich küssen, während die anderen ihn anfeuern. Es stinkt so sehr, dass mir Tränen in die Augen steigen …

»Verpiss dich du Wichser!«, zische ich und gebe ihm einen Headnut. Ein tiefes bedrohliches Knurren, schon weicht sein Gewicht von mir.

Jerry schreit und liegt auf dem Boden. Teddy steht über ihm. Die Pfoten auf seiner Brust, den Kopf geduckt, die Nackenhaare gesträubt und die riesigen Zähne entblößt – ein Wort von mir und Jerrys Kehle würde mitten in der Bahnhofshalle liegen.

»TU DEN KÖTER WEG! TU IHN WEG!«, schreit der Widerling, während ich die Hand auf meine Brust presse und mir die Szene einige Sekunden lang anschaue. Soll sich Jerry ruhig in die Hosen pissen, dann hat er so was wenigstens das letzte Mal versucht! Erst nach ein paar Minuten rufe ich Teddy ruhig zurück. Auch die anderen sollen sehen, was passiert, wenn man versucht, mich zu ficken … Sie sind kreidebleich und johlen nicht mehr.

Teddy setzt sich nach einem knappen Befehl brav an meine

linke Seite, blickt jedoch weiterhin leise knurrend auf Jerry herab. Dessen Gesicht ist bleich, wie der bald kommende Schnee, als er sich schnell aufrappelt und rückwärts davonstolpert. Seine Hose ist tatsächlich nass … Ein hagerer Finger zeigt auf mich.

»Du Schlampe, das wirst du bereuen!«, schreit er außer sich.

Ich antworte nicht.

»Komm Baby …«, sage ich zu meinem Hund und verschwinde lässig um die Ecke. Dort gehe ich in die Hocke und vergrabe mein Gesicht an dem massigen warmen Hals, um meinen Schreck über diese Situation zu verbergen. Wenn ich Teddy nicht hätte … dann wäre ich auch nicht mehr hier.

***

Er ist zu spät. Er kommt sonst *nie* zu spät.

Tausend Szenarien laufen vor meinem inneren Auge vorbei. Hat er nun endgültig genug von mir?

Die Eule auf dem nächstbesten Baum scheint mich mit ihrem konstanten »Huhu, huhu …« zu verhöhnen. Irgendwann halte ich es auf der einsamen Bank nicht mehr aus und gehe den mittlerweile bekannten Weg durch die nebligen Straßen entlang. Aber diesmal ganz alleine. Er wohnt im Erdgeschoss. Die Fenster sind dunkel, die Vorhänge zugezogen. Ich klingle so lange, bis mein Zeigefinger schmerzt, doch er öffnet nicht.

Er öffnet einfach nicht!

Bittere Leere breitet sich in mir aus, und ich muss die Arme um mich schlingen, um nicht auseinanderzubrechen. Ich dachte … er würde mich nicht mehr so schlimm finden … Ich dachte … er wäre freiwillig mit mir spazieren gegangen …

Ich dachte …vielleicht ...

Falsch gedacht, Schlampe! Sieh ihn dir doch an! Was will er mit einer dreckigen Pennerin und einer Verrückten noch dazu?

Ich schüttle meinen Kopf.

Er schien selber nicht wie andere Menschen zu ticken, deswegen hatte ich die Hoffnung, dass er mich vielleicht verstehen würde, wenigstens ein kleines bisschen. Aber nein. So war es nicht. Er ist nämlich weg! Geflüchtet, damit ich ihn endlich in Ruhe lasse.

Was will ich auch von so einem Mann?

Hm?

Wieso sollte mir das Leben mal etwas andere auftischen als Scheiße?

Hm?

Ich fühle, wie mich die Schwärze umschlingt, mich mit Selbstzweifeln und Trauer überhäuft, und ich kann nichts dagegen tun. Tränen laufen über meine Wangen, während ich benommen nach Hause taumle. Eisiger Wind, der von allen Seiten zu kommen scheint, lässt meine Tränen fast gefrieren, bevor sie von meinem Gesicht tropfen können. Mein gesamter Körper bebt.

In der Innenstadt, beinahe am Bahnhof angekommen, fängt es an zu schneien. Die ersten eisigen Flocken dieses Jahres segeln friedlich zu Boden. Ich strecke meine Hand aus, fange sie auf und betrachte sie im gelblichen Licht der Straßenlaterne. Sie sind so rein und unschuldig, wie ich es mal war und nie wieder sein werde. Mit zusammengebissenen Zähnen schließe ich die Faust und zerdrücke sie.

Ein anderes Bild schiebt sich vor mein geistiges Auge. Vor mir steht eine heiße Kakaotasse, ich habe einen

Schokoladenmund … Meine Mama superwitzige Lockenwickler im Haar, mein Vater kommt nach Hause und klopft sich den Schnee von den Fäustlingen und Schuhen. Er sieht mich und da ist Stolz in seinen Augen. Ich laufe auf ihn zu, springe an seine Brust, rieche seinen Duft und weiß, mir kann nichts im Leben passieren. Niemals, solange mich Papa hält … Beim nächsten Wimpernschlag klebt sein Blut an meinen Händen … Papas Augen sehen mich an, leblos – starr … Mama schreit … Zwei Schüsse lassen mein Trommelfell fast zerbersten, direkt neben mir … Meine Mama fällt in sich zusammen … Dann wird die Waffe direkt an meine Stirn gehalten … Ich fühle den Lauf bis heute noch dort, eiskalt … ruhig … und sehe auf in diese grusligen grünen Augen …

Teddy jault auf.

Das Geräusch dringt mir in Mark und Knochen.

Sofort laufe ich zum Bahnhof. Sein Jaulen erinnert mich an das Kreischen vom Tod persönlich. Er hat Angst, er hat Schmerzen. Mein Herz schlägt bis zu meinem Hals, als ich durch die Halle stürme. Sie lachen. Die Penner lachen, ich höre es düster hinter mir her hallen, als ich zu dem Raum mit den Schließfächern stürme und schlitternd zum Stehen komme …

Mein Schrei hallt in meinen Ohren wider.

Tränen nehmen mir die Sicht und ich schlage die Hände vor den Mund, stürze zu ihm, obwohl ich weiß, dass es zu spät ist … es ist zu spät. Er liegt auf dem Boden, ist gerade zusammengebrochen …

»TEDDY! NEIN, NEIN, NEIN! SCHEISSE! BITTE NICHT!« Verzweifelt berühre ich seine Brust, sie ist noch warm … Das Blut heiß, das in Strömen aus dem Schnitt an seiner Kehle auf meinen Schlafsack rinnt.

Wild schluchzend umarme ich ihn, drücke mein Gesicht in sein noch warmes Fell! »ES tut mir so leid! ES TUT MIR LEID! Shhhhhh Baby … alles gut!« Während ich versuche, leiser zu schluchzen und für ihn da zu sein, fange ich an, mich mit ihm vor und zurück zu wiegen … Er hört auf zu winseln … wird ganz ruhig und versteckt seinen Kopf in meiner Armbeuge, so wie er das schon als Welpe gemacht hat, wenn er vor etwas Angst hatte.

Er war immer das Gute an uns beiden, er hat immer jeglichen Kummer von mir genommen, seine reine Seele hat mich so oft gerettet … Er war das einzige Grund, weswegen ich noch lebe.

Sein Körper wird lasch und … schwer in meinen Armen – er geht an einen besseren Ort, als diese abgefuckte Welt. Ich gönne es ihm, auch wenn ein Teil von mir dabei ebenfalls stirbt …

5. Aufwachen

Von Aufregung erfüllt sitzen vier amerikanische *Forscher in dem kleinen typisch eingerichteten* Büro. *Gleich wird ihr großer Moment kommen, wenn sie ihre Entdeckung endlich den Medien offenbaren. Der Ölvorrat geht nicht zur Neige, es ist ein Rohstoff, der sich immer wieder erneuert und somit unendlich ist. Die letzten zwei Jahre haben sie sich die Tage und Nächte um die Ohren geschlagen, um die Öllüge aufzudecken, und endlich haben sie jemanden gefunden, der ihnen allzugern Gehör schenkt. Dies wird die Welt verändern.*

Sie sehen ihn nicht kommen. Keiner tut das jemals, er ist ein Phantom. Auch die Kameras werden niemals eine Aufnahme von seinem Gesicht zeigen können.

Mit einem Mal steht er vor ihnen. Die vier Wissenschaftler sehen nur ein Aufblitzen in eisig grünen Augen, ansonsten ist das engelsgleiche Gesicht vollkommen reglos. Eine Maske.

Er hebt in aller Ruhe den Arm.

Im nächsten Wimpernschlag wird ihr Lebensgeist durch rundes Blei ausgehaucht, das problemlos durch ihre Stirn und ihre Gehirnwindungen dringt.

Das Phantom dreht sich um und geht.

Die Welt wird sich so weiterdrehen wie bisher.

Evan Black

Ich fühle mich wie ein neuer Mensch, als ich mein Auto vor dem Haus parke, pfeifend meine Sporttasche von der Rückbank nehme und aussteige. So wie immer, bei diesen Aufträgen, konnte ich abschalten, alles Angestaute rauslassen, ihm seine Freiheit geben und schließlich von Neuem beginnen. Danach habe ich wieder für einige Zeit meine geheiligte Ruhe.

Eine Hand in meiner Manteltasche vor der eisigen Kälte schützend vergraben, drücke ich immer noch pfeifend auf das Knöpfchen, damit mein Wagen sich verschließt, und gehe zum Haus. Es schneit, kleine, wunderschön symmetrische Flöckchen rieseln stetig und lautlos auf den Boden. Tief atme ich die reinigende, in der Lunge brennende Luft ein. Heute ist wirklich ein guter Tag! Mein Briefkasten gibt nichts außer Werbung her, aber ich war ja auch nur sechs Tage fort. Sehnsüchtig denke ich zurück an Palmen, Strand, flimmernde Hitze. Eine Lampe im Hausgang funktioniert nicht. Ich kann sie nicht aus den Augen lassen, aber schaffe es um die Kurve und bleibe wie erfroren stehen.

Da liegt sie. Einfach so vor meiner Haustür und schläft … oder ist ohnmächtig.

Sofort erwecken ihre Lippen meine Aufmerksamkeit. Sie sind nicht rot. Nein, sondern blau. Dann die dunklen Ringe unter ihren Augen. Ihre Wangenknochen stehen hervor. Die Wangen sind eingefallen. Sie sieht aus wie ein lebendes Skelett.

Ihr Anblick lässt mich schwanken.

Ehe ich mich versehe hocke ich vor ihr und berühre sie an der Schulter.

»Lillian!« Ihr Name fällt ganz allein von meinen Lippen.

»Teddy!« Ein leiser, bebender Ausruf ist die Antwort. Ihre Augen pressen sich zusammen. Eine Träne läuft die fahle Wange herab, gleichzeitig schlägt sie meine Hand weg. Sie ist im Delirium oder kurz davor. Bestimmt schließe ich die Tür auf und halte ihren Oberarm fest, damit sie nicht nach hinten umkippt. Irgendwas drückt von innen gegen meine Brust, es scheint, als wäre dort ein Luftballon, der immer weiter aufgeblasen wird und jeden Moment zu platzen droht. Heftig schüttle ich sie.

»Wach auf!« Keine Reaktion. Ich merke, dass sie komplett durchnässt und eiskalt ist. Ihre Haare kleben in feuchten Strähnen an ihrem Kopf, sie sehen viel zu dunkel aus, und auch die wenigen Sommersprossen scheinen verblasst. Ich weiß nicht, wie lange sie schon so hier sitzt und was sie davor getan hat, aber sie ist eindeutig unterkühlt.

Der Ballon bläht sich immer weiter auf, ich bekomme kaum noch Luft. Was soll ich jetzt tun? Sie einfach hier liegen und höchstwahrscheinlich sterben lassen?

Dieses störende hartnäckige Ding, das am liebsten Hubba-Bubba-Kaugummi kaut und immer den Sportunterricht geschwänzt hat, weil sie sowieso immer alles versaute? Das Mädchen, das immer ihre Süßigkeiten verschenkte, um sich beliebt zu machen, und nicht einmal ein ›Danke‹ von den anderen Kindern dafür bekam? Das immer ihre Plüschsticker gegen billige tauschte, alles teilte, immer gab und doch nie akzeptiert wurde? Der Teenie, der stets am betrunkensten von allen war, der sich jede Woche in einen anderen verliebte? Der so ziemlich alle Drogen ausprobierte, die es auf dieser Welt gibt, um irgendwo endlich mal dazuzugehören? Der sich nicht entscheiden konnte, wohin er mit ihrem Leben wollte und erst mal aus dieser Gesellschaft ausbrach, um sich auf der Straße wieder zu finden? Die Frau, die Konfetti hasst und Luftschlangen liebt? Die keinen Karpfen kochen kann, weil dieser sich noch bewegen könnte? Die abends immer unter ihr Bett schaut? Die findet, Tiere sind die besseren Menschen? Die sich beim Teetrinken grundsätzlich immer den Mund verbrennt, weil sie zu ungeduldig ist, und die als Kind immer am höchsten von allen geschaukelt hat, frei und jung, mit wehenden blonden Haaren, dem blauen Himmel entgegen? Die jede Mutprobe bestand und einem Lehrer, genauso wie einem Politiker grundsätzlich niemals recht gibt? Die irgendwann gebrochen wurde, so schmerzhaft, dass sie sich eines nachts das Leben auf einer einsamen Parkbank nehmen wollte?

Ja, ich weiß alles über sie … Alles.

Okay … *er* weiß es …

Ich glaube nicht an Gott. Wie könnte ich?

Ich glaube auch nicht an das Schicksal.

Ich glaube an mich selbst.

Niemand außer mir hat die Dinge in der Hand.

Ich dachte, ich könnte meinen Abstand halten, sie nicht an mich und in meine Welt einlassen. Aber in diesem Moment, während sie halb tot vor mir liegt, fällt mir auf, dass sie bereits eingedrungen ist, und ich habe Angst, weiß nicht, wo das hier hinführen wird, wollte es nie so weit kommen lassen, doch ich kann sie nicht hier liegen und sterben lassen.

Nicht um ihretwillen, sondern wegen mir.

Ich lag jede Nacht wach.

Ich habe immer wieder ihr Grün gesehen.

Ich habe die letzten Tage ständig ihre Stimme gehört. Ihr Lachen ...

Ich, nur ich, ganz allein …

Und nur ich, ich ganz allein, werde nicht zulassen, dass sie stirbt.

Das, verdammt noch mal, bin ich ihr schuldig!

Sie wiegt nichts, als ich sie hochhebe. Es kostet mich keine Überwindung. Kein Schweiß fängt an zu laufen, meine Atmung geht normal … Das fällt mir innerhalb von einer Sekunde auf und auch, wie perfekt ihr Kopf in die Kuhle meiner Schulter passt. Die Tasche trete ich in meine Wohnung und breche mir dabei fast den Zeh. Sobald ich drin bin, schlage ich die Tür mit meinem Fuß hinter mir zu.

»Komm zurück, Lillian …«, flüstere ich ihr zu, während ich ins Bad marschiere. Ihre Lider flattern. Sie stöhnt leise und ihre Hand krallt sich in meinen Mantel.

»Evan?«, wimmert sie, während ich sie auf den Toilettendeckel setze. Die sanfte Art, wie sie meinen Namen ausspricht, sticht in meiner Brust.

»Ja.« Bestimmt zerre ich ihr den viel zu großen Mantel von knochigen Schultern. Ihr Pullover hat ein Loch am Ausschnitt und er sieht im Großen und Ganzen ziemlich dreckig aus.

»D … du … weißt meinen … Namen?« Ihre Lippen beben. Sie stottert, weil ihre Zähne so heftig aufeinander klappern.

Oh Baby … Ich weiß alles.

»Ruhe!«, befehle ich, zerre den Pullover über ihren Kopf und von ihren Armen. Sie trägt kein Shirt, nur einen BH, der kaum ausgefüllt ist. Dieser liegt beim nächsten Atemzug auf ihrem Pullover. Ich ziehe sie auf die Beine, sie bleibt schwankend stehen, aber ich schiebe sie zur Sicherheit gegen die Wand. Ihre Jeans kann ich an ihr herabzerren, ohne dass ich den Knopf und Reißverschluss dafür öffnen muss. Auch die Hose ist verdreckt und rissig. Die Stiefel haben ihre besten

Tage auch schon hinter sich, ihre Füße sind eiskalt und komplett durchnässt, genauso wie der Rest von ihr. Das Höschen glaubt als Nächstes daran, während sie absolut lethargisch alles über sich ergehen lässt.

Und dann ist da wieder diese Grässlichkeit!

Diese schwarze Tinte, die alles entstellt! Sogar ihren Schamhügel und die Beine! Außerdem dieses verdammte Silber in ihren Nippeln.

Ich könnte kotzen!

Zähneknirschend stelle ich die Dusche an und schiebe sie unter den heißen Strahl. Das Wasser durchnässt meinen Mantel und meine Kleidung sofort, als ich mit ihr in die kleine Kabine schlüpfe, aber wenn ich sie nicht halte, wird sie zusammenbrechen. Ihre Gliedmaßen beben immer noch, sie keucht auf, als das Wasser sie trifft, will flüchten und ich weiß wieso. Es fühlt sich an wie tausend heiße winzige Speere, die sich in ihre Haut bohren. Ich kann es selber empfinden, es irritiert mich lediglich am Rande. Denn ich habe nur eine Aufgabe und auf diese konzentriere ich mich vollkommen, so wie immer, wenn ich etwas tue.

»Bleib stehen!« Mit beiden Händen reibe ich kräftig ihre Arme, zuerst links dann rechts. Dann gehe ich vor ihr in die Hocke und reibe ihre Beine, zuerst links und dann rechts. Ihre Oberschenkel, Unterschenkel und ihre Füße. Sie stöhnt irgendwann nicht mehr gequält. Dann fängt das ganze Spiel von vorne an. Ich reibe sie so lange, bis ihre bleiche, entstellte Haut eine hektische rote Farbe angenommen hat und ich außer Atem bin.

Vor ihr hockend schaue ich hoch und sehe wie sie an der Duschwand lehnt, und auf mich hinab blinzelt, als befände sie sich in einem Traum. Ihre Augen wirken so gequält. Tiefe, schwarze Seen, die mich mit ihrem Kummer zu verschlingen drohen. Was ist nur passiert, während ich nicht da war?

»Teddy … ist tot …«, murmelt sie kaum hörbar … und mir wird schlecht.

Sie beißt sich auf die Unterlippe, als diese wieder anfängt zu beben, aber sie verliert den Kampf. Im nächsten Moment stehe ich und ihre Hände krallen sich in meinen durchnässten Trenchcoat, ihr Gesicht ist an meiner Brust vergraben. »ER IST TOT! MEIN BABY IST TOT!« Sie schluchzt laut und erbärmlich, während das Wasser mich durchnässt und ich sie dennoch festhalte. »ICH … ich habe nicht auf ihn aufgepasst! Ich bin schuld!«

»Shhh … er hatte ein gutes Leben. Davon träumt jedes Tier, er durfte frei sein, gehen wohin er wollte, und doch hatte er immer einen sicheren Hafen … Du hast ihn geliebt, hast alles für ihn getan und er wusste das!«, murmle ich, weiß, dass ich eigentlich zu viel sage, aber es ist mir egal. Sie hat niemanden, der sie jetzt tröstet, niemanden, der ihr in so einer dunklen Stunde ihres Lebens beisteht.

Verdammt!

Wir mochten Teddy! Er hat ihn extra für sie besorgt und so abgerichtet, dass der riesige Rottweiler auf sie aufpasste. Jetzt ist er weg und ich schwöre mir, den Bastard zu finden, der das zu verantworten hat!

Mit einem Mal bin ich mir ihres Körpers bewusst, der sich an mich schmiegt, mein Auftrag scheint vergessen, meine Konzentration ist dahin. Sie ist warm und weiblich. Trotz gewisser rausstehender Knochen und einer nicht ausreichenden Reinigung, gefällt mir, was ich fühle.

Meine Hose wird eng und unwillkommene Fantasien fluten meinen Geist. Ihre Haare in meiner Hand, meine Lippen auf ihren. Ihr zierlicher Körper unter mir. Meine Finger in ihr, bis zum Anschlag … ihre Hitze – ihr Duft – Feuchtigkeit – Stöhnen …

Erschrocken trete ich einen Schritt zurück.

»Zieh meinen Bademantel an, er hängt an der Tür. Handtücher sind unter dem Waschbecken.« Ohne sie anzusehen, rassle ich das herunter und verlasse dann schleunigst das Bad, packe meine Tasche und stürme in mein Atelier.

***

Lilli

Durch den dichten Nebel aus Schmerz und Leid fühlte ich seine Hände. Sie berührten mich so sicher, so bestimmt, sie zwangen mein Blut erbarmungslos dazu, sich auszubreiten und brachten es gleichzeitig zum Kochen.

Am Anfang dachte ich: *Das ist es jetzt. Ich bin tot und tatsächlich im Himmel gelandet,* als seine samtige Stimme zu mir durchdrang und mich beim Namen nannte – bei meinem *richtigen* Namen. Als er mich so nannte, wie mich sonst keiner nennt! Und ich war glücklich. Wenigstens im Tod durfte ich ihn fühlen, ihm nahe sein, seinen Duft riechen und meinen Kopf an seine starke Schulter legen! Ich war nicht allein, regelrecht selig, auch wenn mein Körper schon gar nicht mehr da war und mein Geist nur noch durch einen dünnen Faden mit der irdischen, so grausamen Welt verbunden war. Es war so schön … Aber dann kam der Schmerz. Er riss mich unbarmherzig ins Hier und Jetzt. Ich war nicht tot, denn solche Schmerzen kann einem nur das Leben bereiten. Tausend kleine heiße Nadeln bohrten sich in meine Haut. Wenn ich die Kraft gehabt hätte, hätte ich geschrien.

Aber da waren sie wieder. Seine Hände. Sie ließen nicht von mir ab und ein wohliges Kribbeln überall dort entstehen, wo gerade noch Schmerz gewesen war. Auch wenn es unpersönliche, sachliche Berührungen waren, so berührte er mich! Der Mann, der mich in seinen dunklen Bann gezogen und nicht mehr losgelassen hatte …

***

»Wo warst du?« Meine Stimme klingt kratzig, mein Hals fühlt sich angeschwollen und rau an. Außerdem ist mir kalt, mein Körper bebt immer noch, aber ich glaube, das hat nichts mehr mit Unterkühlung zu tun, sondern mit meinem Kreislauf, der völlig im Keller ist. Auch der Tee, den er mir zubereitet hat, hilft nicht, vor allem, weil er noch zu heiß ist. Ich sitze in einem weißen Shirt und schwarzen Shorts auf seinem Bett unter drei Decke begraben, und sehe dabei zu, wie er Gemüse in einer Pfanne anbrät. Karotten und Lauch, den er zuvor in genau gleich große, gleich dicke Scheiben geschnitten hat. Ich frage mich, wie er das ohne Lineal und Waage hinbekommen hat, so eine Perfektion kann man wohl nur mit jahrelanger Übung erlernen. Es duftet fantastisch – mein Magen knurrt so laut, ich bin mir sicher, er hört es. Doch er reagiert nicht, weder auf meinen rebellierenden Bauch noch auf meine Worte. Ganz was Neues.

»Evan …« *Oh Gott, ich habe seinen Namen ausgesprochen!* Ich kann nicht anders, als es voller genervter Ehrfurcht zu tun und da … sieht er hoch. Gelangweilt, aber wenigstens nicht total abweisend, sein Blick ist stechend, und ich zucke fast zusammen.

»Habe ich dir erlaubt, mich beim Namen zu nennen?« Scheiße … mein Magen zieht sich erneut zusammen, jetzt aus anderen Gründen, als er mir diese Frage scharf aber leise stellt.

Ich schlucke mühsam und muss wegsehen. »Nein.« Meine Finger spielen mit der Decke, deren Nägel so rissig sind … genau wie meine Handflächen. »Wie soll ich dich denn sonst nennen? Du da?«, nuschle ich vor mich hin, immer noch sind meine Hände mein Beobachtungsziel. Wieder keine Antwort.

Als ich hochblicke, steht er mit dem Rücken zu mir vor dem Herd. Sein Kreuz ist wirklich breit. Ich kann die drahtigen Muskeln unter dem Lacoste-Poloshirt arbeiten sehen – woher hat er solche Kleidung? Ich meine, er lebt in einer totalen Bruchbude! Meinen Kopf schief legend beiße ich mir auf die Unterlippe. Er ist braun geworden, dort wo er die letzten Tage war … Es passt perfekt zu dem weißen Shirt und der gleichfarbigen Hose, dazu noch die blonden ziemlich kurzen Haare … Und dann erst dieser Hintern … Wahnsinn. Wie kann ein Mann nur so einen perfekten Arsch haben?

»Trainierst du oft?«

»Täglich.« OHHHHH eine Antwort! Halleluja! Ich brauche einen Kalender zum Kreuz machen!

»Wieso so oft?«

Ein misstrauischer Blick über seine Schulter, als er mich trifft, muss ich wieder wegsehen, denn ich habe immer noch seine Götterseite betrachtet und er hat mich dabei erwischt. Ich fühle, wie das Blut in meine Wangen steigt. In seiner Gegenwart fühle ich mich wie eine frisch Pubertierende, die mit ihrem Schwarm spricht. Natürlich bekomme ich wieder mal keine Antwort. Wie das duftet … Ich glaube er brät nun

Fisch an. Lachs … und Lauch und Karotten. Mein Magen knurrt erneut, er scheint es diesmal tatsächlich gehört zu haben, denn wieder trifft mich einer seiner forschenden Seitenblicke. Ich merke, wie meine Wangen noch dunkler werden und sehe gar nicht mehr auf. Stattdessen nehme ich meine Tasse und puste vorsichtig. Als ich dabei wieder zu ihm hochblicke trifft es mich wie ein Schlag.

Er schmunzelt mich mit schief gelegtem Kopf an!!!

Fast falle ich von diesem Anblick erneut in Ohnmacht. Mein Mund klappt aber auf jeden Fall auf. Natürlich dreht er sich sofort wieder von mir weg, aber ich habe es dennoch gesehen.

Er *kann* lächeln und mein Gott … dabei ist er ja noch schöner!

Ein feuchtfröhliches Husten zerstört meine Bewunderung. Schnell stelle ich die Tasse beiseite, kleckere aber dabei den Tisch voll. Ich drohe zu ersticken, meine Brust schmerzt bei jedem einzelnen Keuchen. Schleim sammelt sich in meinem Mund und ich muss würgen. Das ist so abartig! Fahrig greife ich nach den Taschentüchern auf dem Beistelltisch und spucke den Klumpen aus. Der Husten ebbt langsam ab, und ich lasse mich entkräftet in die Kissen zurückfallen. Mein Kopf dröhnt und dreht sich. Meine Brust schmerzt bei jedem flachen Atemzug und meine Handflächen sind nun ganz verschwitzt, dennoch durchrieselt mich ein eiskalter Schauer.

Unter meinem Arm sehe ich hervor. Er steht vor dem Bett, mit einem nassen Lappen in der Hand, doch er starrt mich an,

und das, was ich in seinem Blick sehe, ist die absolute Qual, gemischt mit Hilflosigkeit.

»Du brauchst einen Arzt«, stellt er nüchtern fest, seine

Augenbrauen sind zusammengezogen, sodass über seiner kerzengeraden, perfekten Nase ein kleines ›V‹ entsteht.

Ich lächle schwach und will abwinken, doch auch dafür scheint meine Hand zu schwer. »Das ist nichts … Ein bisschen Husten …« Und vor allem habe ich kein verdammtes Geld für einen Arzt! Stirnrunzelnd wendet er sich von mir ab, hebt die Tasse hoch und wischt das kleine Tischchen sauber. Dann wäscht er den Lappen in der Küche aus, hängt ihn an einen Haken und geht zu der Kommode neben der Eingangstür. Er nimmt sein Handy, ohne mich aus den Augen zu lassen, während er wählt. Meine Augen werden immer größer, mein Kopf fängt von selbst an, nach links und nach rechts zu gleiten, aber er ignoriert meine stummen Einwände.

»Dr. Newhouser, ich brauche einen Arzt.« Keuchend richte ich mich auf. Mein Kopf dreht sich dabei so wild, dass das Zimmer vor meinen Augen verschwimmt, dennoch fühle ich den warnenden Blick, der mich wie ein Peitschenhieb trifft. »Nein. Nicht Sie. Einen Allgemeinmediziner. Nein, ich bin nicht krank ...« Kurze Pause, dann: »Weiblich. Neunzehn Jahre alt. Unterernährt. Schleimiger Auswurf. Husten. Fahle Haut. Schüttelfrost. Verdacht auf eine Lungenentzündung«, rasselt er tonlos herunter. Woher zum Teufel weiß er so genau mein Alter?! Und wieso wusste er, dass Teddy ein Hund ist? Außerdem … kannte er meinen Namen! »Nein! Kein Krankenhaus!« Das kommt jetzt ziemlich gepresst, aber dennoch leise.

Ich habe es inzwischen erfolgreich geschafft, mich unter dem Deckenhaufen hervor zu kämpfen und stehe schwankend. Seinen nun nicht mehr warnenden, sondern Todesschmerzen androhenden Blick ignoriere ich, obwohl mir ziemlich flau ist, und taumle auf ihn zu. Dabei kann ich nicht aufhören, meinen

Kopf zu schütteln. Als ich es endlich zu ihm geschafft habe, hat er schon aufgelegt. Ist wohl mein Glück, denn meine Beine verheddern sich mit sich selbst und ich verliere das Gleichgewicht. Im nächsten Moment verschwindet der Boden unter meinen Füßen und ich liege in seinen Armen – selig seufze ich. Seine Arme sind so muskulös und stark, es ist himmlisch! Wirklich!

Leider währt dieses wunderbare Glück nicht lange und ich lande unliebsam hingeschmissen im Bett. Diese rohe Behandlung macht mich richtig sauer!

»Verstehst du denn nicht! ICH …« Weiter komme ich nicht, denn er drückt mich mit einem heftigen Ruck zurück in die Kissen, als ich mich wie irre aufrappeln will, und lässt die Hand gleich mal auf meiner Brust liegen, bevor er sich über mich beugt. Ziemlich nah und so wütend, dass es mir die Sprache verschlägt. Diese Augen … dieser grünliche Schimmer … WOW!

»Wenn du noch einmal ungefragt aus diesem Bett aufstehst, dann werde ich dich daran festketten.« Leise, bestimmte Worte, die ihre Wirkung keinesfalls verfehlen. Das Blut verlässt meine Wangen, stattdessen fühle ich, wie die Tränen der Verzweiflung fast überlaufen.

»Du verstehst mich nicht! DU …« Er unterbricht mich ungerührt, immer noch hält er mich fest.

»Du wiederholst dich.«

ACH NEE! Himmel Arsch und Zwirn! »Ich kann mir keinen Arzt leisten! Okay!«, schreie ich ihn an. Er runzelt die Stirn, versteht nicht, was ich damit meine – sag ich doch!
»Habe ich gesagt, du sollst ihn bezahlen?« Seine Augen verengen sich zu Schlitzen, während er das fragt. Oh mein Gott, das hier könnte fast lustig sein, wenn ich nicht so wütend

wäre!

»Mein Gott, darum geht's doch gar nicht …«

»Ich denke, genau darum geht es. Also. Beantworte meine Frage: Ja oder nein?« Er zieht eine Augenbraue hoch und mir verschlägt es die Sprache. Ich kann diesem Blick nicht mehr standhalten, beim besten Willen nicht, also schlage ich meinen nieder.

»Nein«, nuschle ich und somit lässt er mich los.

Er geht wieder kochen, als wäre nichts geschehen, während mein Herz in wildem Aufruhr schlägt. Noch immer fühle ich seine Handfläche auf meiner Brust und höre seine bestimmten Worte. Ich glaube so viel wie gerade eben, hat er noch nie mit mir gesprochen und vor allem … hat er eins gezeigt: Ich bin ihm tatsächlich nicht egal!

Von nun an kann ich das dusslige Lächeln nicht mehr verstecken, etwas Warmes, Glitschiges breitet sich in meinem Bauch aus und das hat nichts mit Hustenschleim zu tun.

Der trainierte Eisklotz mit dem sexy Arsch mag mich.

6. Last Resort

Evan Black

Der Arzt stellt sich mir als Doktor Meyer vor. Seine ausgestreckte Hand ignoriere ich geflissentlich und schließe stattdessen die Tür hinter ihm. Ich kann diesem Drang der Menschen, sich ständig zu berühren, einfach nicht nachvollziehen. Er ist ungefähr fünfzig, untersetzt, trägt ein braunes Sakko und eine geklebte Brille auf einer knolligen – von der Kälte roten – Nase. Sein Arztkoffer gleicht einer Ruine und ich überlege einen Moment, ob das ein komischer Scherz von Dr. Newhouser sein soll. Unglücklich schiele ich zu der Person, die seit dem Essen, das ich ihr regelrecht aufzwingen musste, in meinem Bett sitzt und mit ihrer neongelben Färbung um die Wette strahlt.

»Alsooooo … was haben wir denn da?« Fröhlich ist nicht nur sie, sondern auch der ›Gott in Braun‹, der jetzt auf mein Bett zugeht und sich linkisch an der Kante niederlässt. Seine Schuhe hinterlassen feuchte Abdrücke auf dem Teppich und ich presse die Zähne aufeinander, während ich ihm folge.

»Mir geht es gut«, ist das Erste, was sie verlauten lässt, worauf sie meinen warnenden Blick kassiert, und da ist es wieder: Sie strahlt mich an. Es irritiert mich zutiefst und ich runzle die Stirn, verschränke die Arme vor der Brust und lehne mich an meinen Schrank, um an seiner Schulter vorbei freie Sicht darauf zu haben, was er mit ihr anstellt. Meine Hände sind zu Fäusten geballt. Mit konzentrierten Bewegungen sieht er in ihren Mund, leuchtet ihr in die Augen und untersucht auch die Ohren. Er nuschelt vor sich hin, aber zu leise, als dass ich es hören könnte, das regt mich auf – ich muss wissen, was er sagt! Während der Untersuchung sieht sie mich unverwandt an; ich folge seinen kleinen, dicken Fingern mit Adleraugen.

»Alsoooo …« Er kann seine Sätze wohl nicht anders beginnen … »Seit wann haben Sie Beschwerden?«, fragt er und lehnt sich etwas von ihr zurück. Besser ist es!

»Ich weiß es n…« Ein Schnauben von mir und sie sieht aus dem Fenster – bockig. Eindeutig bockig, das kann sogar ich deuten. Ihre Reaktionen zu interpretieren fällt mir sowieso von Minute zu Minute leichter … »Seit ungefähr drei oder vier Tagen …«, berichtigt sie ihre Lüge und sieht mich dann mit zusammengekniffenen Augen an. Ich halte ihrem Blick seelenruhig stand.

»Waren Sie Ski fahren? Oder anderweitig viel draußen?«

»Ja.« Sie sieht von mir weg.

Der Arzt öffnet seinen Koffer. Das Durcheinander darin wirkt alles andere als vertrauenerweckend. Aus dem Gewühl birgt er schließlich ein Stethoskop. »Ziehen Sie das bitte hoch.« Eine Hand fummelt an dem Saum ihres/meines T-Shirts rum, und ich zucke zusammen. Es ist, als würde er mich berühren – äußerst unangenehm. Sie tut, wie ihr befohlen und präsentiert dem ›Arzt‹ ihren nackten, schutzlosen Rücken. Dabei fällt mir wieder auf, dass sie viel zu dünn ist. Jeder einzelne Wirbel sticht genauestens unter der milchig blassen entstellten Haut hervor. Sie hustet laut und röchelnd. Ich weiß, dass er denkt, dies gehöre zur Behandlung, nur deswegen halte ich diesen Pferdedoktor nicht davon ab, seine unqualifizierten Finger an sie zu legen. Stattdessen schließe ich die Augen, lasse den Kopf nach hinten fallen und zähle bis zehn. Langsaaaaaaaaaaaaaaaaam.

Woooooooza!

»Und jetzt vorne.« Okaaaay … Nochmal bis zwanzig!

»Hm hm …«, macht er wieder.

»Beugen Sie sich bitte über meinen Arm.« Wie bitte? Meine Lider springen auf.

Sie ist über seinen Unterarm gebeugt, und er klopft fröhlich mit den Fingerknöcheln auf ihrem zierlichen Rücken rum. Ein Röcheln ertönt und ihr Gesicht wird kalkweiß. Macht es ihm Spaß sie zu quälen? Das gefällt mir überhaupt nicht, und mein Kopf fängt an, unheilvoll zu pochen. Ich löse meine Arme, gehe instinktiv einen Schritt auf die beiden zu, aber mein Name trifft mich wie ein Schlag.

»Evan … ist schon gut«, keucht sie angestrengt, und auch wenn ich anderer Meinung bin, hält mich allein ihr Blick zurück.

»Hmpf …« Zähneknirschend lehne ich mich wieder zurück. Wenn Madame meint. GUT!

»Japp. Eindeutig. Eine leichte Lungenentzündung!«, verkündet er, als hätte sie einen Sechser im Lotto. *Sag ich doch!* Dann lässt er eine Flut von Anweisungen niederregnen, derweil er sein unnützes Arztspielzeug verstaut. Ich nehme die Informationen genauestens in mich auf, während ich meinen Körper zwischen sie und ihn bringe und ihn zur Tür dränge. Dort tausche ich eine Banknote gegen ein Rezept, dann verbanne ich ihn mit einem bestimmten *Klack* aus meiner Wohnung. Ich weiß auch nicht, wieso das Letzte, was ich sehe, sein verdattertes Gesicht mit diesem weißen Schnauzbart ist, und es stört mich nicht, dass ich es auch niemals erfahren werde.

Ohne einen Blick oder gar ein Wort an sie zu richten, setze ich heißes Wasser auf, und fange an, die Fußspuren zu beseitigen. Erst sauge ich darüber, als Nächstes schrubbe ich den Teppich auf Knien. Danach reinige ich meinen Staubsauger und gieße ihr neuen Tee auf. Ich wische den runden Abdruck auf meinem Beistelltisch ab und nehme die alte Tasse mit, nachdem ich ihr die neue hingeknallt habe. Natürlich ignoriere ich dieses verdammt große Fragezeichen, das mir aus ihren Augen entgegen strahlt.

»Wieso bist du jetzt wütend?«

»Bin ich das?«, frage ich, während ich ihre Tasse abwasche, abtrockne und wegräume. Immer wieder sehe ich wie sie sich vor ihm entblößt. Wie seine Finger sie berühren und fühle seine ekelhaften Hände auf *mir*.

»Ja, das bist du. Falls es dir noch nicht aufgefallen ist, bist du das sogar sehr. Ich weiß nur nicht, was ich falsch gemacht haben sollte. Schließlich wolltest *du*, dass ein Arzt herkommt! Du hättest kein Geld für mich ausgeben müssen, ich habe dich nicht darum gebeten!« Was bitte hat das jetzt mit GELD zu tun? Als mein Blick sie trifft und ich abrupt in der Bewegung innehalte, macht sie sich klein, versinkt förmlich in ihren Decken und glupscht mich von dort aus an, wie eine russische Babuschka.

Süß … aber die Tour zieht nicht!

»Hat es dir gefallen, wie er dich angefasst hat?« Meine Stimme ist absolut ruhig, jedoch nicht mein Herz. Es schlägt bei dieser Frage wie wild in meiner Brust und die

Kopfschmerzen nehmen zu. Ich nähere mich der Klippe immer weiter …

Ihre Augen werden so groß wie Unterteller, ihr Mund klappt auf und dann… dann lächelt sie mich an. Himmel! Sie ist *wahnsinnig*! Ich bin kurz davor, sie zu erdrosseln und sie … sie … schwebt auf Wolken! Was ist nur in diesem Tee?

Und dann … treibt sie es zu weit. Ehrlich gesagt, so weit, wie es noch nie eine Frau mit mir getrieben hat! Wieder mal …

Sie legt den Kopf schief und seufzt »Ja …«

Ich schließe die Augen, blähe die Nasenflügel und lege meinen Kopf zurück. Das wird er nicht akzeptieren … Es knackt als ich meinen Kopf hin und her bewege, um meine Nackenmuskulatur zu lockern. Bringt nichts. Ich bin steif wie ein Brett, ich kann nichts mehr dagegen tun … Es ist nur noch eine Sache von Sekunden …

»RAUS!«, flüstere ich, immer noch mit geschlossenen Augen.

»Wa…?«

»Ich habe gesagt: RAUS!« Meine Zähne kleben förmlich zusammen. Sie muss gehen, bevor es passiert …

Sie ist krank. Sie ist krank. Sie ist krank. Sie ist krank.

Sie ist schwach. Schwach. Schwach. Schwach.

Zerbrechlich. Zerbrechlich. Zerbrechlich.

»Wies…?«

Schon bin ich bei ihr und zerre ihr die Decken vom Körper. Sehe alles von ihr so gestochen scharf, wie noch nie! Am Arm reiße ich sie nach oben. Sie keucht und stolpert gegen meinen Körper. Mir ist es egal, schon sprudeln die Worte aus meinem Mund. »Du kommst in mein Leben getrampelt, in meine Wohnung und sonst wohin! Spielst mit dem Feuer und *willst* dich verbrennen, nicht wahr? Bist du wirklich so dumm? Merkst du eigentlich, was du mit deinem Verhalten lostrittst? Du hast keine Ahnung, was du tust! Mit wem oder was du dich anlegst!«

»STOPP!« Sie kämpft gegen meinen Griff – er wird nur fester – sie windet sich, schreit mich an. Der erste Schock ist vorbei, jetzt laufen Tränen. Ich lasse sie los und stoße sie mit dem Rücken gegen die Tür. Schon ist sie von mir eingekeilt. Meine Unterarme lehnen neben ihrem Gesicht.

»ACH? JETZT soll ich aufhören? Wolltest du das nicht die ganze Zeit? Meine Gedanken erfahren? In meinen verfickten Schädel schauen?«, säusle ich verführerisch …

Panisch schüttelt sie ihren Kopf hin und her. Ihr Atem strömt hektisch gegen mein Gesicht.

»Ich sage dir jetzt, was ich denke: Du bist eine manipulative *Schlampe*!«, hauche ich oder er, ich weiß es nicht, und lasse ihren Blick nicht los. Sie presst die Lippen störrisch aufeinander, will mich wegstoßen, aber ich drücke sie erneut gegen die Tür, meine Nase streicht über ihren Hals, ich spreche direkt in ihr Ohr. »Ein kleines Miststück, das mit allem durchkommt, solange es die Beine breitmacht.« Sie wimmert – Musik in meinen Ohren. »Und du denkst, dass ich so dumm bin und auf dich reinfalle, du denkst, du willst etwas mit mir zu tun haben … Aber du *kennst* mich nicht. Keiner tut das … Du hast mein wahres Gesicht noch gar nicht gesehen, Baby … Das hier …« Ich packe schmerzhaft ihren Kiefer, zwinge sie dazu, mich anzusehen. »GENAU DAS HIER! *Sieh hin!«* Ich fühle, wie er die Oberfläche durchbricht und sie aus meinen Augen aus angrinst – dämonisch, tödlich … Ich kann ihn beim besten Willen nicht mehr unterdrücken und erschauere heftig …

Sie japst nach Luft.

»Ich gebe dir jetzt diese eine einzige Chance zu gehen. Diese eine … Danach gibt es kein Zurück mehr.« Mit diesem Knurren lasse ich sie los, drehe mich um und stürme in mein Atelier.

***

Der Raum ist dunkel und riesig, in einer Ecke stehen meine Trainingssachen, mein Schreibtisch, mein Mac, in der anderen meine Staffeleien.

Teeflecken!

Fußabdrücke!

Dreckiges Geschirr!

Sie in *meinem* Bett!

Dann benutz sie doch endlich!, wispert er hinterhältig mit einer engelsgleichen Stimme in meinem Kopf … und ich weiß, ich hab verloren.

FUCK!

Mit einem Grölen schmeiße ich die erste Leinwand um.

Das werde ich nicht tun!

Dann lass mich endlich!

NEIN!

Meine Hände finden ihren Weg in mein Haar. Ein paar Strähnen müssen daran glauben, dann die nächste Leinwand, dicht gefolgt von der Staffelei, deren Holz an der Wand zerbricht. Meine Palette mit Farben und mein Hocker werden auch noch in die Ecke getreten.

Diese elende DIEBIN!

JA, DIEBIN!

Sie ist nicht nur in meine Welt eingedrungen!

NEIN! Sie hat sie mir hinterrücks entrissen, indem sie *ihn* nach all der Zeit wieder an die Oberfläche holte …

Zum Teufel, *wie* konnte das passieren?! *Wann* ist es passiert? Und WIE?

Egal, Baby, ich bin zurück ... und du kannst mich nicht mehr aufhalten!

Meine Knie geben abrupt nach. Der Steinboden ist eiskalt unter meiner Wange, während ich fühle, wie heftige Krämpfe meinen Körper schütteln, dann … kommt die süße Schwärze, die mich verschlingt …

7. Hello again

Irgendetwas Zartes streicht über meine Wange, meinen Kiefer meine Lippen und ich öffne ruckartig die Augen … Er steht über mir … und er sieht … ganz anders aus als gestern, oder vorhin? Wie viel Uhr ist es? Wo bin ich? Ach ja … ich habe mich schlafengelegt, nachdem er abgedampft ist – natürlich bin ich nicht gegangen!

HALLO! Wohin auch?

»W…«

»Klappe!« Abrupt schiebt er mich zurück aufs Bett, als ich mich aufrichten will, und irgendetwas an seiner Berührung bringt mich zum Erschauern.

Wie sieht er überhaupt aus?

Er ist bunt gesprenkelt, voll mit irgendwelchen Farben, seine sonst so akkuraten Haare sind völlig wirr und beschmiert. Außerdem ist sein Oberkörper frei, tatsächlich ist er absolut durchtrainiert… und er ist tätowiert! Scharf ziehe ich den Atem ein! Damit hätte ich nicht gerechnet, vor allem … sind diese Tätowierungen nicht schön …, sondern schlichtweg grausam. Ein riesiger schreiender Totenschädel auf der Seite, ein zerfledderter Rabe, der sein Herz frisst quer über die Brust … und er hat ein Nippelpiercing. Aber das ist nicht die Veränderung, die mich sprachlos macht.

Es sind seine Augen. Sie sehen völlig anders aus, gehen eher ins Grünliche als ins Blaue, und vor allem sind sie stechend, intensiv und … dunkler als sonst.

Wow …

Völlig konfus sehe ich ihn an, traue mich nicht mal zu schlucken, während er den Kopf schief legt und mich grüblerisch beobachtet.

»Ich verstehe ihn …«, murmelt er vor sich hin, dann grinst er mich fröhlich an. ER GRINST! »Aber nichtsdestotrotz … muss ich jetzt tun, was ich jetzt leider tun muss …« Somit packt er mich an den Haaren, zerrt mich an diesen aus dem Bett und schleudert mich auf den Boden. Ich schreie auf, meine Lunge droht zu explodieren, und ich muss husten … Meine Brust tut weh und zerspringt dabei fast, genauso wie meine Knie, die auf den abrupten Sturz nicht vorbereitet waren. »Ich meine … Er hätte es besser wissen müssen, als er dich einfach so in unsere beschissene Wohnung ließ … und in unser Bett. Dachte er wirklich, ich würde davon nicht Gebrauch machen?«

Wovon redet er?

Und wohin geht er?

Immer noch hustend rapple ich mich auf, als er davon schlendert, barfuß in nichts weiter als einer zerrissenen schwarzen verboten tief sitzenden, fast herunterrutschenden Jeans und verdammt … sein Arsch und diese Grübchen! Als er wieder kommt werden meine Augen groß, denn er hat ein Seil dabei … ein raues, dickes.

»Was willst du damit?«

Er grinst mich diabolisch an, als ich rückwärts vor ihm davon stolpere. So habe ich ihn noch nie erlebt!

»Evan, was wird das?«

»Das wirst du sehen, wenn es fertig ist, Puppe …«

»Bleib weg von mir!«, wispere ich und schmeiße den Tisch um, als er mich versucht wie mit einem Lasso einzufangen. Fast erwischt er mich sogar, aber ich mache gerade noch einen Satz. Ist der wahnsinnig? Ich bin doch keine Kuh!

»Oh ja … lauf nur … wehr dich! So macht es noch mehr Spaß!«

Nur in Unterwäsche renne ich ins angrenzende Bad und will die Tür hinter mir zuknallen, aber sein Fuß schiebt sich dazwischen und drückt die Tür auf. Mir ist bereits schwindlig, mein Körper ist schwach, unterernährt und bebt … Trotzdem hechte ich in die Badewanne, will wieder rausspringen, aber er packt mich am Arm … zieht mich mit einem Ruck an seinen harten, großen Körper … Und presst mich dann mit dem Gesicht gegen die Wand. Das Seil schlingt sich von hinten um ein Handgelenk … doch ich gebe nicht auf!

»NEIN!«, brülle ich und gebe ihm einen Headnut, der sich gewaschen hat. Ich habe nicht so viel Scheiße durchgemacht, um jetzt in dieser Bruchbude aufzugeben! Blut schießt aus seiner Nase, er flucht und taumelt, lässt mich los … Aber ich laufe nicht davon, sondern drehe mich und trete ihm mit einem »Du Arschloch!« mit voller Wucht in die Eier. Ich bin echt sauer! Was fällt ihm überhaupt ein, mich so zu behandeln? Er keucht, klappt vornüber; ich packe mir seinen schweren Seifenspender und ziehe ihn mit voller Wucht mit einem »Nicht mit mir!« über dieses wunderschöne, arrogante Gesicht.

Wie ein Stein fällt er in sich zusammen, und ich … will weglaufen … Aber … ich bleibe doch noch einmal an der Tür stehen und drehe mich atemlos zu ihm um. Alles vor meinen Augen verschwimmt. Schweiß steht auf meiner Stirn …

während ich dabei zusehe, wie er hilflos auf dem kalten Boden liegt. Was war das jetzt? Was hatte er mit mir vor? Und wieso laufe ich nicht weiter? Ich sollte laufen, so viel ist nun klar!

Stattdessen sehe ich ihn mir genauer an, wie er da so auf dem Boden liegt. Nun wieder mit der Ausstrahlung eines herabgefallenen Engels … Tatsache ist, ich kann kaum einen Schritt machen, ohne dass mir schwindlig wird, und ich drohe jede Sekunde umzukippen. Meine Lunge brennt, mir tut alles weh und außerdem … weiß ich doch gar nicht, was er mit mir tun wollte. Hätte er mich verletzen wollen, hätte er das schon längst getan … Er hat sich um mich gekümmert, als es kein Schwein interessierte … Er hat mich nicht sterben lassen, er hat mich gewärmt, er hat mich gehalten, bei sich daheim aufgenommen …

Er hat mir gestern schon die Chance zum Weglaufen gegeben, er hat mir gestern schon gezeigt, dass etwas mit ihm absolut nicht stimmt, und ich habe mich gestern schon zum Bleiben entschieden, egal, was passiert – also ziehe ich das auch durch!

Er wird mich schon nicht ernsthaft verletzen.

Vielleicht steht er ja wirklich nur auf Fesselspiele … oder so …

Seufzend gehe ich vor ihm in die Hocke, packe seine Arme und zerre den leblosen Körper unliebsam ins Schlafzimmer … Und der ist wirklich alles andere als leicht, diese Muskeln haben eben ihr Gesicht, ohne deren Mithilfe wiegt er sicher doppelt so viel. Im Schlaf/Wohnzimmer falle ich vor Anstrengung fast um … Aber ich schaffe es tatsächlich irgendwie keuchend und schweißgebadet, ihn in sein Bett zu verfrachten … ohne dass er aufwacht. Ich muss ihn wirklich heftig erwischt haben und hoffe, ich habe ihn nicht getötet, oder so.

Kaum dass er im Bett ist, verlassen mich meine Kräfte und ich breche halb auf ihm zusammen, doch noch mit den letzten Reserven sichere ich mein Überleben.

Dann schlaf ich seufzend an seine duftende Brust gekuschelt ein …

Ja, ich weiß … ich bin irre, aber … besser ich sterbe hier mit ihm, als da draußen alleine.

***

Als ich aufwache, ist er bereits munter und starrt mich – wie immer, WENN er mich ansieht – intensiv und ziemlich grüblerisch an.

»Du liegst schon wieder auf meiner Brust!«, wispert er mit gerunzelter Stirn. Was mir als Erstes auffällt: Seine Augen sind wieder blau, heller, aber vor allem irgendwie geklärt … Und die dunklen Wimpern darum verboten lang. Verboten schön ist sein Blick.

»Ich weiß …« Gähnend strecke ich mich … und richte mich etwas auf, fühle mich schon viel besser als die Tage davor. Das viele Schlafen tut mir, im Gegensatz zum ziellos Herumstreifen, wirklich gut.

»Schön. Was tust du noch hier?«, fragt er mit gerunzelter Stirn etwas drängender und ich sehe ihn forschend an, streiche über diese sexy Buchcover-Lippen, oh Himmel! Er zuckt nicht weg, aber er hört auf zu atmen und beißt die Zähne aufeinander, was ich daran erkenne, dass sich seine Kiefermuskeln unter meinen Fingerspitzen anspannen, als ich über seine leicht stopplige Wange fahre.

»Du siehst ganz anders aus … als vorher … du sprichst auch anders …« Meine Fingerspitze kribbelt heftiger.

Er starrt mich immer noch an …

»Du hast gut daran getan mich zu fesseln«, meint er und sieht seine Arme an, die ich mit dem Seil ans Kopfende gebunden habe.

»Ich weiß ja nicht, was du vorher mit mir vorhattest.«

»Nicht ich … *Er* …«, wispert er, ohne mich aus den Augen zu lassen, und ich runzle die Stirn, ziehe die Hand zurück.

»Was meinst du damit?«

Er seufzt. »Du solltest wirklich gehen!«

»Ich werde aber nicht gehen! Check es endlich!«

»Wieso nicht?« Stechend sieht er mich an, trotzig schaue ich zurück, setze mich auf und verschränke die Arme vor der Brust.

»Willst du, dass ich gehe?«

»Das ist nicht von Belang.«

»Was dann?«

»Deine Sicherheit! Du dummes Mädchen! Jahrelang war er hinter dir her, jahrelang konnte ich ihn im letzten Moment abhalten. Aber dann kommst du hierher … und rennst ihm nicht nur direkt in die Arme, sondern provozierst ihn auch noch auf diese schamlose Art! Bist du lebensmüde?« Ohhhh … langsam aber sicher fange ich an zu verstehen und erschauere …

»Manche meinen ich sei es … Vielleicht bin ich das auch, ich habe auf jeden Fall keine Angst vor dem Tod!«

»Ganz im Gegenteil!«, murmelt er finster und schließt die Augen. »Er lauert nur auf einen weiteren Fehler …«, wispert er. »Dich hierzubehalten war Wahnsinn … aber was hätte ich machen sollen? Ohne mich wärst du auch gestorben!«

»Und mit dir?«

Jetzt sieht er mich wieder an. »Ich will dich nicht verletzen.«

»Und *er*?«, frage ich leise.

»Oh er … er will nichts anderes … er ist ein irrer Scheißer …«

»Warst du deswegen so kalt? Um mich auf Abstand zu halten?«

»Ja.«

»Aber er will diesen Abstand nicht …«

»Oh nein …«

»Was will er?«

»Ach … das übliche … Sex … Geschrei … Erniedrigung … alles, was eine Frau auf kurz oder lang bricht, aber mit einem hat er nicht gerechnet und das verwirrt ihn.«

»Was?«

»Du *bist* schon gebrochen und dennoch die erste Frau, die je seinen Arsch vermöbelt hat!« Er gluckst bei der Erinnerung daran. Oh mein Gott! Sprachlos sehe ich ihn an. Er hat wirklich keine Ahnung, was für eine enorme Anziehung er auf mich ausübt, besonders, wenn er lacht … Evan Black ist das schwarze Loch und ich bin ein hilfloser Stern, der eingesaugt wird.

»Ist er … er … ein anderer Teil deiner Persönlichkeit, oder so was?«

»Du bist in mancher Hinsicht wirklich nicht auf den Kopf gefallen.«

»Es liegt auf der Hand, die Veränderung ist unmissverständlich … genauso wie das hier.« Ich berühre dieses grausige Tattoo auf seiner Brust, streiche über den Schnabel des Raben an und er bekommt Gänsehaut.

»Er hasst mich. Deswegen hat er mich entstellt.« Mürrisch starrt er meine Hand an, während sich aber seine Brustwarze langsam aufstellt. Oh Gott … Schnell ziehe ich meinen Arm zurück, denn mir wird zu heiß.

»Wie ist es … wenn er die Kontrolle übernimmt? Bist du dann noch … da?«

»Ja, aber ich kann nichts tun.«

»Ist er … jetzt auch da?«, murmle ich leise, sehe ihn vorsichtig an.

»Ja …«, seufzt er … »Dabei hat er so lange die Klappe gehalten …«

»Er redet mit dir?«

»Ja.«

»Wie oft?«

»Früher immer, die letzten Jahre weniger – jetzt, ständig.«

»Was sagt er gerade?«

»Er sagt, dass du noch bereuen wirst, nicht gegangen zu sein, und dass du nicht so verfickt neugierig sein solltest. Neugier schadet Katzen.« Evan verdreht die Augen, das habe ich auch noch nie bei ihm gesehen, und ich muss lächeln.

»Wie nett.«

»Nett bin ich. Er ist … die Ausgeburt der Hölle.«

»Wenn *du* der nette Part bist, kann ich mir schon vorstellen, wie *er* so drauf ist, aber weißt du was, damit komme ich klar.«

»Sag das nicht. Er wird die erstbeste Gelegenheit nutzen, um wieder die Kontrolle zu übernehmen und sich zu rächen.«

»Sag ihm einen schönen Gruß. Das wird lustig!«

Er schüttelt den Kopf, aber seine Augen sind viel offener als in den Tagen davor. Außerdem ist in seinem Blick so etwas wie Bewunderung und etwas wirklich Drängendes, fast schon Verzweifeltes. Er *hat* Gefühle! »Du solltest wirklich gehen! Du kriegst auch Geld von mir! Eine Wohnung! *Alles*! Aber geh!«

»Klappe!« Ich halte ihm diesen wunderschönen Mund zu. »Ich bin nicht wegen des Materiellen hier! Ich will nichts von dir!«

»Wieso dann?«

»Weil …« Ich beiße mir auf die Unterlippe und ziehe meine Hand zurück. Sie brennt wie Feuer, außerdem fällt mir das Sprechen mit einem Mal schwer, was soll ich sagen? Ich kann ihm doch nicht erzählen, dass ich ihn wunderschön und faszinierend finde, dass er wahnsinnig sexy ist, dass ich seine tiefe, aber samtige Stimme liebe, seine schönen, gepflegten, großen Hände … sein gesamtes überlegenes Auftreten, seine Eleganz … Dass ich mich mit ihm sicher fühle, dass ich nichts lieber tun würde, als jede Nacht bei ihm im Bett zu verbringen … »Ich habe mein Leben bis jetzt auf der Straße verbracht …«, murmle ich ohne ihn anzusehen.

»Ich weiß, ich weiß so gut wie alles über dich …« Es sollte mir unheimlich sein, aber das ist es nicht, ganz im Gegenteil.

»Und ich hatte niemals einen … einen sicheren Hafen … Jemanden, der auf mich aufgepasst hat.«

»Ich bin genau die falsche Person für so etwas! In Wahrheit bin ich für dich, die größte Gefahr von allen!«, empört er sich sofort düster, aber ich schüttle traurig lächelnd den Kopf.

»Das bist du nicht. Das redest du dir nur ein!«

»Entweder du bist die mutigste oder die wahnsinnigste Person, der ich jemals begegnet bin.«

»Mut und Wahnsinn liegen oft direkt beieinander.«

Somit mache ich seine Hände frei und gehe aufs Klo …

***

Evan Black

Ich warne dich, fasst du sie an, mach ich uns ein Ende!, drohe ich finster und richte mich auf. Er dreht Däumchen und pfeift vor sich hin …

Ich würde es niemals wagen, sie anzufassen ...

Das kannst du unserer toten Oma erzählen! Du schwanzgesteuerter Lügner!

Jetzt bleib mal auf dem Töpfchen, mein kleiner Windelschisser! Mich nervt es, hier eingesperrt zu sein, nur weil du nicht willst, dass ich sie verletze, es könnte ja ein Fingernagel abbrechen oder so ... wuhuuuuu ... Außerdem ... hat mich das kleine Kätzchen gestern überrascht. Sie ... ist tatsächlich anders als die anderen.

Das lässt mich stocken, denn ich erkenne in seinen Gedanken fast schon so etwas wie Respekt vor ihr, und der degenerierte Pisser respektiert ansonsten nichts und niemanden. Irgendwas ist bei ihr tatsächlich anders. Ob das damit zusammenhängt, dass sie ihm gestern den Arsch versohlt hat, weiß ich nicht, aber ich kann es mir gut vorstellen. Oder es ist nur eine neue Taktik von ihm, um mich zu überlisten.

Ich schlage dir einen Deal vor ... wispert er jetzt und ich bin sofort auf der Hut.

Was?, frage ich mürrisch und er gluckst – teuflisch … Ich erschaudere, hasse dieses irre Lachen so sehr, das ständig durch meinen Kopf hallt, wenn ich nicht aufpasse. Langsam habe ich keine Kraft mehr, die Gitter aufrecht zu erhalten, die uns trennen … Besonders nicht, wenn so ein Lichtfleck in mein Leben stürmt, sogar die letzten Ecken meiner selbst bestrahlt und dort Dämonen aufweckt, die lieber in der Dunkelheit hätten bleiben sollen.

Ich darf mit ihr spielen …

NEIN!

***Ohne** sie zu brechen.*

WAS?

Du hast richtig verstanden. Ich werde dem Kätzchen ein wenig die Krallen stutzen und sie gegen Fellrichtung streicheln, aber ich werde ihr nicht die Krallen ausreißen und sie häuten. Ich werde auch nicht dazwischenfunken, wenn du deine Zeit mit ihr hast. Einen Tag ich, einen Tag du. Du kannst all diesem rosa Plüsch nachgehen und wie ein Häschen mit ihr über Sommerwiesen hoppeln, ich werde deinen Kopf nicht mehr ständig belagern und ihn bei jeder Gelegenheit ficken … Hört sich das nicht toll an?

Ich glaube dir kein Wort! Das hast du schon bei Andrea gesagt!

Andrea war ein NICHTS gegen sie und das weißt du! Ich bin du, ich weiß, was in dir vorgeht. Andrea war dir, so wie jede andere Frau, scheißegal, aber nicht sie … Ich kann nichts zerstören, was dir wirklich etwas bedeutet!

Gerade darauf hast du es doch abgesehen, du Bastard!

Lass es mich beweisen!

Wie?

Ein Date … und die Erlaubnis, mich sofort zu übernehmen, wenn ich zu weit gehe.

Du weißt genau, dass ich das manchmal nicht kann!

Meine Geduld ist allmählich am Ende ... Nun knirscht er mit den Zähnen … *Entweder so, oder ich werde dich wieder gewaltsam übernehmen. Willst du das? All das Gesabber und das Gezucke ist doch eklig und es ist außerdem schmerzhaft für uns beide. Willst du uns das nicht ersparen? Willst du nicht versuchen, endlich mal mit mir ZUSAMMEN zu leben, anstatt ständig gegen mich zu kämpfen? Ist das nicht langsam genauso ermüdend für dich, wie für mich?*

Und das ist die Wahrheit. Es ist kräftezehrend, ständig gegen ihn anzukämpfen. Meine tägliche genauestens durchgeplante Routine war die beste Taktik, um nicht die Kontrolle zu verlieren … Aber wie schön wäre es, im Einklang mit ihm zu leben … nicht ständig Angst haben zu müssen, dass er mich übernimmt und ich mit einem neuen Tattoo am Körper oder einer anderen Schlampe im Arm aufwache. Wie schön wäre es … sich auf sie einzulassen? Auf das, was ich schon die ganze Zeit mit ihr tun will? Wie genial wäre es, sie endlich in Sicherheit zu wissen?

Ich seufze schwer …

Du bist ein braves kleines Bambi ...

Ich habe noch nicht ja gesagt!

Aber du wirst!

8. Free

Lilli

Dass ich ihn wieder losgemacht habe, war ein großer Vertrauensbeweis von mir … aber … Ich vertraue ihm ja auch tatsächlich.

Nachdem Evan Black mir endlich erzählt hat, womit er Tag für Tag kämpfen muss und wieso er so ist, wie er ist, verstehe ich ihn sogar. Und auch das, was gestern passiert ist … Außerdem weiß ich, dass er mich nicht verletzen wird. Er wird einen Weg finden, seine ›andere Seite‹ unter Kontrolle zu behalten, wenn sie ihn doch wieder übermannen sollte … Wie auch immer diese Seite von ihm heißt … *Er* ist jemand, den ich ehrlich gesagt nicht unbedingt noch einmal treffen will. Allein bei dem Gedanken an ihn stellen sich meine Nackenhaare auf, doch gleichzeitig zieht sich mein Bauch verlangend zusammen. Oh Gott im Himmel!

Ich schrubbe meinen Körper unter der Dusche heftiger, versuche das Dunkle, Animalische in seinen Augen zu vergessen, versuche zu vergessen, wie sehr mich allein sein Blick gestern erregt hat.

Das ist schon echt harter Tobak, aber irgendwie war klar, dass ich an einen Schizo gelangen musste. Der Mann wäre ansonsten auch wirklich zu perfekt. Irgendeinen Haken muss es ja geben. Wenn man wie ein Supermodel, gerade dem Plakat entstiegen, aussieht, kann man nun mal nicht auch noch einen einwandfreien Charakter haben. Oder geistige Gesundheit. Aber damit komme ich klar. Ich habe mich auf der Straße durchgekämpft und so ziemlich jeden menschlichen Abgrund kennengelernt, den es gibt. Und ich habe überlebt. Ganz im Gegensatz zu den meisten Mädchen, die meinen Weg eine Zeit lang begleitet haben. Entweder sie haben sich umgebracht, wurden umgebracht oder wahnsinnig und sind in der Anstalt gelandet. Das Schlimmste haben die Drogen aus ihnen gemacht. Aber da ich, außer ab und zu mal einen zu kiffen, von diesem Zeug nichts mehr halte, konnte ich meinen klaren Verstand bewahren. Na ja … so klar ist er wohl nicht wirklich, denn wäre ich bei völliger geistiger Gesundheit, wäre ich schon längst gegangen. Allerspätestens nach unserem letzten Gespräch.

Doch ich stehe hier unter dem angenehm warmen Wasser und lasse es genüsslich auf mich niederprasseln, als würde sich im Nebenzimmer nicht ein wunderschöner Psychopath mit Knackarsch befinden, der nur auf die nächste Gelegenheit wartet, mich in die Finger zu bekommen.

Wahrscheinlich bin ich wirklich lebensmüde.

Und?

Was hab ich schon zu verlieren?!

Nichts!

Außerdem: Durch seine Hände zu sterben wäre auf jeden Fall eine willkommene Alternative. Besser als sich die Pulsadern aufzuschlitzen allemal … Aber davor werde ich auf jeden Fall dafür sorgen, dass mein Bauch seit Langem wieder mal richtig gefüllt ist. Oh Gott … wie sehr ich Essen liebe! Bei der Aussicht darauf, knurrt mein Magen verlangend und ich stelle das Wasser ab. Genug geduscht und gegrübelt! Das bringt einen sowieso nie weiter! Ich bin lieber eine Frau der Tat, also tue ich …!

Ich trete aus der Dusche und nehme mir eines seiner penibel zusammengelegten Handtücher vom Stapel. Es ist so weich … und flauschig, es riecht angenehm nach Weichspüler. Wundervoll! Lächelnd schmiege ich meine Wange hinein und sehe nach draußen.

Vor dem winzigen Fenster rieseln die Flocken herab, aber ich stehe hier im lauschig warmen Bad und kann mir nach kurzem Abrubbeln in Ruhe die Zähne putzen und die Haare kämmen. Und wenn ich will, kann ich das alles sogar nackt tun! Ich wäre wahnsinnig, wenn ich das aufgeben und einfach abhauen würde, um in diese stinkige Halle und das Bahnhofsklo zurückzukehren.

Für alles, was gut ist, muss man auch kämpfen. Man bekommt nichts geschenkt!

Außerdem hat er sich wirklich um mich gekümmert, mir einen Arzt geholt, mir im tiefsten Schneesturm Medikamente besorgt, ich … bin es ihm schuldig, ihn nicht gleich fallen zu lassen. Irgendwie muss ich ihm auch helfen! Ich will ihn öfter lachen hören und nicht immer nur so grimmig dreinblicken sehen! Dieses superzwanghafte Leben führt er nur, um nicht die Kontrolle zu verlieren. Das muss doch anstrengend sein!

Ich will Evan Black von diesem Dämon befreien, gegen den er höchstwahrscheinlich bereits ein Leben lang kämpft. Wie genau, weiß ich noch nicht.

Nur eins steht fest: Ich werde nicht weglaufen!

Denn das habe ich schon einmal zu oft getan!

***

Evan

Sie ist mindestens genauso wahnsinnig wie ich, denn nachdem sie geduscht hat, rennt sie immer noch nicht. Nein, sie kommt in nichts weiter als einem Handtuch aus dem Bad getänzelt und grinst mich auch noch breit an.

»Na?«

Ich liege nach wie vor auf dem Bett, habe mich nicht getraut, mich zu bewegen, aus Angst, dass er mir bei der geringsten Fahrlässigkeit wieder die Kontrolle entreißen könnte, jetzt wo ich schwanke, und sehe sie düster an. Diese langen, aber zierlichen Beine, die weiblichen Hüften, die sanfte Schwellung ihrer Brüste, die offenen tropfenden Haare, die Wasserperlen, die über die bleichen Schultern und ihr Dekolleté laufen. Abfällig schnaube ich.

»Was? Ist es wirklich so schrecklich, mich anzusehen?!«

»Ganz im Gegenteil«, gebe ich grimmig zu, denn sie ist eine klassische Schönheit, ich könnte sie den ganzen Tag anstarren. Auch jetzt lasse ich sie nicht aus den Augen, stehe dann vorsichtig auf und gehe zum Schrank. Ich warte auf irgendeinen Kommentar seinerseits, aber er ist zu sehr damit beschäftigt, genauestens ihre nächsten Bewegungen zu beobachten, als irgendwas zu mir zu sagen. Er traut ihr nicht!

Ich muss fast grinsen … und greife nach einem einfachen weißen Shirt, Shorts und einer Hose. Geschlagen reiche ich es ihr … Eigentlich hasse ich es, wenn jemand mein Zeug anfasst, aber ich kann nicht verantworten, dass sie halb nackt rumrennt, und das nicht wegen der Lungenentzündung …

»Wieso siehst du mich dann nicht an?«, fragt sie zickig und entreißt mir die Kleidung. Ich lächle ironisch – immer noch, ohne sie anzusehen.

»Weil es mich reizt und alles, was mich reizt, ist schlecht.«

»Kommt er dann raus?«

»Das ist sehr unglücklich formuliert, aber ja, es könnte passieren. Er nutzt jede Gelegenheit, um die Kontrolle zu übernehmen, wenn meine Konzentration gestört ist, wenn ich aufgeregt bin, wenn ich erregt bin …«, zähle ich auf und gehe in die Küche, um Wasser für meinen allmorgendlichen Tee aufzusetzen.

»Ich … ich errege dich?«

Mit einem Mal ist es ungefähr fünfzigtausend Grad zu heiß im Zimmer, und das bewirkt allein ihr Tonfall.

Jetzt *bloß* nicht hinsehen!

Doch, komm schon! Ich weiß, du willst es! Sie ansehen, sie berühren, sie ficken …nur ein bisschen?

Halt die Klappe!

»Es hat keine Bedeutung!«, presse ich durch die Zähne hervor, umfasse mit beiden Händen fest die Küchenanrichte und schließe die Augen. »Hör jetzt auf! Ich ertrage es, dass du hier bist! Ich rede mit dir! Aber nicht über diese Themen! Reiz mich nicht und zieh dich an, kein nacktes Rumgelaufe mehr vor mir! Hast du verstanden?!«

»Hey …« Sanft streicht sie mit einem Mal über meine Schultern. Ich habe sie nicht kommen sehen, und sonst sehe ich *jeden* kommen – ob mit geschlossenen Augen oder nicht. Es ist wie eine winzig kleine, kaum wahrnehmbare Veränderung des Luftdrucks. Automatisch spanne ich mich an

… fühle, wie der Schmerz in meinem Kopf zunimmt, doch als sie zärtlich meinen Nacken massiert, ebbt er tatsächlich wieder ab. Verwundert von seinem Rückzug öffne ich die Augen, während ich mich von ihr berühren, mich von ihr massieren lasse und … *nichts* weiter passiert. Interessant.

»Beruhige dich, atme ganz tief durch!«, murmelt sie und ich folge tatsächlich, während sie auch meine Schultern durchknetet und das mit gekonnten Bewegungen. Fast stöhne ich auf. »Ich hasse es, dass er dich so quält!« Ich höre Tränen in ihrer Stimme, sie zieht leider ihre Hand zurück, und ich sehe sie über die Schulter hinweg mit gerunzelter Stirn an.

Ihre Lippen sind trotzig vorgeschoben und die Arme verschränkt. In meiner Kleidung … verschwindet sie fast … Das Mädchen ist so klein und zerbrechlich, aber ihr Geist ist das nicht. Oh nein. Ganz im Gegenteil. In dieser Frau wohnt eine Stärke, die man ihr auf den ersten Blick niemals zutraut. Wie bei so vielen Menschen. Meist sind diejenigen, die am schwächsten wirken, in den Momenten, wo es darauf ankommt die Stärksten. Wohingegen die, die sonst die größte Klappe und scheinbar alles unter Kontrolle haben, am ehesten die Nerven verlieren, wenn mal etwas nicht nach Plan läuft.

»Er will mich, oder?«, stellt sie fest.

»Ja.«

»Wieso?«

»Du faszinierst ihn.«

»Dann sag ihm, er kann mich haben! Aber er soll nicht mehr versuchen, dich bei jeder noch so kleinen Gelegenheit zu übernehmen! Und er soll dich mit seinen echt dämlichen Kommentaren verschonen!«

Oh, das Kätzchen wird zum übermütigen Tiger und stellt Forderungen an mich … Pass bloß auf, dass sie sich dabei nicht aus Versehen in einer Falle verfängt..., wispert er amüsiert und mit blitzenden Augen.

Ruhe jetzt! Ich kläre das!

Och, du bist sooo langweilig!

»Das ist keine gute Idee, Lillian!«

Veto! Das ist sogar eine GRANDIOSE Idee!

»Das entscheide immer noch ich! Lass mich mit ihm reden!«

Yeah!

»BIST DU WAHNSINNIG?!« Fast brülle ich sie an, doch ich kann mich gerade noch so beherrschen, presse die Lider zusammen und massiere mir die Nasenwurzel.

»Hör mal! Du Arsch da drinnen!«, ruft sie, und es fehlt gerade noch, dass sie an meine Stirn klopft. Er gluckst amüsiert. »Wenn ich ihn so weit bringe, dass du die Kontrolle übernimmst, bringst du mich dann freundlicherweise nicht um, okay?« Mein Kopfschmerz wird immer stärker, der Nebel verdichtet sich …

»SPINNST DU!«, krächze ich und fasse unkoordiniert nach der Küchenanrichte, weil meine Sicht bereits verschwimmt.

Er reibt sich die Hände …

»Wenn du mir nichts tust, kann ich ihn dazu bringen, dass du öfter raus kannst! Ich muss mit dir reden, jetzt!« Somit packt sie mein Gesicht, und zieht es einfach zu sich herab … Sie küsst mich und ich bin verloren!

9. Losing Control

Evan

Ihre Lippen sind nicht weich, sie sind nicht seidig und dennoch alles, was ich jemals gebraucht habe. Ich fühle jeden einzelnen Riss, jede Erhebung. Die Berührung ihres Fleisches bringt eine verborgene Saite in mir zum Schwingen. Es ist ein tiefer, verzehrender Ton, der aber erst seine volle Kraft entwickelt, als sie leise stöhnt, sich fester krallt und ihren süßen Mund für mich öffnet.

Oh ja …

***

Lilli

Ich halte sein wunderschönes Gesicht in meinen Händen, küsse ihn leidenschaftlich und weiß, ich habe noch niemals etwas Besseres getan. Hilflos stöhnt er in meinen Mund, seine Zunge berührt meine … so sanft … so vorsichtig … so zaghaft … Doch sobald unsere Zungen sich endgültig gefunden haben, ich ihn schmecke … packt er meinen Hals, fest … und an diesem drückt er mich gegen den Kühlschrank. So heftig, dass dieser erbebt. Und dann ist da nichts mehr von sanft, vorsichtig und zaghaft zu finden. Dann wütet er in meinem Mund, dominiert mich, presst seine Lippen heftig auf meine und genauso seinen Unterkörper. Langsam und provokativ reibt er seine Erregung an meinem Bauch – bringt mich zum Keuchen, während sich mein Unterleib vor Verlangen zusammenzieht. Oh Gott! Damit habe ich nicht gerechnet!

»Du kleines hinterhältiges Miststück!«, knurrt er direkt an meinem Mund, und seine Hand fährt zu meinem Kiefer, hält ihn an Ort und Stelle. Dann öffnet er die Augen, Millimeter weit von meinen entfernt. Sie sind dunkelgrün, lodernd und unerbittlich. So nah in sie zu sehen, ist, als würde man durch ein Höllentor blicken und langsam hineingesogen zu werden. »Du weißt genau, wie du ihn bekommst … und mich auch, muss ich zugeben … Was gibt dir die Gewissheit, dass ich dich nicht sofort auf der Stelle für gestern erwürge?«

»Du willst Freiheit!«, wispere ich, froh, überhaupt sprechen zu können. Denn seine Nähe ist gleichermaßen einschüchternd wie auch leider erregend.

Verdammt … ich stehe nicht nur auf seine gute Seite!

Jetzt ist es klar!

Wo sind die Männer mit den weißen Jacken, wenn man sie mal braucht?

»Hmmm«, summt er und sein Daumen streicht langsam über meine vergewaltigte, geschwollene Unterlippe. »Und du denkst, du kannst sie mir verschaffen … du kleines Luder?«

»Ja … Aber wenn du mir etwas tust, wird er dich nur noch tiefer wegsperren …«

Er presst die Lider zusammen, verzieht kurz das Gesicht, öffnet dann die Augen wieder, verdreht diese und murmelt:

»Die kleine Prinzessin dreht schon jetzt durch! Beruhige dich! Ich lass sie schon los!«

Er tut es tatsächlich und geht mit erhobenen Händen und einem spitzbübischen Grinsen einen Schritt von mir weg. »Siehst du, ihr passiert nichts! Meine Patschehändchen sind hier oben! Er ist ja immer so dramatisch …«, meint er wie zum besseren Verständnis, dreht sich um und öffnet das Gefrierfach. Dort lagert eine Flasche Wodka, aus der er einen Schluck in meine Teetasse und dann in seine einschenkt. »Das ist richtiges Frühstück!«

Fröhlich drückt er mir meine Tasse in die Hand und stößt dann fest mit seiner dagegen. »Runter damit!« Ich schütte mir die widerliche Flüssigkeit auf nüchternen Magen und krank in den Rachen … Wieso auch nicht? Sofort wird mein Bauch heiß und mein Kopf dreht sich stärker. Dennoch versuche ich, klar zu denken.

»Also … was wolltest du gestern mit mir tun?«

»Ich wollte das tun, wofür die kleine Pussy keine Eier hat! Ich muss *immer* das tun, wofür er keine Eier hat. Dich ficken natürlich …« Was der eine an Geheimnissen mit sich rum trägt, posaunt der andere fröhlich durch die Gegend. Auch gut!

Ohne mich aus den Augen zu lassen, lehnt er sich an den Tresen, was mit diesen Tätowierungen und der tief sitzenden Hose wirklich ziemlich ablenkend ist, denn er hat ein perfektes ›V‹ und schenkt uns nach. Mir wird noch wärmer … und ich klammere mich an meine Tasse.

»Heißt du genauso wie er?«, frage ich zur Ablenkung und bringe etwas Abstand zwischen uns. Vor allem, weil ich mir selber nicht traue. Er macht mich unsagbar scharf, gleichzeitig schrillen die Alarmglocken in meinem Kopf um die Wette.

»Natürlich nicht. Ich bin doch keine Schwuchtel! Evan, wie ein beknackter Engel! Ich heiße Ryder, Baby, wie der Typ, der dich bald reiten wird.«

»Ryder …«, murmle ich vor mich hin, und er erschauert sichtbar. Elegant stößt er sich ab und kommt langsam wie ein schwarzer Panther auf mich zu … Und seine Stimme ist purer Sex.

»Oh ja, Kätzchen … stöhn meinen Namen, während du dabei unter mir liegst und kommst …«

»Ich bin nicht dein verficktes Kätzchen!«, zische ich und bringe den Couchtisch zwischen uns.

»Du wirst es sein.« Er umrundet ihn.

»Stopp!«

»Was wenn nicht?«

Ich nehme die erstbeste Vase, die zu meiner Linken steht, wie einen Baseballschläger. »Ich habe kein verdammtes Problem damit, dir diese über deinen verdammt eingebildeten Schädel zu ziehen, wenn nicht!« Er gluckst, seine Augen blitzen auf, und er kommt weiter auf mich zu …

»Noch einmal wirst du so eine Gelegenheit nicht bekommen. Ich weiß jetzt, mit welchen Wassern du gewaschen bist, Süße! Leg das Ding weg, sonst tust du dir noch weh! Lass das lieber mich machen!«

»Leck mich!«

»Lecken ist aus. Dafür ist der Softie zuständig!«

Er ist nun so nahe, dass ich ihn erwischen könnte, und ich presse die Lippen aufeinander, schwinge mit der Vase nach seinem Kopf, aber er duckt sich blitzschnell und hat auch schon mein Handgelenk gepackt. Schmerzhaft verdreht er es auf meinem Rücken, ich schreie auf, die Vase landet auf dem Boden und zerbricht in tausend Teile. Dann lande ich erneut mit dem Gesicht an der Wand und er ist hinter mir … ganz nah … an meinem Ohr.

»Du hast keine Ahnung, wie verdammt hart du mich mit solchen Aktionen machst … du … verwunderst mich … wirklich … Und du bist dabei so verdammt süß und witzig! Wie ein kleines wütendes Katzenbaby … Solange das so ist, hast du nichts zu befürchten, also beruhige dich.«

»Fick dich!«

»Nein, ich werde *dich* ficken!«

»Das werden wir noch sehen!«

»Ach … ihn willst du also ficken und mich nicht? Was ist das für eine verdammte Logik?« Er wirbelt mich herum, sieht mich stechend an und ich muss den Blick senken, schaue zu Boden und murmele mit geröteten Wangen.

»Ich will ihn nicht ficken.«

Natürlich lacht er … laut und so, dass seine strahlend weißen perfekten Zähne aufblitzen. Unglaublich zärtlich streicht er mir mit einem Mal eine Strähne hinters Ohr. »Glaubst du, ich sehe es nicht auf deiner Stirn geschrieben, wie dringend du kleines Luder ihn ficken willst?«, raunt er in tiefem, sinnlichem Tonfall. »Und du wirst sehen … auch ich bin gar nicht so schlimm, wie ich im ersten Moment wirke … Du musst mich nur kennenlernen. Mir eine Chance geben und dafür … verspreche ich dir … Ein paar einsame Stunden mit unserem Surfer-Sunnyboy, den du ja soooooo unbedingt endlich deine Welle reiten lassen willst.« Ich sehe zu ihm hoch – und seine Augen sind wunderschön, offen und … wow … Er verzieht das Gesicht, lässt mit einem Mal von mir ab und macht einen Schritt zurück. »Also, was ist? Haben wir einen Deal?«, fragt er schroff.

Ich überlege nicht lange … denn insgeheim … würde ich sehr vieles dafür geben, um Evan helfen zu können – und um mit ihm alleine sein zu können. Er hat schließlich gesagt, ich errege ihn … Aber davor gilt es noch, unseren Vertrag ganz genau klar zu machen, denn ich weiß, ich gehe gerade einen Deal mit dem Teufel persönlich ein und der ist hinterlistig und tückisch. Nichts, womit ich nicht klarkomme! Das ist genau mein Gebiet! Also steche ich mit jedem Wort auf seine Brust ein.

»Du wirst ihm das Leben in allen Lebenslagen erträglicher machen! Du wirst ihn nicht ständig quälen! Stattdessen darfst du es an mir auslassen! Einen Tag du! Einen Tag er!« Das verwundert ihn wirklich. Er reißt sogar die Augen auf, nur kurz, dann fängt er sich und verengt sie zu Schlitzen.

»So selbstlos kann keiner sein!«

»Das geht dich gar nichts an! Also. Haben wir einen Deal?« Ich halte ihm meine Hand entgegen, weiß selber nicht, woher ich den Mut oder eben den Wahnsinn nehme, und er überlegt nicht lange, bevor sich ein absolut teuflisches Lächeln auf seinen wunderschönen Lippen ausbreitet und er einschlägt.

»Wenn du wüsstest, wie er mich gerade anbrüllt. Wir haben allein schon deswegen einen verdammten Deal, Puppe, und es wird soooo verdammt witzig werden! Ich geh mal zurück in den Zuschauerraum.«

Im nächsten Moment verlässt … dieser fiese Glanz seine Augen, er presst sie zusammen, schüttelt den Kopf und schwankt leicht. Mit der Hand muss er sich an der Anrichte festkrallen …

Und als er die Augen wieder öffnet, sind sie tiefblau, rein, himmlisch. Wahnsinn … Aber diesmal ist irgendwas falsch, denn es ist eindeutig Evan … doch er sieht mich tödlich an und zischt. »Bist du völlig wahnsinnig?«

Ähm ja … hatten wir das nicht bereits geklärt?

10. Show me your World

»Schau mich nicht so an!« Angriff ist die beste Verteidigung, oder? Zu diesem gehe ich spontan über, bevor ich mich abrupt abwende und ins Bad latschen will, aber nichts da … Evan packt mich am Arm, berührt mich freiwillig mit diesen wunderschönen langen Fingern … sie zittern … und wirbelt mich zu sich herum. Sofort erschauere ich. Wieso bin ich nur so empfindlich, wenn es um diesen Mann geht?

»Du wirst dich nicht freiwillig mit ihm treffen!«

»Ist schon abgemacht!«

»Das ist mir scheißegal!«, knurrt er und funkelt mich unheilvoll an. Ich bleibe standhaft – natürlich, denn das ist meine Spezialität, wenn ich etwas will – und gehe noch einen Schritt auf ihn zu. Auch wenn mein Herz viel zu schnell schlägt, weil ich ihm schon wieder so nahe bin, frage ich mit leiser Stimme:

»Dir hat unser Kuss gefallen, oder?«

Das nimmt ihm den Wind aus den Segeln. Er verzieht sofort das Gesicht, lässt mich los, tritt einen Schritt zurück und presst die Zähne aufeinander. »Das ist nicht von Belang, habe ich gesagt! Es wird nicht noch einmal passieren!«

»Das entscheidest nicht nur du!«, gebe ich zurück, muss dann über sein verdattertes Gesicht lachen und … verschwinde schleunigst ins Bad.

Ich höre noch die Tür zugehen und weiß, er hat die Wohnung verlassen …

Angestrengt atme ich aus und lehne mich gegen das kühle Holz in meinem Rücken. Ich weiß überhaupt nicht, worauf ich mich da einlasse, wo mich dieser Weg hinführen wird, aber eines ist mir vollkommen klar: Ich kann ihn nicht mehr verlassen und einen anderen Weg einschlagen. Ich will diesen Mann – koste es, was es wolle. Vielleicht sogar mein Leben.

***

»Aufstehen Puppe!« Ich kann nicht glauben, dass ich schon wieder geschlafen habe! Wie viel kann man denn noch pennen? Es müssen jetzt sicher ein oder zwei Tage gewesen sein, das sagt mir zumindest mein Gefühl. Dafür geht es mir schon viel besser, zumindest bis zu dem Moment, als ich die Lider aufschlage und … mich eisige grüne Augen anstarren, mich förmlich ausziehen … und mich dabei schamlos und intensiv verglühen.

»W… wie lang hab ich geschlafen?« Gähnend richte ich mich auf und presse die Decke an die Brust, ich weiß nie, was mich in *seiner* Gegenwart erwartet … Und ich bin automatisch auf der Hut, wie wenn man mit einem wilden Tier umgeht. So wild, wie das letzte Mal sieht Ryder – und ich muss zugeben, der Name ist irgendwie genauso heiß, wie der ganze Kerl – jetzt übrigens gar nicht aus. Er trägt einen Anzug, der sich sehr vorteilhaft um seine breiten Schultern und die schmalen Hüften schmiegt. Und ich erkenne auf den ersten Blick, dass es sich um kein Modell von der Stange handelt. Er ist dunkelgrau, dazu trägt er ein schwarzes Hemd … Seine Haare sind eindeutig frisiert, nicht so akkurat, wie wenn Evan die Kontrolle hat, aber so, dass man genau sieht, dass beide Teile seiner Persönlichkeit Wert auf ihr Äußeres legen. Er raucht außerdem … und ich verziehe das Gesicht, als er den Qualm in meine Richtung bläst.

»Lang! Und jetzt steh auf, Prinzessin, ein neuer Tag naht … beziehungsweise eine neue Nacht, und ich habe die Schnauze voll davon, in diesem beschissenen Sessel zu sitzen und zu beobachten, wie er dich beim Schlafen beobachtet, wie so ein irrer Stalker! Heute …« Er zerrt mir einfach die Decke weg – der Arsch – und wirft sie achtlos hinter sich. »… machen wir Party! Zieh die Scheiße an, ich warte draußen!« Somit schmeißt er eine Tüte neben mich aufs Bett, aus Papier … dickem Papier und mit der Aufschrift ›Versage‹, dreht sich um und verlässt die kleine zugequalmte Wohnung.

Ich presse die Zähne aufeinander und starre ihm trotzig hinterher. Eigentlich sollte ich zu ihm gehen, ihm die Kleidung vor die Füße schmeißen und ihm sagen, dass er den Scheiß selber anziehen kann. Andererseits hoffe ich ja, mehr Evan-Zeit zu bekommen, wenn ich mich an unseren Deal halte … beziehungsweise, dass Ryder ihn so weit in Ruhe lässt, damit ich wenigstens mal ein paar ›normale‹ Stunden mit Evan verbringen kann. Und was tut Frau nicht alles für ein Date mit ihrem Traummann?

Seufzend öffne ich also diese Tüte und hole als erstes Reizunterwäsche raus, in Weiß … mit Strapsen … *Ich bin doch keine Nutte!* Abfällig schnaubend schmeiße ich das Zeug hinter mich. Doch darunter liegt noch ein wirklich wahnsinnig schönes … weißes kurzes Leder-Kleid… und ziemlich hohe weiße Heels – Manolo oder Marcopolo oder Mongo – oder wie die Marke auch heißt. *Was denkt er sich? Dass ich jetzt zum Modepüppchen mutiere?*

Okay, das Kleid ist wirklich schön! Es trifft meinen Geschmack, weil es anders, aber dennoch sexy und stilvoll ist. Ich entscheide, ihm nur auf den ersten Blick entgegenzukommen, nehme das Kleid und verschwinde damit im Bad.

***

Sein Gesichtsausdruck ist unbezahlbar, als ich in seinen Turnschuhen, dem Kleid und dem schwarzen Mantel, den mir Evan schon gestern zusammen mit ganz viel anderer Kleidung aufs Auge gedrückt hat, dafür ohne Unterwäsche (was er natürlich nicht ahnen kann) rauskomme … und ich grinse breit, während ich die drei Treppen nach unten nehme.

Doch dann reiße ich die Augen auf, als ich sehe, an was für einem Monstrum von Auto er lehnt – Audi, schwarz, schnittig, schnell. Meine Hände werden feucht, denn ich stehe nicht auf Kleidung, nicht auf Schmuck, nicht auf Schminke. Aber mit Schnelligkeit, Kraft und PS kann man mich locken wie eine Motte mit dem Licht. Das muss ich zugeben. Ich versuche erst gar nicht, meine Bewunderung zu verbergen, als ich andächtig über die Motorhaube streiche. »Ein Audi R8 V10 plus, von null auf Hundert in 3,2 Sekunden. 610 PS geballte Kraft ... in schwarzem Matteffekt.«

»Die Frau hat Klasse!«, stellt er fest und schnippt seine Davidoff weg, dann öffnet er mir nicht etwa die Beifahrer-, sondern die Fahrertür. Und dabei ziert das perfekte Gesicht schon wieder dieses diabolische Grinsen, das mein nicht vorhandenes Höschen feucht und meine Knie völlig weich macht.

»Lust?«

»Oh mein Gott! JA!« Er ist verwundert, als ich sofort euphorisch an ihm vorbei springe und in das Auto hechte. Glückselig lasse ich mich auf den rotschwarzen Sport-Ledersitz fallen, mein Kleid rutscht dabei an meinen Schenkeln nach oben, aber es ist mir egal. Das kühle, glatte Leder fühlt sich so wunderbar verrucht an meiner Haut an, dessen Sitz natürlich bereits schön vorgewärmt ist. Und da denkt man Männer, können nicht mitdenken. Andächtig streiche ich über das schwarze Lenkrad. Allein in diesem Auto zu sitzen, gibt einem das Gefühl von Überlegenheit und Macht. Ich habe schwarz fahren gelernt, bei einem meiner Lover – Pete. Seitdem weiß ich deutsche Ingenieurskunst besonders zu schätzen. Andächtig liebkose ich auch die dunklen Armaturen … die Gangschaltung … Er lässt sich neben mich in den Sitz sinken und wispert mir ins Ohr. »So kannst du gleich an meinem Schwanz weitermachen!«

Sofort ziehe ich meine Hände von der Gangschaltung und werfe ihm einen düsteren Blick zu. Er gluckst, als ich sanft auf den Schalter drücke, der mir gleich einen Orgasmus verpassen wird, und dabei die Augen schließe. Der kräftige Motor erwacht brüllend zu Leben, die Vibration geht geradewegs zwischen meine Beine … und ich stöhne fast auf, als ich versuchsweise das Gas betätige und den Motor aufröhren lasse.

Das ist soooo gut …

»Verdammt! Bist du heiß!«, murmelt er, bevor ich abrupt losfahre und … ihm den Schreck seines Lebens verpasse.

Andere Autofahrer sind mir egal, die müssen weichen, sobald ich auf die Straße einbiege. Mit einem »FUCK!« klammert er sich fest in den Sitz und deutet mit der anderen Hand nach vorne. »VORSICHT!« Ich weiche schwungvoll aus und trete das Gas durch. Vor mir ist schließlich frei – ein paar Meter. Von einer Sekunde auf die andere drückt es uns in die Sitze und ich lache ausgelassen. »FUUUUUUUUUUCK!«, brüllt er, als ich kurz vor dem Auto, das vor mir fährt, abbiege und um die Kurve schlittere.

»Wohin?«, frage ich fröhlich, während die Straßenlichter rasant an uns vorbeiziehen.

»Rotlichtviertel …« Seine Stimme ist etwas zu hoch, er klammert sich tatsächlich fest und ich muss erneut lachen. »Ich schwöre, sobald wir stehen, wird dir das Lachen vergehen!«, murmelt er düster und schließt die Augen, während der Angstschweiß über seine Stirn rinnt.

»Mir egal!«, rufe ich, bevor ich gerade noch bei orange über die Ampel schieße und die Auffahrt zur Autobahn nehme. Jetzt werde ich ihm mal zeigen, was Todesangst ist und ihn dazu bringen, sich in seine maßgeschneiderten Hosen zu pissen! Der arrogante Sack!

***

»Sag mal … ist dir zufällig schlecht?«, frage ich, sobald ich in der Tiefgarage perfekt eingeparkt habe, zu der er mich mit zitterndem Finger gelotst hat … Ganz ohne Worte, ich glaube, die Sprache hat es ihm verschlagen, als ich mich auf der Autobahn zwischen zwei LKWS entlang presste … Was für ein Weichei!

»Weißt du … eins ist von Vorteil …«, murmelt er, mit dem

Kopf gegen den Sitz gelehnt, etwas grün im Gesicht und ohne die Augen zu öffnen.

»Was denn?«, frage ich grinsend, immer noch vom Adrenalin berauscht, und schnalle mich ab.

»Ich weiß jetzt, wie wenig du wirklich an deinem Leben hängst, und dass das alles nicht nur so dahingesagt ist!« Somit steigt er aus und lässt mich mit gerunzelter Stirn zurück. Schon wird meine Tür aufgezogen und ich am Arm aus dem Auto gezerrt.

»AUTSCH!«, beschwere ich mich, doch er reagiert darauf gar nicht, sondern drückt mich mit dem Gesicht voran gegen das kühle Metall.

»Du bist soeben das letzte Mal gefahren«, verkündet er, nun gar nicht mehr so grün und hilflos im Gesicht, während er meine Haare packt und sie sich um die Faust wickelt. Mit der anderen Hand drückt er meinen Arm auf meinen Rücken … nicht so, dass es schmerzhaft ist, aber ich kann mich nicht mehr bewegen.

Arschloch!

»Lass mich los!«

»Nope … Ich werde dir jetzt sagen, wie du dich an diesem Abend verhalten wirst.«

Ich lache auf, was aber in einem Fluchen endet, weil er schmerzhaft an meinen Haaren zieht, die nun fest um seine Faust gewickelt sind. »Du wirst nicht lachen, wenn ich es dir nicht erlaube. Du wirst nicht fluchen, wenn ich es dir nicht erlaube. Du wirst nicht reden, wenn ich es dir nicht erlaube. Du wirst gar nichts tun, wenn ich es dir nicht erlaube!«

»In deinen Träumen vielleicht!«, zische ich ihm zu und versuche loszukommen. Er drückt meinen Arm weiter nach oben, Schmerz schießt bis in meine Schulter, Tränen in meine Augen.

»Lass das! Je eher du aufhörst, gegen mich zu kämpfen, umso früher wird der spaßige Part beginnen!«

»Ich will keinen Spaß mit dir!«

»Mir ist völlig egal, was du willst, Puppe …«

»Ich bin keine verdammte Puppe!«

»Das entscheide ich, Puppe. Aber du willst doch Zeit alleine mit deinem Evan, oder nicht?«

Ich beiße die Zähne aufeinander und verdrehe die Augen.

»Okay, okay … Ich werde heute Abend deine kleine, geistlose Gummipuppe sein, die einfach nur gut aussieht und den Mund hält. Wenn das deine Vorstellung von Spaß ist, dann habe ich dich völlig falsch eingeschätzt! Langweiler!« Er lacht und seine Nase fährt dabei durch mein Haar, direkt an meiner Schläfe entlang. Ich erschauere …

»Es macht mich hart, dich so zu halten, am liebsten würde ich dich jetzt sofort von hinten ficken …«, murmelt er, und irgendeine dämliche Stimme in mir schreit. ›DANN TU ES EINFACH!‹

Doch ich knurre ihm zu. »Versuch es und dein Schwanz ist gebrochen!«

»Hmmm, wie du Schwanz sagst, gefällt mir auch …«

»Mir ist es völlig egal, was dir gefällt – wir sind hier nicht bei Facebook – und jetzt lass mich verdammt noch mal los!«

Er tut es sofort, was mich verwundert, wieder mal … und ich falle fast um. Hatte gar nicht gemerkt, dass meine Knie schon wieder so weich waren … Verdammt hoch zehn! Was tut er nur mit mir!? Und wieso lasse ich es zu?

»Was hält Evan davon, wenn du dich mir gegenüber so aufführst?«

Er grinst breit. »Er flippt aus … natürlich. Aber noch mehr wird er ausrasten, wenn ich meinen Schwanz als Erster in dich schiebe, noch heute Abend!«

»Davor friert die verdammte Hölle zu, aus der du kommst!«

Somit drehe ich mich um und marschiere ihm voraus. Aus einem Impuls heraus, ziehe ich meinen Rock hoch, zeige ihm, dass ich keine Unterwäsche trage und grinse als er flucht. Im nächsten Moment schlüpfe ich schon in den Aufzug … und die Türen schließen sich vor seiner Nase.

Haha!

11. Into you

Der Club ist riesig und vor allem … verrucht. Die Kellner, die hier rumlaufen, sind fast nackt bis auf eine Fliege, genauso wie die Damen an den verschieden taktisch sehr klug positionierten Stangen. Alles ist sehr exquisit, in Grau und Lila gehalten … sehr edel. Es gibt sogar an der Seite einen Wasserfall, der herab prasselt und in dessen Becken ein paar Menschen schwimmen, sich umarmen, knutschen … und andere Dinge machen. Ich würde auf jeden Fall nicht mal einen Zeh in dieses Wasser setzen, aber sie vergnügen sich da fröhlich.

Ohne auf ihn zu warten oder weiter auf ihn zu achten, steuere ich – nachdem ich den Mantel an der Garderobe abgegeben habe – sofort in Turnschuhen und Minikleid die Bar an. Er wird schon zahlen, hoffe ich und bestelle mir einen Mojito. Natürlich merke ich, dass ich noch nicht über dem Berg bin, dass ich eigentlich im Bett liegen sollte, dass Alkohol auf die Medikamente vielleicht nicht ganz so gut ist, aber ich sage mir: *Scheiß drauf! Man lebt nur einmal*!, und exe fast den gesamten Cocktail. Eine kleine Stimme in meinem Kopf sagt mir nämlich, dass ich den Alkohol noch brauchen werde.

Als er sich auf den Hocker neben mich schiebt, nimmt er mir den restlichen Cocktail nicht etwa aus der Hand und sagt, ich sollte weniger trinken. Nein, er grinst … düster … böse … atemberaubend und beugt sich zu mir vor. »Ja, ja … trink solange du kannst …«, singsangt er in mein Ohr, dann wendet er sich an den Barkeeper.

»Tony!«, brüllt er, der zuckt sofort zusammen und wird bleich.

»Fuck, Ryder! Dich hab ich ja ewig nicht mehr hier gesehen, weiß Tristan, dass…«

Ryder winkt ab. »Muss er nicht wissen, gib mir einfach nur den Schlüssel!«

»Klar!« Tony überschlägt sich fast, und holt unter der Bar einen Schlüssel hervor. »Um zwei ist reserviert, bis dahin viel Spaß!« Mit leicht bebenden Fingern gibt er meinem Begleiter den Schlüssel, dann schenkt er ihm drei Shots von irgendwas ein. Ryder ext sie alle nacheinander und knallt die Gläser wieder auf die Bar.

»Danke Tonyboy!« Mit dem Schlüssel am Zeigefinger winkt er dem leicht verängstigten Barkeeper wie Joker persönlich, und packt mich dann am Arm. Zieht mich vom Hocker und einfach durch die schwitzende, tanzende Menge und die flimmernden Lichter. Mein Kopf dreht sich bereits, der Mojito war ziemlich stark …

»Kannst du mir nicht einfach sagen, ich soll mitkommen, musst du mich immer hinter dir herzerren?«, beschwere ich mich und weiche angewidert den Typen aus, die, sobald sie mich erblicken, strahlende Augen bekommen und mich angrinsen. Die Schuhe sind ihnen völlig egal, die Titten im Kleid zählen. Er reagiert gar nicht darauf, als ich angequatscht werde, sondern zieht mich weiter. Aber als einer nach mir grapschen will, hebt er kurz den Arm und rammt ihm seinen Ellbogen in den Hals, bevor irgendwelche Finger mich auch nur ansatzweise berühren können. Der Typ geht sofort wie ein Sack zu Boden, ich muss drübersteigen – mit offenem Mund und völlig baff. Ryder/Evan/ichwerdenochwahnsinnig hat eindeutig irgendeine verdammte Kampfsportausbildung genossen … Ich kenne mich zu wenig aus, um zu wissen, welche genau. Aber es ist ganz schön einschüchternd, mit welcher Selbstverständlichkeit er sein Wissen anwendet und die Leute ausknockt.

Zielsicher steuert er einen der Tische am Rand der Tanzfläche an, von denen man leicht erhöht alles überblicken kann. Leider sind alle besetzt und ich denke schon, er wird woanders hingehen. Doch er nimmt einfach den Drink von irgendeinem Kerl und schüttet ihn auf den Boden, bevor er das Glas achtlos hinter sich in die Menge schmeißt. »Dein Drink ist alle!« Dann packt er den verdatterten Kerl am Kragen und zieht ihn von der Bank, worauf er mit einer Frau saß – eindeutig eine Prostituierte. Bevor der Typ das verkraftet hat, wird er schon in die tanzende Menge geschubst und verschwindet darin. Dabei sagt Ryder noch irgendwas zu ihm, was wegen der lauten RnB-Musik untergeht. Der Typ taucht nicht wieder auf … was für ein Wunder, dass der auch kuscht …

»Setz dich!«, befiehlt Ryder ausdruckslos, nimmt aber tatsächlich eine Serviette und legt sie auf die mit Leder überzogene Bank. »Man weiß nie, was da klebt und du trägst keine verdammte Unterwäsche«, verkündet er ungerührt und wartet, bis ich meinen Arsch genau auf der Serviette platziert habe. »Bleib!«, fordert er, dann verschwindet auch er in der Menge.

Einige Sekunden starre ich ihm mit zusammengekniffenen Lidern hinterher. Bin ich ein verdammter Hund, oder was?

HUND ...

OH GOTT …

Schon springe ich auf und begebe mich auf die Tanzfläche! Ja, wir haben einen Deal! Ja, ich werde Zeit mit ihm verbringen! Aber dass ich wie eine Bescheuerte jeden Befehl von dem Penner befolgen werde, haben wir nicht ausgemacht! Was denkt er sich eigentlich, wer er ist? Oder wer ich bin!?

Pah!

Ich liebe Musik, ich liebe Alkohol und ich scheiße drauf, dass ich krank bin, dass sich schon alles dreht, dass Sitzen vielleicht sogar wirklich besser wäre und fange an, meine Hüften im Takt des satten Beates zu bewegen. Ich liebe es auch zu tanzen … und gehe sofort in den sexy Tönen auf, ignoriere jeden, der mich antanzt geflissentlich und habe einfach meinen Spaß … Zu lange schon konnte ich nicht mehr ausgelassen feiern.

So baby, come light me up
and maybe I'll let you on it
A little bit dangerous,
but baby, that's how I want it
A little less conversation, and
a little more touch my body
Cause I'm so into you,
into you,
into you ...

… dröhnt Ariana Grande aus den Boxen, als sich ein Arm um meine Hüfte legt. Ryder Black zieht mich mit den Rücken an seinen Körper, nimmt mein Becken mit beiden großen Händen und vergräbt seine Nase in meinen Locken.

»Ich habe doch gesagt … sitzenbleiben … Puppe«, raunt er und bewegt seine Hüften leicht mit mir. Himmel! Es gibt nichts Heißeres als einen Mann, der weiß, wie er sich bewegen muss … und er weiß es eindeutig! Ich sterbe! Verglühe … lehne mich mit geschlossenen Augen an ihn … er ist so groß, fest und stark … Selbstvergessen hebe ich die Arme, schlinge sie um seinen Nacken, drehe ihm mein Gesicht zu und raune direkt an seinem Kiefer.

»Ich höre aber nicht auf dich, *Baby* …« Ich küsse seine frisch rasierte duftende Haut, fühle, wie er in meinem Rücken hart wird und genieße sein leichtes Stöhnen, als ich seinen Ständer mit meinem Hintern berühre, mich daran reibe.

»Das solltest du schleunigst lernen, du kleines rolliges Kätzchen.« Er drückt sich fester gegen meinen Arsch und zieht einfach mein Kleid hoch, sodass meine Backen blank sind. Es ist mir egal … Er ist zu heiß, seine Hände auf meinem Körper zu ablenkend, besonders, als er mit ihnen an meinem Bauch nach oben streift und meine Brüste packt. Sie verschwinden darin, weil seine Hände so groß und männlich sind. Mit einem heiseren Stöhnen, das uns beiden entkommt, knetet er sie fest.

»Du willst, dass ich dich ficke … hier … mitten auf der Tanzfläche …«, raunt er und zwirbelt meine Brustwarzen über dem dünnen Stoff des Kleides. Gleichzeitig presst er seinen Ständer fester gegen meinen Arsch. Nur seine Hose trennt uns noch und ich werde vor Erwartung feucht. Verdammter Alkohol! Ich sollte das hier nicht so genießen, ich sollte ihm die Stirn bieten … aber irgendwie … ist es auch Evan, der mich berührt … nicht nur dieses skrupellose Arschloch … und dem bin ich machtlos ausgeliefert. Seit der ersten Sekunde, in der er eher unfreiwillig mein Leben rettete. Verzwickte Situation!

»Das würdest du gern, ihn mir hier und jetzt reinschieben … bis zum Anschlag!« Ich lasse meine Hand nach hinten gleiten und streiche über seinen Schwanz. Er ist riesig und steinhart unter der Hose, sprengt fast den Reißverschluss, Ryder zischt und versteift sich abwartend am ganzen Körper. »Aber das wirst du nicht!«, knurre ich, lasse von ihm ab, drehe mich um und genieße sein verdattertes wunderschönes Gesicht. »Denn ich bin nicht deine verdammte Hure!«

Jetzt bin ich zu weit gegangen, ich weiß es!

Er packt mich wortlos am Arm und zerrt mich wieder irgendwohin … ach, zu den Toiletten, wie stil… bevor ich zu Ende denken kann, hat er mich im langen Flur gegen die Wand gedrückt und mit beiden Armen eingekeilt.

»So! Wir machen jetzt mal einiges klar! Erstens: Du BIST meine Hure!«

»Fick dich! Ich bin von niemandem die verdammte Hure!« Ich will ihn wegschieben, aber er drückt mich unerbittlich zurück.

»Zweitens: Wenn du willst, dass ich Evan nicht mehr quäle, wirst du noch viel mehr sein als das, du wirst meine willenlose Puppe sein! Mir völlig ausgeliefert, mir völlig ergeben und nicht so ein kleines zickiges Biest!« Verdammte Scheiße! Musste er die Evankarte jetzt ziehen? Ich plustere die Wangen auf, schmolle, sehe ihn störrisch an und verschränke die Arme vor der Brust, während ich die Augen verdrehe. Er weicht ein wenig zurück.

»Schon besser …«, murmelt er, und seine Nase streicht über meine Wange, sein Duft lullt mich erneut ein, er hat immer noch einen Ständer, ich sehe es ganz genau, und ich kann nicht behaupten, dass es mich kalt lässt. Aber daran ist womöglich auch der Alkohol schuld und die Medikamente. Ich bin völlig benebelt und das nicht nur von ihm.

»Hast du mich verstanden, Puppe?«

»BIN JA NICHT TAUB!«, blaffe ich, und ich weiß wie kämpferisch meine Augen funkeln. Er gluckst leise, sieht mich absolut fasziniert an und murmelt dann: »Hol meinen Schwanz raus!«

»WAS?«

»Doch taub?«

»Hier? Jetzt?«

»Oh ja!«

OH GOTT!

12. Madness

Gut! Wie er verdammt noch mal will!

Meine Hände beben tatsächlich, als ich nach unten fasse, ohne sein wunderschönes, strenges Gesicht mit dem unerbittlichen Ausdruck aus den Augen zu lassen. Sein Blick wird ungefähr um zweihundert Grad heißer, dunkler, begieriger, als ich den Knopf seiner Hose öffne und ein triumphierendes Lächeln breitet sich langsam aus. Dabei muss ich mir auf die Lippen beißen, um keinen weiteren Spruch loszulassen, spüre aber dennoch, wie mein Körper auf seine erregten Ausdruck reagiert und wie meine Wangen rot werden.

Es sind so viele Menschen hier. Ständig gehen sie bei den Toiletten ein und aus und damit zwangsläufig an uns vorbei. Vielleicht ist hier normal, was gleich geschehen wird, vielleicht beachten sie uns gar nicht wirklich, trotzdem empfinde ich Scham, Aufregung, Lust … Nervenkitzel … Besonders, als ich nun den Reißverschluss runterziehe.

Ich werde keinen verdammten Rückzieher machen!

Er lehnt immer noch mit seinen Armen rechts und links von meinen Schultern, starrt mein Gesicht intensiv an, aber seine vollen, schönen Lippen öffnen sich etwas, als ich einfach in die Hose fasse und ihn berühre … Glatt, hart … sehnig. Oh Gott!

»Mach schon!« Seine Stimme ist tief und drängend, ich kann mich nicht mehr gegen meine eigene Erregung wehren und verbeiße mir ein Stöhnen, sobald ich ihn an die von Alkohol, Schweiß und den verschiedensten Parfum- und Aftershavenoten geschwängerte Luft hole. Er ist groß und mächtig, viel größer als die Männer, die ich davor hatte, so gerade, so perfekt …

»Nein, ich werde dich jetzt nicht damit ficken. Hol mir einen runter!«, murmelt er und zischt, als ich seine Eichel mit der Hand umfasse. »Oh Gott im verfickten Himmel, fühlt sich das gut an!« Mit diesem Stöhnen fällt sein Kopf nach vorne an meine Schulter. Seine Lippen sind an meinem Hals, sein Atem schnell und heiß, während ich nach unten und nach oben streiche, ihn fester packe. Er ist bereits so hart, ich habe Angst, dass er sofort kommt …

Und das habe ich mit ihm gemacht.

»Zieh deinen Rock hoch, ich werde gleich spritzen …«

»Was?«

»MACH!« Ich tue wie mir befohlen, fühle dabei, wie angeschwollen und feucht ich bereits bin – dabei hat er mich noch nicht mal berührt. Fest packt er seinen Schwanz … und dann … ist da seine Eichel … direkt an meinem Kitzler. Er reibt tief stöhnend darüber … ein Laut, der mir durch Mark und Knochen fährt und mich noch feuchter macht.

»FUCK!«, flucht er direkt an meinem Hals, und spritzt auf meinen Kitzler. Heiße Ströme direkt auf meine empfindlichste Hautstelle. Ich fühle, wie sich meine inneren Muskeln auch verlangend zusammenziehen, weil sie ihn in sich haben wollen, weil sie auch kommen wollen … aber nichts da!

Sobald er fertig ist, reibt er seinen Schwanz noch einmal zwischen seinen Schamlippen … verschmiert alles zwischen ihnen.

»Das bleibt da!«, raunt er, dann zieht er sich zurück, packt ihn in die Hose und grinst mich breit an.

»Jetzt muss ich erst mal was trinken!«

***

»Bist du zufällig gerade geil?«, fragt er, sobald wir wieder an unserem Tisch sitzen und weitere Getränke vor uns haben. Sein Arm liegt locker auf der Lehne hinter mir, er ist nun völlig entspannt, während ich wortwörtlich auf glühenden Kohlen sitze. Das hat mich soeben so erregt, dass ich gar nicht mehr an was anderes denken kann. Außerdem fühle ich immer noch sein Sperma zwischen seinen Beinen, fühle dort immer noch seinen großen, harten Schwanz … besonders an meinem Kitzler. Immer wieder muss ich die Zähne zusammenbeißen und meine Beine überschlagen.

Gleichzeitig bin ich sauer auf mich, weil ich das gemacht habe! Dass ich jetzt doch will, dass er mich fickt! Dass er mich so erregen kann! Es ist gemein, einem anderen so hilflos ausgeliefert zu sein, während derjenige völlig immun ist. Außerdem regt es mich auf, dass er so genau weiß, was in mir vorgeht, dass ich nichts vor ihm verbergen kann. Das ist doch echt beschissen! Am liebsten würde ich abhauen! Aber ich bin mittlerweile wirklich schon so benebelt, dass ich es ganz sicher nicht alleine aus diesem lauten, viel zu heißen Club schaffen würde. Ich bin auf ihn angewiesen! Wieso habe ich das nur zugelassen?

Diese Tatsache macht mich am sauersten!

Ich habe mich schon lange nicht mehr von anderen Menschen abhängig gemacht, aber dann kam Evan Black und ganz ehrlich: Irgendwie hatte ich bei ihm keine Wahl! Und das war dumm! Denn Menschen verletzen andere Menschen, Menschen nutzen andere Menschen aus! Menschen sind nicht gut! Ganz besonders nicht Ryder Black, der leider zu Evan gehört, wie seine wunderschönen Augen, seine berauschende Stimme oder seine perfekten Hände! Wie nannte ihn Evan so passend: Ausgeburt der Hölle, und das ist Ryder wirklich! Ohne jegliches Gewissen, ohne jegliche Scham!

»Oh armes Baby … Musst du jetzt weinen, weil du so dringend willst, dass ich dich doch ficke, nun, wo du Bekanntschaft mit meinem Schwanz geschlossen hast?!« Er spielt unschuldig mit meinen Locken, aber nicht nur das lässt den nächsten Gänsehautschauer meine Wirbelsäule herabregnen – vor allem seine verführerische Stimme, so nah an meinem Ohr.

»Halt die Klappe!« Ich ergreife meinen Drink und will ihn in einem Zug leeren, aber eine starke Hand nimmt ihn mir einfach weg und packt mein Kinn. Seine grünen, grünen Augen sind so nah, so schön … so … faszinierend … so … verdammt! FUCK! NEIN! Ich will das nicht! Ich will mich nicht jedes Mal in diesen Augen verlieren, er hat das nicht verdient!

»Bist du etwa sauer?«

Ich antworte nicht, niemals würde ich zugeben, wie es gerade in mir aussieht. Was dort für ein Chaos herrscht. Am liebsten würde ich tatsächlich weglaufen … und mich in Evans Arme kuscheln … Aber das wird nie passieren! Niemals wird es Ryder so weit kommen lassen! Viel zu viel Spaß hat er daran, andere – vorzugsweise mich – zu quälen!

Wahrscheinlich kämpfe ich eine verlorene Schlacht, denn ich kämpfe gegen den Teufel persönlich, und gegen den kann man nicht gewinnen. Wortlos löse ich mein Kinn aus seinen langen, schönen Fingern, sehe von ihm weg und fühle, wie mir tatsächlich Tränen in die Augen treten. Ich werde jetzt nicht heulen! Fuck! Ich hätte nicht so viel trinken sollen, da werde ich immer so sentimental! Noch wütender, vor allem über mich selbst, balle ich die Fäuste.

»Gesteh es dir ein, dann kriegst du, was du willst …« Zärtlich streicht seine Fingerspitze die wild pochende Ader an meinem Hals nach, genauso zärtlich spricht er und ich bin versucht … Aber ich werde nicht einfach so aufgeben, rein aus Prinzip nicht!

»Ich will dich nicht, ich will Evan …«, murmle ich, ohne ihn anzusehen.

»Ich weiß.« Das klingt endgültig. Jetzt sehe ich ihn doch an, und zwar etwas erschrocken.

»Was hast du vor?«

»Na ja …« Er steht auf, streckt sich und sein Hemd rutscht an seinem Bauch etwas nach oben, gibt den Blick frei auf dieses trainierte ›V‹ *Himmel* … »Ich habe gesagt, du sollst tun, was ich sage. Solange es nicht so ist, kannst du ihn leider auch nicht sehen. Gar nicht mehr!« Somit zuckt er mit den Schultern und geht los. Mitten in die Masse.

WAS?

»WARTE!«, brülle ich und laufe ihm hinterher … erwische ihn mitten auf der Tanzfläche am Arm und halte ihn auf. »Was meinst du damit?«

»Dass ich ihn nicht mehr an die Oberfläche lassen werde …«, verkündet er mir gelangweilt und bahnt sich weiter seinen Weg. Vor Schock erstarrt bleibe ich einige Sekunden stehen und kann es nicht glauben. Geht das denn? Kriege ich Evan jetzt gar nicht mehr! Was für ein Bastard! So war das nicht abgemacht!

Fast an der Kasse, wo er gerade aus einem Bündel Fünfhunderter einen herauszieht, um zu zahlen, hole ich ihn erneut ein, muss husten, weil es vielleicht doch etwas zu viel für einen Abend war … und knurre: »So war das nicht abgemacht, du Bastard!«

»Tja.«

»Es war abgemacht, dass ich meine Zeit mit Evan alleine bekomme, wenn ich auch Zeit mit dir verbringe!«

»Ich weiß, aber er ist gerade so schön sauer und hilflos. Es macht zu sehr Spaß … Und ich habe noch nicht bekommen, was ich von der Zeit mit dir wollte.«

Ich presse die Lippen aufeinander und folge ihm zum Aufzug, der uns in die Tiefgarage und zu seinem Auto bringt. Mit einem Mal bin ich völlig kraftlos und lasse mich gegen die Wand sinken … Schweiß steht mir auf der Stirn, mein Kopf dreht sich immer mehr. Vielleicht hätte der letzte Drink wirklich nicht mehr sein sollen.

»GUT!«, lalle ich mit letzter Kraft und breite die Arme aus. »Dann tu es doch! Bums mich! Ich bin für dich ja sowieso nichts weiter als eine Schlampe von der Straße! Also tu es! Hier in dem Aufzug, im Auto! Im Bett! Mir scheißegal! Soll ich schon mal mein Kleid ausziehen?« Er runzelt die Stirn, als ich das sage. Doch als ich nach dem Saum meines Kleides greifen will, überbrückt er die zwei Schritte, die uns trennen, und reißt meine Hände nach unten.

»Hör auf!«, meint er und das erste Mal, seitdem ich Ryder Black unfreiwillig begegnet bin, scheint er wirklich sauer zu sein. Nicht einmal als ich ihn geschlagen habe, war er so wütend. Seine Augen blitzen unheilvoll, doch es ist mir egal.

»Wieso soll ich jetzt aufhören? Du bekommst doch, was du willst! Aber sei wenigstens ein kleines bisschen ein Mann und halte dich auch an dein Wort! Lass ihn endlich in Ruhe!«, zische ich mit Tränen in den Augen, aber aller Leidenschaft, die ich aufbringen kann.

»Shhh …« Erst als sein Finger über meine Wangen streicht, merke ich, dass sich vor lauter Wut und Verzweiflung ein paar Tränen gelöst haben und nun über mein Gesicht laufen, während ich ihn unerbittlich anstarre … Er sieht fast schon … warm auf mich herab, zumindest bilde ich es mir ein, und seine Berührung ist sanft. So sanft. »Nicht weinen, du bist viel zu schön, wenn du das tust«, murmelt er heiser. »Beruhige dich, das ist nur ein Spiel.« Seine Stimme … sie lullt mich genauso ein, wie dieser fast schon mitfühlende, aber vor allem faszinierte Blick … und ich habe keine Kraft mehr. Ich will und kann nicht mehr kämpfen, weitere Tränen folgen den ersten … und ich schluchze auf. »Shhh …«, wispert er erneut und beugt sich dann vor. Ganz langsam … ganz zärtlich und zaghaft streicht seine Nase über meine, berühren seine Lippen meine – nicht, weil er mit mir spielt, sondern weil er es will. Ich fühle genau sein unterdrücktes Verlangen – aber noch so viel mehr.

Wow …

Mit einem leisen Stöhnen gleiten meine Lider zu, ich gehe auf die Zehenspitzen und schlinge meine Arme um Ryder Blacks Hals, während ich meine Lippen komplett auf seine presse. Ich drückte ihn gegen die Wand des Aufzugs, meine Hände fassen in sein Haar, mein Körper reibt sich an ihm …

Ist das schön!

Verdammt!

Dabei ist das gar nicht Evan!

Verdammt! Verdammt! Verdammt!

Mein Kopf dreht sich stärker, meine Knie geben nach, aber sein starker Arm an meiner Hüfte fängt mich auf.

»Verdammt!«, flucht er atemlos … und drückt mich an sich, damit ich nicht umfalle. »Verfickte Scheiße, du elendiger Bastard!« Ich blinzle schwer, und sehe ihn mit gerunzelter Stirn an.

»Evan?«, hauche ich, während er zähneknirschend auf die Knöpfe des Aufzuges eindrischt.

»Sei ruhig jetzt!«, blafft er mich an und seine Augen sind tatsächlich blau … nicht grün … nicht dämonisch, sondern besorgt, aber doch ziemlich wütend auf mich gerichtet. »Wieso lässt du ihn so etwas mit dir tun! Wieso sagst du nicht NEIN?« Okay … sauer sind seine Augen am meisten, aber was hätte ich tun sollen? Wozu hätte ich NEIN sagen sollen, wenn ich es doch eigentlich selber wollte?

»Er hat dich freigegeben?«

»Ja.«

»Er hat gesagt…«

»Ich habe gehört, was er gesagt hat, und ich habe auch mitbekommen, was … ihr fast getan hättet! Glaub ihm nicht alles! Er kann nie zu lange die Kontrolle über mich halten, er erzählt dir bloß viel, damit du das tust, was er will!«

»Aber er hat dich gerade tatsächlich freiwillig freigeben?« *Obwohl ich mit ihm geschlafen hätte?*

Wow …

»Ja, das hat er, aber das ist alles nur Taktik!« Mit einem Mal hebt er mich auf seine Arme. HUI! Lasch schlinge ich meine Arme um seinen Hals und lege meinen schweren Kopf an seine Schulter, atme durch, während er mich durch die

Tiefgarage trägt. »Du bist krank! Aber du ziehst nicht mal Unterwäsche an! Es ist immer noch Winter!«, motzt er dabei und ich muss kichern. Es ist süß, wie sehr er sich um mich sorgt, vor allem, weil der andere Teil von ihm genau das Gegenteil tut. Nein, der füllt mich auch noch ab. Trotz der Menge von Medikamenten, die ich intus habe. »Er wird dir weismachen wollen, dass er ein *HERZ* hat und *Gefühle* …« Herz und Gefühle spuckt er aus, als wären es Schimpfworte. »Er wird versuchen, dich mit allen Mitteln, um den Finger zu wickeln, sodass du ihm völlig verfällst, wie jede Frau vor dir, und glaub mir, es waren mehr als ich zählen kann!« AUTSCH! Die Info versetzt mir einen sehr schmerzhaften Stich. Verfickte Schlampen, sie haben ihn vor mir angefasst! »Er will immer der Bessere von uns beiden sein und er kann es nicht ertragen, dass du … ähm …« Oh Herr im Himmel! Er wird tatsächlich rot! Knallrot, ich fühle es förmlich auf mich überstrahlen.

»Dass ich auf dich stehe …«, murmle ich an seiner Brust, während meine Lider immer schwerer werden. Besonders als er mich vorsichtig ins Auto setzt und anschnallt. Er antwortet nicht mehr, doch ich greife nach vorne, packe ihn am Kragen und nuschele: »Es stimmt … du hast keine Ahnung … wie sehr ich auf dich stehe Evan Black.«

Dann bin ich schon am Abdriften … in selige, sanfte Schwärze, aber ich glaube noch ein sanftes, geschlagenes »Dito …« zu vernehmen …

13. Close your Eyes

Ich bin erholter, als ich wieder aufwache … gleichzeitig brummt mein Kopf wie ein Schwarm Bienen, sobald ich mich dehnen und die Augen öffnen will. Also bleibe ich noch ein wenig reglos liegen und tue gar nichts.

Ein wenig Auszeit gönne ich mir noch, vor allem, um die Lage zu überdenken. Ich habe gestern Ryder einen runtergeholt, mitten in einem Club, ich hätte sogar Sex mit ihm gehabt – und wenn wir ehrlich sind, mehr als freiwillig –, zumindest ist es so, wenn ich tief in meinem Inneren die Wahrheit zulasse. Doch er … hat genau in dem Moment, als ich mich auf ihn eingelassen hätte, Evan wieder nach oben gelassen und … irgendwie … habe ich Ryder dann vermisst!

Den Bastard mit den grünen Augen!

Gestern hatte ich nicht mehr viel mitbekommen, nur, wie Evan mich aus dem Auto hob und ins Bett legte. Ich wollte, dass er sich zu mir legte, aber natürlich hat er das nicht getan – weil Evan sehr penibel darauf bedacht ist, mich bloß nicht zu berühren, wenn es nicht sein muss, oder anderweitig mit mir zu interagieren. Wahrscheinlich ist er das so gewöhnt. Denn wenn er mit anderen Menschen zu tun hat, ist er abgelenkt, und Ryder kann sich dann nach oben schleichen und ihn übernehmen.

Was für ein abgefucktes Leben! Ob Evan jemals eine Freundin hatte? Ob er sich jemals auf irgendeinen Menschen eingelassen hat? Oder lebte er schon immer so einsam und allein, aus Angst davor, dass sein innerer Dämon ihn überwältigen könnte?

»Ich hasse dich, Ryder Black!«, murmle ich als Erstes und höre ein leises Lachen.

»Glaub mir … er weiß momentan auch nicht, ob er dich eher hassen oder lieben soll«, antwortet eindeutig Evan und ich höre, dass seine Stimme näherkommt. »Nimm das!« Sobald ich ihn anblinzele, drückt er mir zwei Tabletten in die Hand und ein Glas Wasser. Er lässt sich am Fußende auf die Bettkante nieder und beobachtet frisch erholt, in einem blauen Polohemd, das seine verdammten Himmelaugen betont, und einfacher schwarzer Jeans, wie ich brav die Tabletten nehme und das Wasser austrinke. Ich habe bereits gelernt, dass kleine Kämpfe nur unnötige Energie kosten.

»Braves Mädchen«, lobt Evan mich und ich verdrehe die Augen. Natürlich bringt er das Glas sofort wieder in die Küche, wäscht es ab und räumt es weg. Dann … häuft er etwas aus einer Pfanne auf einen Teller, sieht aus wie Eier und Speck … Und mein Magen knurrt, als er mit dem Teller zu mir kommt. Oh Himmel, wie das duftet!

»Wehe, es landet ein einziger Krümel in meinem Bett!«, warnt er mich und gibt mir erst dann den Teller. Innerhalb von fünf Minuten habe ich alles verschlungen und muss zugeben, dass es das beste Frühstück ist, welches ich jemals gegessen habe. Mit einem leichten verträumten Lächeln sitzt er am Bettende und beobachtet mich. Ich schlecke sogar den Teller ab, worauf er leise gluckst – ich liebe diesen Laut … Dann gebe ich ihm freudestrahlend das Geschirr zurück. »Kannst du gleich wieder einräumen. DANKE!«, sage ich aus tiefstem Herzen, mit vollem Magen und fast keinen Kopfschmerzen mehr, und er lächelt breiter.

»Bitte«, meint er, steht auf und geht den Teller abwaschen.

Ich währenddessen starre dabei ein wenig seinen Arsch an, strecke mich und setze mich in den Schneidersitz aufs Bett. Irgendwie … wirkt Evan heute so … entspannt, wie noch nie.

»Was ist anders?«, frage ich und stehe auf … keine Kopfschmerzen! Kein Gekreise! Kein Husten! Juhu!

Evan grinst in sich hinein und ist absolut atemberaubend dabei.

»Sag schon!«, meine ich lachend und gehe auf ihn zu.

»Ich hatte heute den ersten Ryder-freien Morgen seit Jahren …«, verkündet er schließlich und schenkt etwas aus seinem Mixer in ein hohes Glas. Dann kommt er zu mir, drückt mich auf den Stuhl an seinem Esstisch und reicht mir den grünlichen, giftig aussehenden Trunk. »Trink!«

»Was ist das?«

»Es ist gut für dich!«

»Hmmmpf … Also bestimmend seid ihr beide!« Sein Gesichtsausdruck verdüstert sich schlagartig, verdammt! »Aber du bist viel süßer!«, gebe ich noch schnell dazu und leere das Glas in einem Zug. Dann gebe ich es ihm ganz schuldbewusst und er verdreht die Augen, bevor er schon wieder grinsen muss, sich umdreht und auch das Glas abwaschen geht.

»Was hast du heute an deinem Ryder-freien Tag vor?«, frage ich … und er grinst noch breiter.

»Lass dich überraschen!«

***

»Ein Picknick, im Ernst jetzt?«, frage ich, sobald wir im Park am See sind und er eine blau karierte Decke ausgebreitet hat. Er hat sogar ein verdammtes Körbchen dabei – mit zwei Klappdeckeln!

»Japp!«, antwortet er nur, hebt mich hoch und platziert mich auf der Decke, im Schnee.

»Es ist Winter!«

»Ist dir kalt?«

»Wie könnte mir kalt sein, nach deiner Einpackaktion? Ich sehe aus wie ein Minion!« Ja! Ich habe Thermounterwäsche an, eine dicke Jeans, einen dicken Pullover über einem Top und dann noch einen dicken rosa Schneeanzug. Das alles hat er mir extra gekauft. Außerdem neue Schuhe – Millionen Mal gefüttert – mindestens!

»Deine alten Sachen waren für die derzeitigen Temperaturen nicht geeignet.«

»Witzig … du redest so geschwollen … und Ryder … *nicht.*«

»Gott sei Dank spreche ich nicht auf diese niveaulose Art!«

Er lässt sich in seiner schwarzen Jacke, seiner Sonnenbrille und seiner Jeans neben mir nieder und fängt an, seinen Korb auszupacken. Als Erstes bekomme ich einen Thermobecher mit heißem Tee in die Hand. Außerdem hat er noch Sandwiches dabei … Obst … oh Gott im Himmel, ich hätte nie gedacht, dass er *so* süß sein kann!

»Wieso bist du so zu mir?«, frage ich, während wir beide an unserem Tee nippen und den anderen beim Schlittschuhlaufen auf dem See zuschauen. Es ist ein wunderschöner Tag und die Sonne ist heiß, obwohl es um uns herum arschkalt ist.

»Wie bin ich denn?«, fragt er stirnrunzelnd, ohne mich anzusehen. Es ist schon irgendwie sexy, wie er sich auf einen Ellbogen stützt und durch seine stylische Sonnenbrille die Leute beobachtet. Er sieht wieder mal aus … wie ein Model.

»So süß …«

Er verzieht das Gesicht und zuckt die Schultern.

»Stopp! Fang erst gar nicht wieder damit an!«, rufe ich und er zieht eine Augenbraue hoch.

»Womit denn?«

»Mit der mysteriösen Tour! Die bringt sowieso nichts mehr, okay?«

»Hmm …«, brummt er nicht gerade happy.

Aber mir ist es egal, ich lehne mich auch auf meine Arme zurück und schaue ihn mit schief gelegtem Kopf an. »Darf ich dich was fragen?«

»Du wirst es doch so oder so tun …«

»Stimmt!« Ich lache … dann werde ich wieder ernst. »Wie viele … ähm … Frauen hattest du schon?«

Nun schnellt sein Blick zu mir und er betrachtet mich über den Rand der Brille hinweg. »Ich oder Ryder?«

»Du.«

Er seufzt und sieht wieder weg, zu den eislaufenden Idioten … Augenscheinlich will er nicht darüber sprechen und antwortet dennoch knapp. »Eine!«

Weil ich genau merke, dass das hier ganz dünner Boden ist … frage ich »Und Ryder?«

»Kann ich wie gesagt nicht zählen …«

»Hmm …« Ich kaue auf meiner Unterlippe, traue mich dann aber einfach … Was habe ich schon zu verlieren? »Und ähm … wenn Ryder … mit diesen Frauen zusammen ist … du weißt schon …«

»Wenn er sie fickt.«

»Oh wow … Du kannst also auch so reden.«

»Klar … Was der eine kann, kann auch der andere, right?« Er holt sich eine Erdbeere aus dem Korb, lehnt sich dann wieder lässig zurück und stopft sich die süße Frucht in den Mund. Zwischen diese Lippen … und dann kaut er … Oh … Himmel … ehrlich! »Aber meistens ist mir das zuwider.«

»Also … wenn er sie fickt …« Ich werde knallrot … »Wie ist das dann für dich?« Er schließt die Augen und bläht die Nasenflügel. Außerdem runzelt er die Stirn.

»Es ist als … würde ich mir einen Film ansehen … Ganz leicht kann ich empfinden, was er auch empfindet … Aber nicht zu stark. Manchmal foltert er mich aber mit Erinnerungen an die Frauen, was er alles mit ihnen gemacht hat, dann lässt er es mich ganz genau fühlen. Ich mag das nicht.«

»Also …« Ich räuspere mich und kann ihn nicht mehr ansehen … »Also hast du gestern … äh … hmmm …« Ich weiß einfach nicht, wie ich es sagen soll. Vor Scham möchte ich spontan sterben. Wieso musste ich das jetzt auch fragen?

»Also habe ich gestern genauestens mitbekommen, wie du ihm einen runtergeholt hast … ja.«

»Oh Gott …«

Ich kneife die Lider zusammen und er lacht leise. »Du bist echt süß … manchmal …«, murmelt er und ich mache »HAHA …« bevor ich zu dem übergehe, worauf ich eigentlich hinauswill.

»Und es hat dir gefallen?«

»Mehr als das, aber es hat mich auch angepisst, dass er es war …«

Jetzt sehe ich ihn an … nehme meinen Mut zusammen, stelle meinen Becher weg und rutsche langsam zu ihm heran … »Also … ähm … würdest du gerne … mehr in dieser Richtung mit mir machen?«

»Lillian …«, murmelt er traurig und hält meine Hand auf, bevor sie über seine Lippen streichen kann. »Das will ich, du weißt gar nicht wie sehr. Aber ich werde dich trotzdem nicht anfassen!«, verkündet er streng und ohne jeglichen Platz für Diskussionen. Wütend ziehe ich meine Augenbrauen zusammen und entreiße ihm meine Hand.

»WARUM NICHT?«

»Das habe ich dir bereits erklärt. Wenn ich dich berühre, kann ich mich nicht konzentrieren und dann ist die Gefahr groß, dass er die Kontrolle übernimmt!«

»Ich habe mit ihm ausgemacht, dass er das nicht mehr tut! Dafür treffe ich mich mit ihm auch alleine!«

»Er hält sich aber nicht an Abmachungen! Versteh das endlich!« Langsam wird er auch sauer, genau wie ich.

»Das ist doch beschissen!«, brülle ich, stehe auf und stapfe ein paar Schritte von ihm davon, umarme mich selbst und sehe den verdammt glücklichen, ganz normalen Pärchen dabei zu, wie sie über das Eis segeln oder fallen. Wie happy sie sind, so ohne irgendwelche Probleme … zum Beispiel, dass man sich in einen Mann verliebt hat, der eine äußerst psychopathische Seite in sich hat. Ach, und dass der Mann wegen dieser äußerst psychopathischen Seite … einen nicht anfassen kann … Dass ich ihn wahrscheinlich nie wieder küssen oder niemals Sex mit ihm haben werde. Dass ich ihm niemals näherkommen kann!

Wieso musste das auch mir passieren? Wieso immer ich?

***

Evan Black

Ach komm schon ... Jetzt sei nicht so eine verfickte Pussy!

War klar, dass er sich wieder meldet, der Morgen bis jetzt war soooo schön, er hat sich tatsächlich an unseren Deal gehalten und keinen einzigen Mucks von sich gegeben. Doch jetzt muss er natürlich seinen Senf wieder mal abgeben.

Halt die Klappe, Bastard! Glaubst du etwa, ich nehme dir ab, dass du mir auch mal ein KLEINES bisschen verschissenes Glück gönnst?

Es geht mir nicht um dich ... Dieser mürrisch ausgesprochene Gedanke von ihm lässt mich stocken …

Oh … wow … du MAGST sie.

Klappe!

OH WOW, du magst sie nicht nur, sie bedeutet dir sogar etwas! Wieso habe ich das bis jetzt nicht erkannt? Wie hast du das versteckt?

Er antwortet nicht mehr, sondern knirscht nur mit den Zähnen, und ich weiß, ich habe genau ins Schwarze getroffen.

Deswegen hast du mich gestern auch so einfach nach oben kommen lassen, bei eurem Kuss, du hast ihr gegeben, was sie gebraucht hat. Du hast nicht nur an dich selbst gedacht … HALLELUJA!

Bilde dir nicht zu viel drauf ein, ich werde nur hart, wenn sie heult, und sie war sowieso kurz vor dem Zusammenbrechen, also konnte ich sie nicht ficken ...

Wieso keine andere? Dir ist es doch egal; wenn die eine gerade nicht kann, nimmst du die Nächstbeste und lässt die andere zuschauen. Und je mehr ihr das missfällt umso besser, je mehr du sie verletzt umso besser …

Sie wurde schon oft genug verletzt … nuschelt er, und ich denke, mich verhört zu haben. Meine Augen werden groß.

»Fuck!«, murmle ich und streiche mir durch die Haare.

Sie ist dir wirklich wichtig, auch wenn du das niemals zugeben würdest, Bastard!

GUT! Dann ist sie das eben! Verfickte Scheiße, jetzt zufrieden? Aber deswegen werde ich nicht zu so einem Duracel-Häschen-Verschnitt wie du! Und jetzt steh endlich auf, geh zu ihr und setze deinen Plan in die Tat um! Arschloch!

Oh Gott, du bist ja richtig süß …

Eine heftige Welle Kopfschmerzen, die mich überfällt und fast meinen Geist unter sich begräbt, zeigt mir, dass er alles andere als süß und immer noch der Teufel persönlich ist. Keuchend fasse ich mir an die Stirn.

»IST JA GUT!«, stöhne ich und presse die Augen zusammen. Hör auf damit!

Dann geh und tu verdammt noch mal, was du verdammt noch mal schon seit Jahren mit ihr tun willst. Ich werde euch zwei Turteltäubchen heute in Ruhe lassen, aber morgen ... gehört sie mir!

Und somit verschwindet er einfach aus meinem Kopf, als wäre er niemals da gewesen.

WOW!

14. The real us

Lilli

»Wohin fahren wir jetzt?«

»Ich werde dir Ryders Welt zeigen.« Eigentlich bin ich immer noch am Schmollen. Auch als er vorhin zu mir kam, sich entschuldigte und ganz verlegen war, hat das mein Herz keineswegs erweicht, zumindest nicht ganz. Ich bin nach wie vor sauer! Denn ich will Evan und er will mich auch, trotzdem wehrt er sich dagegen! Wie fies ist das denn?

»Ryder kann mich mal!« Ich strecke ihm die Zunge raus.

Evan gluckst, bevor er die Augen verdreht und murmelt: »Sag das nicht zu laut, sonst tut er's … Nein … jetzt im Ernst … Ich will, dass du mich verstehst … und damit du mich verstehst … musst du beide Seiten kennenlernen … Du musst … alles erfahren, okay?«

WOW!

»Okay …«, meine ich, nun doch beschwichtigt. Das ist mehr, als ich gedacht habe, von dem heutigen Tag zu bekommen! Und es macht mich unsagbar neugierig! Spontan schießen mir tausend Dinge in den Kopf, die ich über Evan wissen will. Seit wann ist Ryder da? Bekommt Evan alles mit, was Ryder tut? Wie hat er gelernt, damit umzugehen? Was arbeitet Evan überhaupt? Ich habe ihn noch nie zur Arbeit gehen sehen, aber er hat immer immens viel Geld dabei … Außerdem zieht er sich nicht an, wie ein armer Schlucker. Ganz im Gegenteil zu seiner Bruchbude ist seine Kleidung Markenware und qualitativ hochwertig.

Mit gerunzelter Stirn beobachte ich, wie wir auf den höchsten Wolkenkratzer dieser Stadt zufahren, direkt in die Tiefgarage … Evan steigt als Erster aus dem schnittigen Audi aus, und hält mir kurz darauf die Tür auf, er gibt mir sogar seine Hand, und wie jedes Mal wenn ich ihn berühre, kribbelt alles. Er lässt sie nicht los, seine Augen funkeln wunderschön blau, während er unsere Finger verschlingt, und mich dann kommentarlos zu den Aufzügen führt. Mein Mund wird immer trockener, denn wir fahren bis ganz nach oben. In den höchsten Stock. Dort fällt meine Kinnlade fast auf den Boden, als wir aussteigen, in einem Luxus-Penthouse stehen und Evan locker verkündet: »Ryder liebt Luxus, während ich das ›normale Leben‹ bevorzuge.«

»Du bist stinkreich … », antworte ich, endgültig völlig von den Socken, und streiche andächtig über eine antike chinesische Vase, die bis zu meiner Hüfte reicht und in einem ausladenden Eingangsbereich steht. Evan zuckt mit den Schultern …

»Geld bedeutet mir nichts.«

»Mir auch nicht … Aber es ist schön, wenn man nicht über jeden Cent nachdenken muss.« Wir betreten einen riesigen Wohnraum, von dem man einen herrlichen Ausblick über die gesamte nächtlich funkelnde verschneite Stadt hat … In einer Ecke steht ein Klavier. Wunderschöne Statuen und Kunstobjekte schmücken den gesamten, sehr hohen Raum. Teilweise sind sie etwas versaut, alles in allem aber trotzdem niveauvoll und sehr düster. Genial gemalte Bilder schmücken die Wände, sie sind so finster, wie der gesamte Mann, aber absolut faszinierend. Eine Mischung aus Dali und Picasso. Der Boden ist mit schwarzem Marmor ausgelegt, und eine riesige Tafel steht direkt vor der bodentiefen Fensterfront. Darauf und überall im Raum brennen unzählige Kerzen, der Tisch ist wunderschön gedeckt, sogar frische Blumen sind vorhanden.

»Hast du das für *mich* vorbereitet?«, frage ich, während er mich zum Esstisch führt. Wie ein kleines Kind betrachte ich alles mit großen Augen, es ist gleichermaßen einschüchternd, wie wunderschön. Plötzlich fühle ich mich wie Cinderella.

»Ja, das habe ich«, meint Evan und zieht mir galant einen Stuhl zurück. Kommentarlos lasse ich mich darauf nieder und spüre, wie eine schneeweiße Blüte in meinen zusammengebundenen Haaren befestigt wird. Ich muss die Augen verdrehen und werde knallrot, aber gleichzeitig ist es unsagbar süß von ihm.

»Wieso?« *Wieso tust du das für mich?,* fragen ihn meine Augen, und ich sehe ihn über meine Schulter hinweg groß an. Er runzelt ein wenig die Stirn, aber dann streckt er die Hand aus und berührt mich, streicht mir eine aus dem Dutt hängende Strähne hinter mein Ohr.

»Das ist, was du verdient hast … Das ist, was ich dir schon immer bieten wollte …« Seine Stimme ist rau und ehrlich.

»Aber warum nur?«

Evan seufzt, lässt leider von mir ab, setzt sich auf den Stuhl direkt neben mir und fängt an, mir Salat und andere Köstlichkeiten auf den Teller zu häufen, die da schon warten. »Ryder … beobachtet dich schon dein halbes Leben lang. Meistens bekomme ich von dem, was er tut, nichts mit. Wenn er mich übernimmt, habe ich fast immer einen Black Out und ich glaube, das ist auch gut so … Ich will gar nicht wissen, was er dann alles mit uns anstellt! Aber über dich hat er mich immer genauestens informiert. Er hat mich immer mit besonders schönen Bildern von dir gequält … oder mit Dingen, die du getan oder gesagt hast … Mit Dingen, die uns beiden gezeigt haben, wie gut du bist. Wie oft hast du ein verletztes Tier gerettet und aufgenommen, obwohl du nichts hattest? Wie oft hast du Rentnern über die Straße geholfen, hast den Einkauf für jemanden getragen, eine Tür aufgehalten, den Platz in der Bahn angeboten … Er hat mir gezeigt, wie mutig, stolz und wunderschön du bist … Obwohl du schon so viel Scheiße erlebt hast und die meisten Menschen nur immer von dir genommen haben, gibst du trotzdem noch aus ganzem Herzen. Du siehst Leid, anstatt die Augen davor zu verschließen, und du versucht etwas daran zu ändern, anstatt die Schultern zu zucken. Du handelst dort, wo die meisten nichts tun.« Was er über mich sagt und wie er über mich denkt erfüllt mich mit Stolz. So hat mich noch niemals jemand gesehen … und ich werde knallrot.

»Seit … seit wann … beobachtet er mich denn genau?«

»Seitdem du acht bist …«

»Da bin ich ins Heim gekommen.« Evan antwortet nicht, sein Kiefer wirkt aber leicht verbissen und er sieht mich nicht mehr an.

»Iss!«, fordert er, und ich verdrehe die Augen, bevor ich mit einem »Okay!« richtig reinhaue. Hallo? Ich bin sicher nicht eine von den Tussen, die einem geschenkten Gaul ins Maul schauen! Wieso bei gutem Essen Nein sagen, das sonst weggeschmissen wird? Oder bei Kleidung? Oder beim Fahren von heißen Schlitten? Augenscheinlich kann es sich Evan leisten, mich zu verwöhnen, und wenn er das gerne tut, wieso sollte ich ihm aus falschem Stolz diese Freude nehmen, wie so eine kleine Superzicke? Es gibt wichtigere Dinge, bei denen man kämpfen und sich durchsetzen muss und nicht wegen so was Dämlichem! Das gebratene Gemüse schmeckt köstlich, gemischt mit den verschiedenen Sonnenblumen und Kürbiskernen, dazu ein wenig Käse, Rucola und Feldsalat mit einem Himbeer-Balsamico-Dressing … und frisches fluffiges Weißbrot … Ich bin im Himmel und stöhne mir beim Essen einen ab. Evan beobachtet mich lächelnd und legt nach … und legt nach … und noch mehr … Nur Alkohol schenkt er mir nicht ein … keinen einzigen Schluck. Wofür ich ihm dankbar bin, der letzte Rausch steckt mir noch in den Knochen, den ich Ryder zu verdanken habe.

»Was ich mich frage, ist … wie du auf diese Bank im Park gekommen bist …«, murmelt er irgendwann, während er mich vom Kerzenschein erhellt anstarrt und mit seinem langen, schönen Finger den Rand seines Glases nachfährt. Ich will, dass er so meine Nippel umkreist … und sehe schnell weg.

»Ich weiß nicht … an dem Abend muss mir irgendwer, was in den Drink gekippt haben … aber auf einmal war da diese Stimme. Sie sagte zu mir … dass ich rausfinden kann, wer meine Eltern umgebracht hat … wenn ich zu einer bestimmten Adresse komme. Die Adresse habe ich dann in meiner Jeanstasche gefunden. Sie führte mich zu dieser Bank.«

»An der ich Abend für Abend vorbei jogge … Ryder, du elendiger Pisser!«, murmelt Evan plötzlich und ich reiße die Augen auf.

»Glaubst du etwa, *er* hat mich dahingelockt, damit ich dich treffe? Aber wieso?«

»Weil er wusste, dass ich dir nicht widerstehen kann, wenn du so nah vor mir bist …«

»Woher hätte er das wissen sollen?«

Er lehnt sich zurück, sieht aus dem Fenster über die funkelnde, von Schnee bedeckte Stadt und wirkt verloren, während der Kerzenschein über sein perfektes Gesicht flackert. »Auch wenn ich diese Tatsache verabscheue, aber Ryder ist immer noch ein Teil von mir. Er weiß genau, was ich fühle … er weiß genau, was mir etwas bedeutet …« Evan räuspert sich und sieht mich wieder an … »Er weiß genau, wen ich begehre.« Sein intensiver, dunkler Blick verbrennt mich. Oh wow … so hat er mich noch nie angesehen, so direkt hat er es noch nie zugeben … Ich muss schlucken und meinen Blick abwenden, gleichzeitig fühle ich, wie Röte erneut in meine Wangen schießt.

Er begehrt mich. Oh Himmel …

»Was erwartest du vom Leben, Lillian?«, fragt er leise und eindringlich.

Ich schiebe ein wenig Salat auf meinem Teller hin und her, während ich antworte: »Ich habe schon lange aufgehört irgendetwas zu erwarten … Man kann hoffen, aber wenn man etwas erwartet, wird man meistens enttäuscht …«

»Es tut mir leid«, murmelt er und ich sehe ihn wieder mit gerunzelter Stirn an.

»Was tut dir leid?«

»Dass ich dich nicht schon eher zu mir geholt habe … Dass ich nicht eher deine Hoffnungen erfüllt habe.«

»Evan …« Meine Skrupel überwindend lege ich meine Hand auf seine, streiche mit dem Daumen über seine Knöchel. »Du hattest nur die besten Absichten, oder? Dann kannst du dir auch keinen Vorwurf machen, bitte … Ich bin doch jetzt hier … in Sicherheit, ich habe neue Kleidung, etwas zu Essen und darf mit dem Mann meiner Träume an einem Tisch sitzen.

Besser kann es mir nicht gehen!« Das habe ich jetzt nicht gesagt oder?

Er lächelt sofort … seine Ohrspitzen werden außerdem rot … »Ich bin der Mann deiner Träume?«, fragt er mehr als provozierend mit einem atemberaubenden Funkeln in den Augen. Ich beiße mir auf die Unterlippe.

»Wie denn nicht?«, sage ich nur. »Und jetzt hör auf, mich in Verlegenheit zu bringen, und lass mich endlich essen!« fordere ich und genieße sein ausgelassenes Lachen.

Weil ich meinen Teller und nicht mehr seine Augen anstarre, erschauere ich heftig, als seine verführerische Stimme plötzlich direkt an meinem Ohr ist und hinein wispert: »Dein Wunsch sei mir Befehl …« Dann verschwindet er in die Küche, und ich kann nur verträumt und mit rasendem Herzen wieder mal seinem göttlichen Arsch hinterherstarren.

Verdammt! Bei dem Mann entwickle ich wirklich noch einen Arschfetisch! Und Stimmenfetisch! Und Händefetisch noch dazu! Okay, ich geb's zu … ich glaube, ich habe einen ganzen Evan-Fetisch …

***

»Oh Gott bitte, Evan … ich kann nicht mehr …« Als er mir noch mehr Schokomousse mit verschiedenen Obststücken aufladen will, halte ich ihn auf. »Bitte … ich platze sonst.«

»Okay …« Er zuckt die Schultern und steckt den Löffel in seinen eigenen Mund … dabei … landet etwas auf seiner Unterlippe und ich kann nicht anders. Viel zu verführerisch ist die Situation … der Kerzenschein, die romantische Stimmung … Ich muss endlich zum Angriff übergehen, sonst bekomme ich nie das, wofür ich all das hier durchmache!

»Warte!« Ich halte seine Hand mit der Serviette auf, als er sich die süße Schokolade wegtupfen will, und stehe auf. Er beobachtet mich abwartend, wachsam, aber vor allem so intensiv, dass ich nichts mehr sagen kann. Aber er lässt es tatsächlich zu … dass ich mich seitlich auf seinen Schoß setze. Mein Herz schlägt sofort mit 180 und mein Bauch grummelt wie wild, aber ich ignoriere es. Ganz langsam, ohne den Blick von seinen wunderschönen Augen zu nehmen, beuge ich mich vor. Er verzieht das Gesicht, sein Mundwinkel zuckt … Aber er hält mich nicht auf … Stattdessen … schließt er die Augen, als ich mit meinen Lippen langsam und zaghaft über seine streiche. Ich muss stöhnen, sein Mund fühlt sich göttlich an … Seine Lippen sind so weich, so unglaublich zart, damit habe ich nicht gerechnet …

»Lillian …«, murmelt er heiser … »Stopp!«

Aber er hält mich immer noch nicht zurück, als ich sein Gesicht mit einem leisen »Klappe!« umfasse … und meinen Mund erneut auf seinen drücke. Fester, inniger …

Mit einem Stöhnen teilen sich seine Lippen und ich streiche mit meiner Zungenspitze die süße Schokolade fort, kann nicht mehr widerstehen und dringe dann leicht in seinen Mund ein. Seine Zunge berührt meine und ein elektrischer Schlag geht durch meinen Körper. Ich werde unsagbar feucht zwischen den Beinen und winde mich hilflos auf seinem Schoß. Ich will ihn! So sehr! Himmel! Fest drücke ich mich an ihn und tippe seine Zungenspitze erneut an …

Sein Arm legt sich um meine Taille, langsam zieht er mich enger an sich, seine festen Muskeln spannen sich an und halten mich unerbittlich, während ich seinen Mund erforsche … Seine Hand hinter meinem Rücken ist zu einer Faust geballt … als ich den Kuss noch intensiviere, den Kopf weiter neige und verlangend in seinen Mund stöhne.

»Verdammt!« Mit einem Mal ist seine Stimme fester. An der Hüfte hebt er mich von seinem Schoß und steht auf … fängt an, durch das Loft zu tigern … »Warte … nur ein paar Sekunden …« Er schließt die Augen, atmet langsam ein und aus und mustere ihn argwöhnisch.

»Ryder, du verdammtes Arschloch! Verpiss dich endlich, sonst wirst du morgen keinen Spaß mit mir haben, das verspreche ich dir!«, murmle ich wütend, seufze dann aber resigniert. »Ich gehe mal kurz für kleine Lillis …« Es ist für ihn wahrscheinlich schwerer, gegen Ryder anzukämpfen, wenn ich da bin, deswegen verschwinde ich … ins Bad, das aussieht wie eine Wellness-Oase und entdecke dort einen riesigen Whirlpool, von dem aus man die gesamte Stadt überblicken kann! Oh mein Gott, wie geil!

15. Get what you deserve

Evan

Ich sitze auf meiner verdammten Couch in Ryders verdammten Wohnraum und traue der trügerischen Stille in meinem Kopf immer noch nicht. Als sie mich küsste, kam er kurz … und überlegte, ob er mich jetzt übernehmen und das Ruder an sich reißen sollte. Aber ich stoppte sie, und nach ihrem Text an ihn, meinte er nur *»Okay, ich verpiss mich ja schon, Miss Oberspielverderberin!«* Und seitdem habe ich nichts mehr von ihm gehört.

Trotzdem will ich nichts riskieren. Der Arsch könnte mich auch verarschen! Er ist so hinterhältig, ich würde ihm alles zutrauen.

Doch auch nach zehn Minuten ist nichts von ihm zu hören, sehen oder zu spüren, genauso wenig von Lillian übrigens. Nicht, dass sie sich das Klo runtergespült oder doch endlich die Flucht ergriffen hat, überlege ich stirnrunzelnd … trinke noch einen Schluck von meinem Wasser und verenge die Augen.

Was soll ich jetzt tun?

Alles, was ich eigentlich will, ist, sie hoch in das Schlafzimmer zu tragen (das Bett vorher unbedingt neu zu beziehen, denn ich weiß nicht, was dort schon alles rumlag) und sie nach allen Künsten der Verführung zu verwöhnen, ihr zu zeigen, was sie mir bedeutet. Aber das Risiko ist mir einfach zu hoch …

Mann, Alter ... Ich habe doch gesagt, ich halte mich zurück! Verflucht noch mal, sei jetzt endlich ein Mann und nimm sie einfach! Das kann doch keiner mehr mit ansehen!

Ich grinse humorlos.

Ich wusste es …

Was wusstest du? Dass wir bald an Blutstau krepieren? Dafür musst du kein verdammter Sheldon Cooper sein! Ich schwöre dir eins, wenn du sie nicht bald fickst, dann übernehme ich tatsächlich das Ruder und tue es selbst!

Ich seufze schwer und lasse meinen Kopf nach hinten fallen, runzle dann aber verwirrt die Stirn … da höre ich ein Knistern … und es wird feucht an meinen besockten Füßen. Als ich nach unten blicke, reiße ich die Augen auf und springe auf die Beine. Denn aus dem Bad kriecht langsam, aber sicher eine epische Menge Schaum und schiebt sich gemächlich durch das gesamte Wohnzimmer!

»Lillian!«, brülle ich, springe auf, laufe ins Bad, kämpfe mich durch die Schaummassen und erblicke sie … mit dem Whirlpool kämpfend, zerzaust, feucht und völlig verzweifelt.

»Es tut mir leid!«, schreit sie und versucht die Blubberfunktion auszuschalten. »Ich habe nur ein bisschen Schaum reingekippt und einen Knopf gedrückt, plötzlich fing es an zu blubbern und dann …«

Ich trete an ihre Seite und schalte schmunzelnd den Whirlpool ab. »Du hast Badeschaum in einen Whirlpool gekippt?«

»Ja … macht man das nicht so?«, erkundigt sie sich schuldbewusst und kaut auf ihrer Unterlippe rum. »Ich wollte doch nur, dass du dich endlich mal entspannen kannst, ich wollte, dass du dich reinlegst und ich hätte dich massiert und so was … Es tut mir leid!« Mit großen, verzweifelten Augen, in denen Tränen schwimmen, sieht sie zu mir hoch, bittet mit ihrem Blick um Verzeihung … Noch niemals war sie schöner. Mir wird verdammt warm im Bauch, mein Herz zieht sich heftig zusammen und galoppiert dann los. Vor allem als ich die Hand nach ihr ausstrecke und ihr etwas Schaum von der zarten Wange wische.

»Alles gut …«, murmle ich heiser, und ziehe schnell meine Hand zurück, kann nicht ignorieren, wie sich der dünne, feuchte Pullover um ihre vollen Brüste schmiegt, deren Nippel hart sind … wie die Jeans an ihren Oberschenkeln klebt, wie die triefend nasse Kleidung jede einzelne Rundung perfekt zur Geltung kommen lässt. Ich bin verloren, wir sind verloren.

Du. Sagst. Es. Und. Wenn. Du. Sie. Jetzt. Nicht. Sofort. Fickst. Mach. Ich. Es!

»Wahrscheinlich ist der Boden kaputt … dein ganzes teures Zeug.«

»Es ist nur materieller Scheiß. Das ist mir egal!«

Mir aber nicht, du Arschgesicht! Weißt du, wie lange ich gebraucht habe, um das Teil einzurichten?

Ich verdrehe die Augen.

Hältst du endlich die Klappe, wenn ich mich jetzt vor ihr ausziehe?

Er sagt keinen Ton mehr, und ich muss ich mich hineingrinsen, als er seine Däumchen dreht und wahnsinnig beschäftigt tut.

Spinner!

»Also … du wolltest das für mich einlassen?«, frage ich, um sie abzulenken und ziehe mir einfach meinen engen schwarzen Pullover über den Kopf. »Hast du eigentlich eine Ahnung, wie verdammt süß das von dir ist? Und habe ich da was von massieren gehört?« Zwinkernd öffne ich den Gürtel und die Jeans und lasse sie zu Boden fallen. »Schaum ist ja jetzt genug drin …«, murmle ich und sie kichert, während sich ihre Augen aber verdunkeln, als auch das T-Shirt folgt und ich in nichts weiter als nassen Socken und Shorts vor ihr stehe … Jetzt kann ich nicht mehr verheimlichen, wie sehr mich ihr feuchter Anblick anmacht, aber das will ich auch nicht mehr. Sie verheimlicht nicht das Geringste, sondern starrt mich unverhohlen voller Begierde an.

Fuck!

Einige Sekunden versinken wir gegenseitig in unseren Blicken, die immer dunkler und begehrender werden, dann denke ich mir: FICK DRAUF!, beuge mich vor, nehme ihr verdammt schönes Gesicht in meine Hände und küsse sie einfach!

Ich kann nicht mehr anders!

16. Magic

Lilli

OMG. Ich stehe tatsächlich zwischen einem riesigen Schaumberg und über und über mit Schaum bedeckt in seinem Luxusbad und küsse Evan Black. Er hat die Hand um meinen Nacken gelegt, sie ist so groß und stark … und es ist EVAN! Sein Arm schlingt sich fest um meine Taille, er zieht mich mit einem Stöhnen an sich und ich kann nicht anders. Ganz leicht lasse ich meine Hüften kreisen, und kralle mich hilflos in seine nackte muskulöse Brust.

»Oh Fuck … Ich kann nicht mehr warten!«, murmelt er und packt meinen Hintern – fest … Dann geht er zwei Schritte zurück, setzt sich auf eine Bank direkt vor der Scheibe … mich platziert er rittlings auf seinem Schoß … während er mich weiter küsst, mir weiter den Kopf vernebelt. Eine Hand streicht über meinen Bauch nach oben, schiebt das durchnässte Oberteil mit … und wandert direkt unter meinen BH. Er knetet meine Brüste, knurrt dabei, ich keuche in seinen Mund und lehne mich leicht zurück. Sonst würde ich ersticken!

Ohne seinen brennenden, immer noch blauen Blick aus den Augen zu lassen, ziehe ich mir den Pullover über den Kopf, zusammen mit dem Shirt … Ich will auch den BH herunterzerren, aber er macht »Shhh … langsam …« und hält meine Hände auf …

Evan nimmt sie und platziert sie auf seiner nackten Brust. Als ich ihn dort berühre erschauert er genauso wie ich und ich muss mir auf die Unterlippe beißen … beuge mich vor und küsse ihn erneut. Langsamer, aber noch intensiver. Unter meiner Handfläche fühle ich sein Herz rasen, aber auch seine festen Muskeln, die unter der warmen Haut arbeiten. Mit sicheren Bewegungen öffnet er den BH auf meinem Rücken und zieht ihn von seinen Armen herab, dafür muss ich mich wieder aufrichten und er hat freie Sicht auf meinen nackten Oberkörper.

Sein Blick verdunkelt sich merklich, ist aber immer noch blau … und er leckt sich über die Unterlippe. Es ist so verdammt sexy, wie er mich ansieht! Gleich wird er gänzlich die Kontrolle verlieren. Ich kann es kaum erwarten! Ehrlich gesagt schon seit gestern, seitdem ich seinen Schwanz das erste Mal in der Hand hielt …

»Du bist *so* schön …« Als wäre er in Trance, hebt er die Hand und streicht nur mit der Fingerspitze über meinen Kiefer, meinen Hals und umkreist eine meiner Brustwarzen. Sofort muss ich stöhnen und den Kopf nach hinten fallen lassen. Fahrig nehme ich auch seine andere Hand, lege sie auf meine zweite Brust. Ich brauche so viel Berührung von ihm wie nur möglich … und kreise meine Hüften langsam und genüsslich auf ihm … reibe mich an seinem harten Schwanz, genieße sein männliches, hilfloses Stöhnen und wie seine Hände anfangen zu beben.

»Bitte Evan …«, murmle ich und beuge mich wieder vor, nehme sein Gesicht in meine Hände und küsse ihn … drängender, leidenschaftlicher, ich halte es kaum noch aus!

»RYDER?« Eine schrille weibliche Stimme lässt mich zusammenzucken … und die Augen öffnen. Ich richte mich etwas auf und sehe über seine Schulter. Im Türdurchgang zum Bad steht eine schwarzhaarige Latina, so aufgestylt, dass mir fast das Kotzen kommt, und sieht uns empört an.

»Oh, oh …«, murmelt Evan, sein Arm umfasst meine Taille und er drückt mich an sich, während er sich aufrichtet und mit gerunzelter Stirn zur Tür sieht. Eindeutig ist er not amused über die Unterbrechung, aber ihr ist sein tödlicher Blick egal.

»WAS TUST DU DA?«, kreischt sie und stürmt auf uns zu. Sie will mich an den Haaren packen, da ist er schon aufgesprungen und hat mich hinter sich geschoben. »DU ARSCHLOCH!«, brüllt sie und fängt an, auf seine Brust einzutrommeln wie eine völlig wildgewordene Furie.

Evan fängt ihre Hände ab und knurrt. »ES REICHT!« Dann wendet er sich mir zu … »Einen Moment bitte …« und schiebt die völlig aufgelöste, heulende Frau aus dem Raum. Lässt mich alleine stehen … Ganz toll.

***

Evan

»Wie kannst du mir das antun, eine Woche vor der Hochzeit!«, schnieft sie und ich zucke zusammen, während ich die Jeans schließe, die ich gerade aus seinem Schrank geholt habe. HOCHZEIT, DU ARSCHLOCH?, frage ich ihn, während er nur grinsend auf einer gemütlichen Hängematte liegt und Cocktails in sich hineinschüttet.

Ich soll mich doch nicht einmischen … Diabolisch grinsend

wird das verkündet, dann zieht er einen Vorhang zu, auf dem ›Stör mich nicht, du kleine Pussy‹ steht … Sehr nett und wieder mal typisch! Er liebt es einfach, mich in die Scheiße zu reiten und sie dann alleine auslöffeln zu lassen – bis zum letzten Bissen.

»Es tut mir leid, Adriana…«

»Das kannst du dir sonst wohin schieben!«, keift sie dazwischen, fasst sich aber schließlich ein wenig und nimmt meine Hände. Ein Ekelschauer durchflutet mich sofort, nur bei Lillian fühlt es sich gut an, wenn sie mich berührt, so gut und so richtig … bei keiner anderen. »Ich weiß ja, dass du krank bist und es brauchst! Aber wir hatten ausgemacht, du lässt mich wenigstens dabei sein!«, wispert sie und mir wird übel, was hat er nur mit der Alten alles gemacht? Ich will es gar nicht wissen!

»Dass du mich als deine Verlobte ignorierst, dass du etwas Freiraum so kurz vor der Hochzeit brauchst, verstehe ich ja auch … Aber du kannst doch nicht einfach dein Handy ausmachen und auf nichts reagieren! Die Aufträge stapeln sich nur so!«

»KLAPPE!«, zische ich und halte ihr den Mund zu. Mir wird ganz schlecht, als mir klar wird, WAS Ryder genau getan hat … Sie ist unser Boss, wir kennen sie seit unserer verdammten abgefuckten Kindheit, sie kennt unsere verdammte Familie! Unseren Heimatort! Sie weiß zu viel von seinen Vorlieben und von uns im Allgemeinen! Sie war so etwas wie die einzige Freundin, die wir je hatten. Und er hat sie nicht nur gefickt, sondern sich auch noch mit ihr verlobt! Der Kerl ist WIRKLICH WAHNSINNIG!

Hast du eine Ahnung, in was für Scheiße du uns da gerade reitest?, knurre ich ihn an, aber er reagiert nicht mehr, sondern sieht nur freudestrahlend zu, wie ich ins Verderben renne … Und es wird noch schlimmer.

»Wer ist die Kleine überhaupt? Irgendwo her kenne ich sie!«

»Niemand!«, meine ich etwas zu schnell und sie verengt die Augen zu Schlitzen.

»Wie lange geht das schon mit euch?«

Ja, du böser, böser Ryder, sag mal ... Wie lange geht das schon mit euch, und wer ist sie überhaupt?, bohrt er jetzt doch schadenfroh.

Willst du sie *umbringen*?, brülle ich ihn mental an und raufe mir die Haare.

Nein, aber du musst zugeben, ein bisschen Spaß muss sein!

Indem SIE auf sie aufmerksam werden? Das ist deine Definition von Spaß, du elender Bastard! Sie kann dir bei Weitem nicht so viel bedeuten, wie du mir weismachen willst.

Oh ... Ich habe nicht gesagt, dass ich auch nur einen von ihnen in ihre Nähe lasse, ich habe nur gesagt, dass ich mich tierisch langweile ... und für ein bisschen Spaß gesorgt habe!

Du bist echt so IRRE!

»Ryder …« Sie tatscht in meinem Gesicht rum und ich habe Angst vor diesen roten langen Fingernägeln. Nicht, dass sie mir noch aus Versehen damit aussticht, oder so. Angewidert weiche ich aus … »Alles wird gut. Wir werden heiraten, wie geplant, werden glücklich, wie geplant … aber schick sie nach Hause ja?«

»Nicht nötig!«, höre ich mit einem Mal Lillians Stimme ungerührt sagen. »Wenn das so ist, dann gehe ich natürlich selber!« Sie ist angezogen, sie ist sauer und sie dreht sich tatsächlich um und geht einfach!

FUUUUUUUUUUUUCK!

17. Destroyed

Evan

SIE IST NASS! SIE WIRD STERBEN! WO IST SIE!

Ryder, hör auf in meinem Kopf rumzubrüllen, das ist nicht hilfreich!

*WIE KANN SIE EIGENTLICH SO SCHNELL VERSCHWINDEN! **WIR** SIND DAS BESCHISSENE PHANTOM, NICHT SIE!*

Ich habe gesagt, du sollst aufhören zu brüllen!, knurre ich ihn an und kralle meine Hände fester ins Lenkrad, während ich meinen Wagen durch die verschneite Stadt lenke.

WIR WAREN SCHON ÜBERALL! AM VERFICKTEN BAHNHOF! IM VERFICKTEN PARK! IN DER VERFICKTEN SUPPENKÜCHE! IN JEDER VERFICKTEN BAR, IN DER SIE SCHON MAL WAR! WO IST SIE VERFICKTE SCHEISSE NOCH MAL?

Ich weiß es nicht!, knurre ich … und versuch mich nicht von seiner Panik anstecken zu lassen … Damit, dass sie einfach abhaut, hat er nicht gerechnet und nun ist er völlig aufgelöst … Das erste Mal in unserem Leben mutiert *er* zur Pussy.

Das ist alles nur deine Schuld! Du hättest sie niemals mit in mein verschissenes Apartment nehmen sollen! Und jetzt fahr schneller!!!!!!!!!!!!!!!!!!!!

Im nächsten Moment steige ich so heftig auf die Bremse, dass es uns nach vorne schmeißt und ich mir das Brustbein am Lenkrad anhaue. Aber das ist es mir wert! »Jetzt hör mir mal zu!«, stoße ich zwischen zusammengepressten Zähnen hervor, während er mich empört anstarrt und sich die Brust reibt. »Du hast jetzt Pause, wir haben ja gesehen, wohin uns deine grandiosen Pläne bringen! Ab jetzt bestimme ich, wo es langgeht!« Er alleine ist an diesem Desaster schuld! Ich hatte keine Ahnung, dass er sich verlobt hat, sonst hätte ich sie darüber schon informiert und er hat irgendwie wohl auch vergessen, es ihr zu sagen, oder so. War doch klar, dass sie auf diese Info alles andere als amused reagieren würde, vor allem, wenn sie es so erfährt, wie sie es erfahren hat.

Ein Mal war dir etwas wichtig und du hast es verloren, noch bevor du ein Mal in deinem verfickten Leben beweisen konntest, was wirklich in dir steckt!, murmle ich noch dazu, während er kein Wort mehr sagt, und biege auf ein altes, abgelegenes Fabrikgelände … Dort hat sie eine Zeit lang auch in einem loftähnlichen Gebilde gewohnt – mit einem ihrer Typen.

Wenn sie hier nicht ist, dann hab ich auch keine Ahnung …

***

Zehn Minuten später ist klar, hier lebt gar keiner mehr … Außer ein paar Ratten … Normalerweise rauche ich nicht, aber unsere Nerven liegen so blank, dass ich mich von ihm zu einer Zigarette überreden lasse und die tut verdammt gut. Den letzten Rauch ausblasend komme ich aus der Ruine und überblicke die umliegenden Wälder … Man kann in ein Tal sehen … rechts davon auf einem Hügel die blinkende Stadt, ansonsten nur mit Schnee überzogene Natur.

Es gibt noch einen Ort, an dem sie sein könnte ..., wispert er. Ich zucke zusammen, als er daran denkt und das schlechte Gewissen uns beide überflutet. Bei mir kommt so etwas wie Gewissen schon eher mal durch, aber bei ihm normalerweise nie. Deswegen ist es immer besonders stark, wenn es mich so wie ihn trifft.

Da würde sie niemals im Leben wieder freiwillig hingehen, das weißt du genauso wie ich, aber wir können es versuchen …

Schnaubend schnippe ich die Kippe weg, schiebe die Hände in die Manteltaschen und stapfe durch den knöchelhohen Schnee zu unserem Audi. Und ja, dieses Auto lieben wir beide gleichermaßen. Als wir ihn gekauft haben, waren wir uns auf den ersten Blick einig gewesen – und das kommt so gut wie nie vor, nur bei dem Auto und bei *ihr* …. Perfektion, maßangefertigt bis ins letzte Detail, so ein Modell gibt es nur einmal auf der Welt … Das Auto steht noch hier, aber sie haben wir verloren.

Vielleicht nicht ..., meint er jetzt und richtet sich auf. *Lass mich das mit ihr klären!*

Klar! Damit du noch ein bisschen Salz in die Wunde streuen kannst …, murmle ich ironisch, steige ein und starte den Motor.

Nein, ich habe die Scheiße gebaut, ich werde sie auch auslöffeln! Wir biegen auf die enge kurvige Straße, die durch den Wald ins Tal führt … Und meine Kehle wird eng.

Hier sind wir schon einmal gefahren. Es war heiß, schwül … die Bäume rechts und links von der Straße waren nicht mit Schnee bedeckt, sondern grün. Es war nachts, die Grillen zirpten und es roch nach frisch gemähtem Gras und Sommer. In dieser Nacht herrschte Vollmond, der das düstere Tal erhellte …

Es war unser erster Auftrag, wir waren noch so jung, so dumm …

Hör auf damit!, knurrt er und versucht, meinen Geist in eine andere Richtung zu zwingen. Er will nicht daran denken, denn es war eine der dunkelsten Stunden unseres Lebens.

Stattdessen bombardiert er mich mit Bildern von nackten Frauenärschen, unserer Lieblingsserie *Game of Thrones,* von unserem Lieblingsstrandhaus in Thailand, vom Wellenrauschen, das wir lieben … das alles hilft nicht. Schließlich seufzt er und lässt mich spüren, wie es war, in diesem Club … als sie uns berührt hat … als sie so erregt war … wie sich ihre Lippen anfühlen, wie sich ihr Stöhnen anhört …

Auch nicht hilfreich Arschloch!, knurre ich und drücke aufs Gas, schiebe ihn mit Wucht aus meinem Geist und lasse eine eiserne Mauer runterfahren. Ich kann ihn jetzt nicht gebrauchen … Dorthin zurückzukehren ist schon ohne seine Kommentare schlimm genug.

***

Im Tal angekommen liegt es völlig einsam und verlassen. Der ehemals hübsche, weiße Holzzaun, der das riesige Grundstück umgibt, ist abgeblättert, teilweise eingebrochen. Das Tor knarzt, als ich es öffne und durch den Schnee zu dem Haus stapfe. Keine Fußspuren zu sehen, aber es schneit nun auch wieder ganz leicht … Die Flocken legen sich auf meine Wimpern, als ich an dem ehemals pompösen Herrenhaus nach oben blicke. Das Dach ist abgebrannt … und im Inneren sieht es auch nicht besser aus.

Alles ist völlig zerstört.

Obwohl sich meine Kehle immer weiter zuschnürt, gehe ich weiter, die Verandatreppen hoch, schiebe die Tür auf, die schief in den Angeln hängt, und sehe in den großen, gespenstischen Eingangsbereich. Es riecht immer noch nach Ruß, Asche, *Tod* … Ich bekomme eine Gänsehaut, trete aber trotzdem ein und rufe. »Lillian?«

Es kommt keine Antwort.

Ich durchsuche jedes der eiskalten sechs Zimmer und die zwei Bäder … Sogar in den Keller gehe ich, der modrig riecht und in dem ich einige Ratten umherlaufen und quietschen höre, aber hier ist sie auch nicht.

Ich halte es keine Sekunde länger aus und gehe wieder raus, lehne mich dort an die Wand und hole Ryders Zigaretten hervor. *Scheiß drauf!* Meine Hand zittert, als ich sie anzünde … etwas, das mir sonst nie passiert. Ich muss ansonsten sehr ruhige Hände haben, Chirurgenhände … Aber an diesem Ort kann ich nichts mehr kontrollieren. Schnell zünde ich die Zigarette an, lasse den Kopf nach hinten fallen und schließe die Augen. Genieße den Rauch, versuche ruhig zu atmen … versuche an nichts zu denken, versuche nicht vor Panik und Sorge um sie wahnsinnig zu werden.

Wo bist du nur, Lillian?

Als ich fertig geraucht habe, öffne ich die Augen wieder und überblicke die Landschaft … Den umliegenden Wald, dahinter die Berge, die das Tal säumen … Und mein Blick fällt auf das kleine Gästehäuschen. Darin brennt Licht! Tatsächlich!

Sofort schmeiße ich den Stummel weg und stapfe durch den Schnee auf das Häuschen zu.

18. Dont break me

Als ich die Tür öffne, schlägt mir sofort unbändige Hitze entgegen. Im Gegensatz zu draußen herrschen hier drin Temperaturen wie in der Karibik. Aber ich bin nicht in der Karibik, ich bin in einem winzig kleinen urgemütlichen Holzhäuschen, eigentlich für Besucher gemacht, mit einem riesigen Ehe-Bett, hinter einem Vorhang, einer Couch, einem Bärenfell, einer kleinen Küchenzeile, und vor allem einem Kamin. In diesem brennt Feuer … Davor hängen ihre Sachen zum Trocknen … Aber wo ist sie?

»Mach die verdammte Tür zu! Draußen ist es arschkalt!« Hinter mir ertönt ihre Stimme und die ist mehr als wütend. Ich wirble herum, sie steht vor der Küchenzeile, mit verschränkten Armen vor der Brust, nur in Unterwäsche … wunderschön … und soooo wütend. »Habe ich dich hierhergebeten?«, motzt sie gleich weiter. »Verpiss dich! Ich will euch nie wiedersehen!« Vor ihr steht eine Flasche Rum, sie kramt fahrig in einer der Schubladen und holt ein Messer heraus … ein winziges Brotmesser, das sie mir kämpferisch entgegenhält. Kaum kann ich mein Gesicht kontrollieren, das sich zu einem herablassenden Lächeln verziehen möchte.

»Verdammt!«, flucht sie und kramt weiter. Diesmal ist das Messer schon größer … und ich hebe die Hände.

»Beruhige dich … ich gehe ja gleich, aber lass es mich wenigstens erklären!«

»Was erklären? Ich kann mich daran erinnern, dich gleich am Anfang gefragt zu haben, ob du vergeben bist! Du sagtest nein und dann kommt diese … diese … Jennifer Lopez reingestürmt und stellt sich nicht nur als deine Freundin heraus, sondern als deine verdammte Verlobte!«

»Sie ist nicht meine Verlobte!«, knurre ich und gehe dabei auf sie zu. Schwankend macht sie ein paar Schritte rückwärts.

»Ich schwöre dir, Evan, wenn du nicht stehen bleibst …« Lillian stolpert über ihre eigenen Schuhe, die mitten im Raum liegen und flüchtet sich über die Couchlehne in Richtung Kamin, inklusive Purzelbaum rückwärts … Wenn ich nicht so verschissen Angst hätte sie zu verlieren, wäre ihre Einlage verdammt witzig.

»Ich tue dir nichts, aber du tust dir gleich selber weh!«, murmle ich.

»Es ist mir scheißegal, ob sie mit Ryder oder dir verlobt ist! Dein Körper ist verlobt! Und du hast mir nichts davon gesagt, als du die Gelegenheit hattest!«, brüllt sie mit einem Mal und wunderschöne Tränen treten in ihre noch schöneren Augen.

FUCK!

»Weil ich es nicht wusste!«, knurre ich … langsam werde auch ich wütend und das ist mehr als schlecht.

»Und das soll ich dir glauben? Denkst du wirklich, ich bin so dumm! Aber ja … ich bin ja nur eine kleine Schlampe von der Straße, ein Zeitvertreib … damit euch nicht langweilig wird … ein kleines Flittchen, das für jeden die Beine breitmacht, hast du ja selber gesagt! Mit mir kann man es ja machen!« Mein Kopf fängt langsam aber sicher an zu pochen,

Ryder verengt die Augen und sein Knurren kommt über meine Lippen.

»Halt jetzt besser die Klappe …«, wispere ich kaum hörbar, schließe die Augen und lasse meinen Kopf kreisen.

Ryder halt dich zurück!, zische ich ihm mental zu, da fühle ich schon, wie sie auf mich zukommt und reiße die Lider wieder auf.

»Das wollt ihr doch oder?« Und dabei öffnet sie auch noch ihren BH … »Ihr wollt mich doch ficken und nichts weiter! Tu nicht so, als wärst du ein Unschuldslamm, Evan! Du bist er, er ist du! Sobald ihr mich einmal gebumst habt, werde ich sowieso weggeschmissen, wie von jedem anderen Kerl davor, aber das ist okay! Fick mich, wie jede andere Schlampe! Und dann verschwinde endlich!« Mit diesen Worten zieht sie kurzerhand auch ihr Höschen herab.

FUCK!!!!!!!!!!!!!!!!!!!!

Im nächsten Moment steht sie völlig nackt vor dem Kamin … vor mir … Die Verunstaltungen schlängeln sich an ihrer Seite rauf … Ihre Nippel sind steif … zwischen den langen Beinen ist sie völlig glatt … wunderschön … Sie hat eindeutig zugenommen. Ihre Hüften sind sanft geschwungen … ihre Brüste so schön voll … und ihr grüner Blick … schwimmt in Tränen. Ist angefüllt mit Schmerz … und Verlangen … und Unsicherheit … und Qual.

Er stöhnt in meinem Kopf … als sie ihre Hand langsam ausstreckt und auf meine Brust legt … mich berührt.

»Fick mich!«

»Ryder nein!«, brülle ich noch, aber es ist zu spät!

19. Last Resort

Lilli

Ich kriege die Veränderung gar nicht mit, so schnell geht sie vonstatten … Aber allein an der Art, wie er plötzlich mein Handgelenk packt und es mit festem Griff umschließt, weiß ich sofort, dass Evan die Kontrolle verloren und Ryder sie übernommen hat.

»Das lasse ich mir nicht zweimal sagen, Puppe!«, knurrt er und zerrt mich zur Couch. Er schubst mich rückwärts darauf …

»Das hab ich nicht zu *dir* gesagt!«, brülle ich und will mich aufrappeln, aber er hat sich schon über mich gebeugt und zwängt meine Beine mit seinen Knien auseinander. Gleichzeitig packt er meine nach ihm schlagenden Hände und zerrt sie über meinem Kopf nach oben.

»Mir fuckegal!«, murmelt er und holt aus seiner Hosentasche ein verficktes Seil … wieso hat er das nur dabei? Er schlingt es um meine Handgelenke über meinem Kopf, und egal, wie sehr ich brülle und schreie und mich winde … sein muskulöser riesiger Körper drückt mich fest in die Kissen, weicht nicht einen Millimeter, ich habe keine Chance.

Seine dunklen, grünen Augen sind unerbittlich, als er

dämonisch grinsend verkündet: »Oh ja mach nur weiter so, reib dich an mir, kämpfe … fahr deine Krallen aus, Tiger! Das macht mich immer mehr an!« Mit dem letzten Wort ist seine Hand zwischen meinen Beinen und er schiebt abrupt einen Finger in mich. Ich stöhne auf, Lust durchrauscht mich sofort, mein sowieso schon vernebelter Kopf explodiert fast … »Und dich macht es auch an, wie ich fühle … FUCK bist du eng … und feucht, du kleines Luder!« Mit einer Hand packt er meine Handgelenke fester, sodass ich mich nicht mehr rühren kann, mit der anderen fängt er langsam und genüsslich an, mich zu fingern. »Entspann dich Baby … ich weiß, was du zum Runterkommen brauchst!«

»Fickst du sie auch so?«, speie ich ihm entgegen und fühle, wie die Tränen in meinen Augen überlaufen. Ich will nicht, dass er mich so dermaßen erregt, ich will nicht, dass ich bereits jetzt kurz vor dem Orgasmus bin! Ich will nicht, dass ich es heiß finde, wie lodernd er mich anstarrt! Ich will nicht, dass ich mir tief im Inneren wünsche, er würde mir seinen Schwanz anstatt der Finger reinstecken! Ich will das alles nicht!

»Nein, Baby …«, murmelt er mit einem Mal sanfter … und sein Daumen legt sich zärtlich auf meinen Kitzler. »Ich ficke keine Frau so wie dich!«

»Wer's glaubt!«, stöhne ich und werfe den Kopf zurück in die weichen Kissen, als ich fühle, wie sich mein Bauch anspannt.

»Ich weiß, du willst kommen, ich fühle deine Muskeln zucken!« Feinfühlig streicht er bei jedem Stoß über meinen G-Punkt, nimmt dann noch einen Finger dazu und füllt mich vollkommen … und so tief!

»Ich werde nicht kommen! Vergiss es du Ausgeburt der verfickten Hölle!«, knirsche ich mit aufeinandergepressten Zähnen und Lidern. Ich balle die Hände zu Fäusten, wehre mich mit aller Macht gegen die Lust, die immer drängender wird und nach einem Ventil der Entladung sucht.

»Oh fuck … Ich komme allein davon, wenn du so weitermachst! Aber du kannst gegen mich nicht gewinnen … gib auf, Kätzchen … gib einfach auf! Es ist gar nicht so schwer!«, singsangt er zärtlich und absolut berauschend in mein Ohr. Seine vollen, weichen Lippen geistern über meinen Hals, allein seinen Atem auf meinem Nacken zu spüren, ist schon fast zu viel des Guten. Er ist auch erregt und er kann es kaum vor mir verbergen. Das hier ist das Heißeste, was ich je erlebt habe … Alles in mir spannt sich an, meine Nippel werden steinhart, mein Herz erschlägt mich fast von innen.

»NEIN«, knurre ich gepresst. Schweiß schießt aus jeder Pore …

»Oh doch …«, wispert er mit dieser perfekten, seidigen Verführer-Stimme und fickt mich etwas schneller mit seinen langen talentierten Fingern. »Ich gebe dir nur, was du die ganze Zeit schon von mir willst. Hör auf, gegen mich zu kämpfen!«

»Niemals, Ryder Black! Hör du auf! *Jetzt!*«

»Wie du willst!« Mit einem Mal zieht dieser elende Bastard seine Finger weg … und lehnt sich auf die Knie zurück. »Dann eben nicht!«

Mit einem schelmischen Funkeln leckt er genüsslich seinen Zeige- und Mittelfinger ab, während ich atemlos, breitbeinig, schweißgebadet mit rasendem Herzen und pochendem Schritt daliege und ihn absolut schockiert ansehe. Das ist jetzt nicht sein verdammter Drecksernst! Und wieso sieht er überhaupt so verdammt sexy aus, mit seinen zerwühlten chaotischen Haaren, dem Dreitagebart, dem schwarzen Hemd und dieser Jeans, hinter der ich genau sehe, wie sehr ihm das gerade gefallen hat?

»Was denn?«, fragt er amüsiert. »Wieso starrst du mich jetzt schon wieder wie eine Todesgöttin an? Du hast gesagt, ich soll aufhören! Und ich liebe es, dominant zu sein und die Kontrolle zu haben, aber wenn du sagst, ich soll aufhören, dann tue ich das auch. Ich bin kein verdammtes Monster! So wie du denkst!« Somit schwingt er sich elegant von der Couch … lässt mich alleine mit gefesselten Armen liegen und geht in die Küche.

Der elende Pisser!

Wütend versuche ich mich aufzurichten, was so gut wie gar nicht geht … Er ist in die Küchenzeile geschlendert, augenscheinlich immer noch völlig hart unter seiner Jeans … und trinkt aus meiner Rumflasche. Und dabei ist er immer noch so sexy … Ich muss stöhnend die Augen schließen und lasse mich wieder zurück auf die Couch fallen.

»Das ist nicht wahr …«, murre ich vor mich hin und höre kurz darauf, wie er zu mir kommt und die Flasche auf den Tisch knallt. Bei meinen Füßen lässt er sich auf die Couch sinken, nimmt sie und legt sie auf seinen Schoß, dann platziert er seine Beine auf den kleinen Couchtisch vor uns, verschränkt die Arme mit einem Seufzen hinter dem Kopf und schließt genüsslich die Augen.

»Gemütlich hast du’s hier … Hier können wir länger bleiben«, verkündet er fröhlich … packt sich dann die Fernbedienung und schaltet den kleinen Fernseher in der Ecke ein. Seine Finger fangen an, über meine Waden zu streichen … hauchzart … spielerisch, und ich bekomme Gänsehaut.

Gleichzeitig muss ich ein Stöhnen unterdrücken. »Du musst dich mal wieder rasieren …«, verkündet er und zieht an ein paar Stoppeln.

»AU!«, empöre ich mich und versuche, mich erneut aufzurichten.

»Liegenbleiben!« Ohne mich anzusehen schiebt er mich wieder nach hinten, dann nimmt er eine Decke, schüttelt sie kurz aus … und schmeißt sie über mich, genauso wie über meine Füße auf seinem Schoß.

»Machst du mich auch mal wieder los?«, frage ich wütend von dieser Fürsorge, die nicht zu ihm passt.

»Nope!«, verkündet er, ohne den Blick vom Fernseher zu nehmen und trinkt noch einen großen Schluck Rum.

»Nein?«

»Natürlich nicht. Sonst läufst du wieder davon! Der Fehler wird mir nicht noch einmal passieren!«

»Was sagt Evan dazu, dass du mich jetzt als Geisel hältst?«

»Geisel … pfff … so ein unschönes Wort. Mir gefällt eher Sexsklavin.« Mir klappt der Mund auf. Er gluckst leise und ich bekomme Gänsehaut … »Oh keine Sorge, Puppe … nicht gegen deinen Willen … Aber ich werde dich schon bald so weit haben, dass du nach meinem Schwanz bettelst und diese unwichtige Sache vergisst.«

»Welche unwichtige Sache?«

»Dass ich verlobt bin!«

Ich *hatte* es gerade vergessen, jetzt muss ich wieder daran denken und sofort schießen mir Tränen in die Augen.

»Du bist so ein psychopathisches Arschloch!«, murmle ich, sehe von ihm weg, schließe die Augen und versuche tief durchzuatmen, um nicht loszuheulen. Er hat keine Ahnung, wie weh es tut … ich will ihn nicht teilen! Er soll mir ganz alleine gehören! Egal, ob Evan oder Ryder! Verdammt! Verdammt hoch zehn! Ich habe mich eindeutig auch in diese Seite von ihm verliebt … und das hätte nicht passieren dürfen! Wie konnte das überhaupt geschehen? Wieso muss es so weh tun, sich so anfühlen als würde mein Herz gleich platzen … wieso …?

»Hey …« Mit einem Mal legt er meine Füße auf den Boden … und hebt mich völlig nackt seitlich auf seinen Schoß … Erst als sein Hemd sofort nass wird, merke ich, dass ich tatsächlich heule … *Scheißalkohol!*

»Lass mich!« Ich versuche, von seinem Schoß zu kommen. Sein Duft ist so intensiv, seine Muskeln auch, die Geborgenheit, die mich sofort überkommt, als er seinen Arm um mich und sein Kinn auf meinen Kopf legt, sollte sich nicht so stark anfühlen.

»Sie bedeutet mir nichts …«, murmelt er mit einem Mal und die Tränen laufen schneller … Ich schluchze auf … und verstecke mein Gesicht an seinem Hals. Verdammt! Wie kann ein Mann alleine nur so süchtigmachend gut riechen?! Das ist unfair und vor allem … Seit wann tröstet Ryder irgendjemanden? Vorsichtig schaue ich zu ihm hoch, aber seine Augen sind tatsächlich immer noch grün … grün und … gequält, unsicher … traurig.

»Fuck …«, flucht er, als ich ihn mit Tränen in den Augen groß ansehe. Er hebt eine Hand und streicht meine Tränen fort … »Ich meine es ernst … Sie bedeutet mir nichts … Nichts bedeutet mir etwas … außer dir.«

WAS?

Habe ich da gerade richtig gehört?

OH MEIN GOTT!

Mein Herz fängt sofort an, schneller zu schlagen.

»Ich bin doch nur … nur ein Spielzeug für dich … eine Schlampe …«

»Du bist *meine* Schlampe … Seitdem ich dich das erste Mal gesehen habe.«

»Wann war das?«, frage ich leise und fühle, wie er sich verspannt, aber sein Blick verlässt meinen nicht für eine Sekunde. Es ist so warm unter der Decke, die er enger um mich schlingt, so wohlig an seiner Brust … Er ist so verdammt schön, auch wenn er ein teuflischer Bastard ist, und er sagte mir gerade tatsächlich, dass ich ihm etwas bedeute. Ich möchte ihm nicht glauben, aber mein Misstrauen wiegt immer weniger, denn ich sehe die Wahrheit in seinen grünen, wunderschönen Augen. Ich sehe dort, dass ich ihm tatsächlich wichtig bin.

»Du warst sehr jung … aber schon damals … hat mich das hier an einem Ort getroffen, von dem ich dachte, dass es ihn gar nicht gibt.« Er streicht hauchzart über meine Augenbrauen.

»Was?«

»Deine Augen, Lilli …« Oh Gott … wie er meinen Namen ausspricht, so weich, so ehrfürchtig, als würden wir uns schon ewig kennen und … *lieben.* »Erzähl mir von dir …«, meint er eindringlich… wahrscheinlich um mich abzulenken … aber es hilft. Vor allem, weil er eine Strähne hinter mein Ohr streicht, mich dann wieder an sich drückt und sein Kinn auf meinen Kopf legt.

»Was soll ich dir denn erzählen?«, murre ich, seufze dann aber und schließe die Augen. Lasse es einfach zu … Er riecht so unsagbar gut, ich liebe sein Aftershave.

»Erzähl mir … was du willst … Erzähl mir von deinen schönsten und deinen dunkelsten Tagen.«

»Kennst du die nicht bereits, wenn du so ein Stalker bist,

wie Evan gemeint hat?«

»Natürlich kenne ich sie. Ich weiß alles, was du jemals getan hast, aber ich weiß nicht, was dabei in deinem Kopf vorging.« Seine Stimme, sie ist so schön, so tief, so sanft, so beruhigend. Ich kann mich in seinen Armen völlig fallenlassen, wissend, hier wird mir nichts passieren … Okay, außer Ryder hat wieder mal irgendeine kranke Idee. Aber gerade eben zeigte er mir, dass er trotz allem meine Grenzen respektiert, dass er … dass er *mich* respektiert … Ich bin nicht alleine. Genau das zeigt er mir … Gerade er … nicht Evan … Das hätte ich nie erwartet … Und doch ist es nicht so schwer, wie ich dachte, anzunehmen, was er mir bietet. Vielleicht hat der eine vom anderen doch mehr, als sie denken. Sie sind ja immerhin zwei Teile eines Ganzen. Ich schließe die Augen und fange an leise zu reden.

»Meine Eltern sind gestorben, als ich acht war … Sie wurden vor meinen Augen umgebracht … Danach wurde mein Elternhaus angezündet … Ich kann mich nicht mehr daran erinnern … Ich sehe nur noch schemenhaft, wie mich jemand rausgetragen hat … wie die Flammen höher loderten und wie ich mich in seine Schulter krallte … Ich habe nicht verstanden, was passierte … nicht so richtig … auch nicht, als ich vor einem Heim ausgesetzt wurde … barfuß … in meinem Nachthemd …« Er antwortet nicht, aber ich fühle, wie sich seine Hand hinter meinem Rücken zur Faust ballt, und traue mich nicht, ihn anzusehen; die Tränen laufen wieder über meine Wangen, als ich weiter erzähle … »Weißt du … ich hatte einen tollen Papa … er war Politiker, er wollte die Welt verändern, er wollte sie zu einem besseren Ort machen … Er war nicht oft da, aber wenn er daheim war … dann war er der liebevollste, tollste Mann dieser Welt. Er hat mir meine Geige geschenkt und mir das Spielen beigebracht … Er hat mir … beigebracht, nicht nur an mich zu denken, sondern auch an andere … Er war immer für mich da … und meine Mama … Meine Mama war die schönste Frau der Welt, bei ihr habe ich mich so sicher gefühlt … Ich denke oft an sie, weil ich Angst habe, sonst zu vergessen, wie sich ihre Stimmen anhören. Oft höre ich meinen Vater ›Hi, mein Sonnenschein‹ sagen, wenn er von einer großen Reise kam … und fühle, wie meine Mama über meine Haare streichelt … Ich sehe sie oft in der Küche im morgendlichen Sonnenschein stehen, ich versuche ihr Lächeln nicht zu vergessen und … und …« Fuck … Ich kann nicht mehr weiterreden, weil meine Kehle zu sehr zugeschnürt ist … und klammere mich einige Sekunden an ihm fest. Er drückt mich enger an sich … wiegt mich sanft hin und her und murmelt: »Mach dir keine Sorgen, du wirst sie nie vergessen.« Und ich wünsche mir, dass er recht hat.

»Ab dem Moment als ich ins Heim kam … ging es bergab«, erzähle ich weiter und starre dabei blicklos in die im Kamin lodernden Flammen, während ich mich immer noch an ihm festkralle. »Ich war davor völlig behütet aufgewachsen und musste mich mit einem Mal gegen Kinder behaupten, die in ihrem Leben nie wahre Liebe erfahren hatten, die völlig abgehärtet und verroht waren … Die … sich alleine durchschlagen mussten … Es war grauenhaft, aber ich habe es geschafft. Ich musste hart werden, die Welt hat nicht zugelassen, dass ich weiter so gutherzig, offen und fröhlich bleibe, wie ich war. Ich musste mir eine unknackbare Schale zulegen, musste anfangen, in Fremden sofort Feinde anstatt Freunden zu sehen … Ich musste alles verraten, wofür mein Vater einstand, musste nur noch an mich selbst denken, denn außer mir tat das keiner … Das hat mich gebrochen. Ich war ein schreckliches Kind und später eine schreckliche Jugendliche und wurde zwischen drei Pflegefamilien hin und her gereicht. Die letzte davon waren meine Tante und mein Onkel, da war es am schlimmsten … Als ich sechzehn war, hielt ich es nicht mehr aus und flüchtete mich auf die Straße … Denn da habe ich verstanden, dass ich alleine dastehe, wenn es hart auf hart kommt, dass es niemanden gibt, der sich wirklich um mich schert … Sie wollten einfach nur, dass ich ihre verdammten Regeln befolge, wie ein seelenloser Roboter, aber diese Regeln sind geheuchelt … diese Gesellschaft ist eine einzige Lüge! Ich wollte einfach nicht mehr dazu gehören und bei dieser elenden Scharade mitspielen! Es gibt keine verdammte heile Welt! Es gibt nur Krieg, Folter, Zerstörung, Machtgier, Grausamkeit und Neid! Menschen sind schlecht und so dumm! Sie lassen sich manipulieren, ohne zu hinterfragen! Sie sehen weg, anstatt zu brüllen! Sie denken, sie sind frei, aber eigentlich sind wir alle Gefangene!«

»Du bist so unsagbar süß, wenn du wütend wirst …«, murmelt es irgendwo an meinem Kopf und ich verdrehe die Augen. »Gib es ihnen Tiger!«

»Leck mich, Ryder! Wieso erzähle ich dir das alles überhaupt! War ja klar, dass gerade du mich nicht verstehst!« Ich will von seinem Schoß springen, aber er hält mich fester – keine Chance.

»Wieso?«, fragt er absolut ruhig, ohne sein Kinn von mir zu lösen.

»Du bist doch derjenige, dem es dank dieses beschissenen Systems mehr als gut geht und wofür der Großteil dieser Welt Höllenqualen leidet! Mit deinem Luxuspenthouse! Deiner Luxuskarre! Deiner Luxuskleidung!«

»Ich kann mich nicht beschweren, japp!«

»Und du hast nicht mal ein schlechtes Gewissen!«

»Wieso sollte ich? Drei der weltgrößten Hilfsorganisationen wurden von mir ins Leben gerufen. Ich spende alles, was nach meinem verdammten Luxuspenthouse, meiner verdammten Luxuskarre und meiner verdammten Luxuskleidung, die ich mir hart erarbeite, übrig bleibt … Ich habe es nur nicht nötig, diese Wahrheit jedem aufs Auge zu drücken. Ich habe es nicht nötig, damit zu prahlen, wenn ich etwas für diese heruntergekommene Menschheit tue! Mir reicht es, dass ich es mir ohne schlechtes Gewissen gut gehen lassen kann … Mehr will ich gar nicht.«

»Du tust *was*?« Jetzt löse ich mich etwas von ihm, um ihn groß anzustarren.

»Ich behalte nur einen kleinen Teil, den größten verschenke ich, Puppe«, wiederholt er ungerührt. »Dies ist übrigens eines der Dinge bei denen Evan und ich uns einig sind. Was bringt uns die Scheißkohle schon auf dem Konto, wo man damit so viel Nützlicheres tun könnte!?«

»Nichts!«, erwidere ich und starre ihn völlig perplex an.

Ryder Black ist nach außen hin ein gewissenloser Bastard, aber er besitzt tatsächlich ein Herz! Ein gutes Herz!

Ich kann es nicht glauben! Oh mein Gott! Wie oft der verdammte Schein doch trügt! Unglaublich!

VERDAMMT! VERDAMMT! VERDAMMT!

Der Alkohol ist schuld, auf den schiebe ich es zumindest, weswegen es so verdammt warm in meinem Bauch wird, weswegen sich mein Herz zusammenzieht und weswegen ich es nicht mehr aushalte. Mit einem »WOW!«, beuge ich mich vor und drücke meine Lippen auf seine. Das erste Mal in meinem Leben freiwillig!

Aber ich kann einfach nicht mehr anders! Ich kann nicht mehr! Und ich will nicht mehr! Ich will Evan und Ryder Black gleichermaßen! Jetzt ist es offiziell!

20. Sweet Dream

Als ich meine Lippen auf seine presse, versteinert er sofort … Dann fährt seine Hand in mein Haar, packt es schmerzhaft und … zieht meinen Kopf zurück.

»Vergiss es!« Somit zerrt er mich von sich, lässt mich unliebsam auf die Couch plumpsen und mich einfach liegen, als er aufsteht.

»WAS?«, brülle ich ihm hinterher, während er in die Küche geht und dort in den Schränken wühlt.

»Auf so eine gefühlsduslige Art brauchst du mich gar nicht erst küssen! Genau genommen, brauchst du mich überhaupt nicht küssen, wenn ich es dir nicht erlaube!«, meint er schulterzuckend und köpft eine Flasche Sekt. Mit einem Messer, sodass die Hälfte der prickelnden Flüssigkeit auf dem Boden landet.

PISSER!

Elender Dreckspisser!

Ich fühle mich so gedemütigt, wie noch niemals zuvor in meinem Leben. Gerade bin ich über meinen verdammten Schatten gesprungen und habe mir eingestanden, dass ich auch Gefühle für ihn habe, und was macht er? Er stößt mich von sich! Auch noch auf so eine kalte Arschloch-Art! Na warte!

»Mach mich los!«, meine ich tonlos und höre ihn leise glucksen.

»Wieso?«

»Weil ich verdammt noch mal pissen muss!« *Und danach abhauen!*

»Oh warte!« Er kommt zu mir, hebt mich an den Hüften hoch und schmeißt mich über seine Schulter. Dann stapft er mit mir ins angrenzende kleine Bad und lässt mich direkt auf dem Klo wieder runter. Mit verschränkten Armen richtet er sich auf und grinst mich breit an. »Mach!«

»Wie bitte?«

»Piss!«

»Bist du irre! Wie soll ich mich denn dann abwischen und überhaupt! Mach mich erst los und verschwinde dann! Du Perverser!«

»Vergiss es!« Und seine Augen funkeln nur so vor Sadismus und Schadenfreude. »Keine Sorge … ich wisch dich schon ab …«

»Sag mal! Hast du nicht mehr alle Bierkrüge im Regal?! Ich mach das nicht vor dir!«

»Gut!«, meint er schulterzuckend, hebt mich hoch und schmeißt mich im Wohnzimmer wieder auf die Couch. »Dann gehst du eben gar nicht aufs Klo! Auch ’nen Schluck?« Er hält mir breit grinsend ein Glas Sekt entgegen.

Ich ignoriere ihn und starre wütend ins Feuer, am liebsten würde ich die Arme vor der Brust verschränken, aber das geht ja nicht. Kalt wird mir auch noch, doch das ist mir egal. Stur lege ich mich auf die Seite … und starre weiter in die Flammen, ohne ihn noch eines Blickes zu würdigen. In einem Moment … denke ich sogar, dass ich ihn lieben könnte … im nächsten hasse ich ihn wieder abgrundtief! Ich verabscheue ihn sogar!

Aus dem Augenwinkel bekomme ich mit, wie er die Tür absperrt, den Schlüssel einschiebt und dann lässig, wie Ryder immer ist, ins Bad schlendert … Dort höre ich, wie die Dusche angeht … ein Stöhnen seinerseits und presse die Augen zusammen. Arschloch!

Das Plätschern des Wassers ist nicht gerade hilfreich, wenn die Blase voll ist. Der Druck wird immer größer und ich fange an, mich auf der Couch zu winden … während er fröhlich vor sich hin pfeift, das Wasser heftiger plätschert … und er rüber brüllt … »Hach, ist das schön einfach laufen zu lassen …« Ich reagiere nicht und presse die Augen fester zusammen, versuche nicht daran zu denken, aber das Wassergedöns im Hintergrund bohrt sich in meinen Kopf und meine Blase … Außerdem ruft er immer wieder irgendwelchen Schwachsinn … zum Beispiel … »Denk an einen Wasserfall …« Depp!

»HALT ENDLICH DIE KLAPPE!«, brülle ich aus vollem Halse, als ich es nicht mehr aufhalte und würde mir gern die Haare raufen.

»Weißt du eigentlich, dass der Sex für Frauen viel intensiver ist, wenn sie eine volle Blase haben?«, brüllt er zurück und ich verdrehe die Augen.

Das geht so nicht! Wütend richte ich mich auf, beiße mir auf die Unterlippe, weil Bewegung echt alles andere als gut ist, und stehe auf. Mit gefesselten Armen und nackt gehe ich zum Fenster und versuche es zu öffnen, was gar nicht so leicht ist … Darüber, was ich nackt da draußen im Winter soll, denke ich erst mal nicht nach … Zuerst muss ich es hier raus schaffen! Dabei kann ich nicht anders, als von einem Bein aufs andere zu springen … Jede Bewegung lässt meine Blase fast explodieren … Dann ist das Fenster auf und ich halte die Hände vor meinen Schritt, versuche mich zu konzentrieren … und überlege dabei, wie ich da jetzt mit verbundenen Händen rausklettern soll. Es schneit, sofort erfasst mich eisiger Wind und ein paar Flocken werden reingeweht … ich erschauere und fluche leise.

»Oh, war dir warm? Soll ich dich ein wenig in den Schnee schmeißen?«, ertönt seine Stimme plötzlich hinter mir und ich knurre … »Was tanzt du hier denn so rum?«, fragt er belustig, und ich wirble zu ihm herum.

Er hat sich nicht die Mühe gemacht sich ein Handtuch um die Hüften zu binden. Völlig nackt, sich gerade abtrocknend, tätowiert und mit riesigem steifen Schwanz kommt er aus dem Bad. Ich stöhne fast … und schließe schnell die Augen … sehe bloß woanders hin.

»Ich glaube … eine kalte Dusche würde dir ganz guttun, so wie du gerade meinen Schwanz blickgelutscht hast!«, sagt er plötzlich, und im nächsten Moment hat er mich schon wieder über seine Schulter geschmissen.

OH GOTT! Seine Schulter, die sich in meinem Bauch bohrt, ist alles andere als gut … dann stellt er mich in die Eckdusche … und stellt das Wasser an … Grinsend lenkt er den Strahl auf mich … und ich drehe mich weg … fühle aber die Wärme des Wassers über meinen Hintern, zwischen meinen Arschbacken und Schamlippen herabprasseln … höre das Rauschen und kann es kaum noch halten!

Das ist so demütigend!

So demütigend, dass mir die Tränen kommen. Am liebsten würde ich ihn anbetteln, dass er endlich das Zimmer verlässt! Dass er mich in Ruhe lässt! Dass ich einfach nur pinkeln darf!

Aber ich beiße mir auf die Unterlippe bis ich Blut schmecke und tue es nicht. Stattdessen muss ich stöhnen, als er den Strahl tiefer hält und direkt von hinten zwischen meine Beine richtet. Wieso bin ich nur so erregt? *Ich will das nicht!*

»Mach die Beine breit …«, fordert er … Ich presse sie zusammen. Er spreizt sie einfach leise glucksend, mit einem Knie. Ich werde wahnsinnig! Der Strahl an meinen Schamlippen und meinem Kitzler fühlt sich so gut an, durch den Druck in meinem Bauch fühle ich dort unten alles intensiver und ich kralle hilflos meine Hände in die Kacheln der Dusche, lehne meine Stirn dagegen und … gebe auf … Ich komme! ENDLICH!

OH GOTT!

DAS IST SO PEINLICH!

UND HEISS!

Besonders sein leises … »Fuck!«

Im nächsten Moment fühle ich seine Eichel an meinem Eingang … ihn direkt hinter mir … er packt meine Haare und ich kann nichts dagegen tun … Ich bin so feucht, dass er nur so in mich flutscht, während meine Muskeln sich noch zusammenziehen – im nächsten Moment ist er in mir … bis zum Anschlag … riesig und hart … WOW!

Ich kann ihn förmlich bis in meinen Bauch fühlen und ich will es auch, oh Gott, wie sehr ich es will! Mein Arsch bewegt sich wie von selbst, von meinen Lippen fällt ein Stöhnen, als ich ihn so unsagbar tief in mir fühle …

Endlich! … denkt alles in mir … als er sich langsam hinauszieht und dann … mit einem heftigen Ruck wieder in mich stößt. Das kann er perfekt, weil ich mich ihm entgegen biege, wie ein wirklich rolliges Kätzchen. Alles andere ist vergessen, nur noch er in mir zählt.

»FUCK, Lillian!«, knurrt er erneut, packt mit beiden Händen meine Brüste, über die immer noch das heiße Wasser perlt, während er anfängt, sich immer und immer und immer wieder heftig bis zum Anschlag in mich zu rammen. Ich schreie … breche … breche, aber doch nicht … Ein neuer Orgasmus baut sich bereits in mir auf. Ihn endlich in mir zu fühlen ist der Himmel … und die Hölle in einem. Dabei kann ich ihn nicht sehen, ich kann ihn nur fühlen, seine groben, großen Hände, seine Stirn an meinem Hinterkopf, sein Becken, das immer wieder kraftvoll gegen meinen Hintern kracht.

Ich bin so sehr im Lustrausch gefangen, dass es mir erst nicht auffällt.

Erst als ich mit einem »GOOOOOOOOOOOOOOOOOOTT!«, erneut gekommen bin und kraftlos nach vorne an die kalte Wand sinke, er ihn rauszieht und mir auf den Hintern spritzt, merke ich … was er zu mir gesagt hat …

Lilian … so nennt mich nur der eine!

»Evan?«, murmle ich … und fühle wie er seine Arme rechts und links von mir abstützt, wie er seine Stirn an meinen Hinterkopf lehnt und wie schnell und heftig er atmet. Er schluckt, räuspert sich … dann kommt rau ein … »Ja …«

Ich schließe ergeben die Augen … kuschle mich an ihn … und frage die Frage aller Fragen. »Kannst du jetzt bitte dieses Seil endlich lösen, ich platze gleich!«

Aber ich habe es bis jetzt trotz Ryders Folter ausgehalten! HA!

21. Yes

Wir liegen in dem großen Ehebett der saunaartig aufgeheizten kleinen Hütte. Draußen schneit es mittlerweile heftig, aber hier drinnen ist es so schön warm …

Es ist, als würden wir uns in einer Blase befinden, als würde die Zeit stehenbleiben, solange wir hier zusammen sind. Tausend Kerzen erhellen die kleine Hütte, zusammen mit dem Kaminfeuer. Wir beide liegen auf der Seite, die Hände unter dem Gesicht gefaltet und starren uns an … Und das schon seit gefühlten Ewigkeiten. Er ist einfach so schön, ich kann es nicht glauben …

»Wieso schläfst du am Bahnhof, obwohl es diese Hütte gibt?«, fragt Evan irgendwann leise … sanft … Ich seufze schwer … und reibe mir über die Stirn, während ich mich auf den Rücken drehe.

»Weil ich es nicht ertragen konnte, hier zu sein … Alles hier erinnert mich an meine Kindheit … an das, was ich verloren habe … In diesem Haus haben immer meine Onkel und ihre Familien geschlafen, wenn sie uns aus Italien besuchten. Aber jetzt blieb mir keine andere Wahl. Ich brauchte etwas, wo ich Feuer machen kann und wo es trocken ist … Außerdem … hat es mich irgendwie hierher gezogen … Ich brauchte das Gefühl der Geborgenheit, das ich nur hier erfahren habe. Aber ich habe es nicht gekriegt, denn Geborgenheit und ein zu Hause gibt einem nicht ein Ort … sondern die Menschen …« Verdammt! Ich richte mich auf die Ellbogen auf und sehe auf sein wunderschönes Gesicht herab … traue mich einfach und streiche über seine volle, weiche Unterlippe.

»Evan, was nun? Auch wenn ich nur ein Mädchen von der Straße bin … auch wenn ich nichts zu bieten habe … Ich will mehr, als Ryders dreckiges Geheimnis sein!« Seine Augen werden dunkler, bleiben aber blau und er funkelt mich wütend an.

»Du bist nicht nur ein Mädchen von der Straße und du hast sehr viel zu bieten!«, knurrt er förmlich und blitzt mich an. Ich verdrehe die Augen.

»Wie auch immer … ich werde nicht die Affäre für ihn spielen, während er diese Fotze heiratet und während er sie fickt und während sie dich entweiht!«, speie ich ihm wütend entgegen und will aufstehen. Aber er packt mich am Arm und zieht mich zurück, mit dem Rücken an sich … an seinen nackten, warmen Körper … oh *Himmel* und wispert, nachdem er das Haar von meinem Nacken gestrichen hat, direkt an meinem Ohr.

»Er wird dich nicht mehr gehen lassen! Und ich auch nicht!«

»Aber er muss sich entscheiden!«, schimpfe ich bei Weitem nicht mehr ganz so sauer und schließe die Lider, als seine Lippen hauchzart über meinen Hals geistern … seine Hand über meine Seite wandert, von meiner Hüfte über meine Rippen … bis zu meiner Brust … Er streicht mit dem Zeigefinger um meinen Nippel und ich stöhne leise, während er hart wird und meine Hüften sich genüsslich winden. In meinem Rücken fühle ich, dass ich nicht die Einzige bin, in der sich erneut Erregung in Lichtgeschwindigkeit ausbreitet …

»Er hat sich schon längst entschieden. Keine Sorge …«

»Ich bin gespannt, wie er mich zum Bleiben zwingt …«, murmle ich und versuche, mich weiterhin auf unser Gespräch zu konzentrieren …

»Oh … er denkt da an Handschellen. Also solltest du es lieber erst gar nicht versuchen …«

»Boah!« Wütend rücke ich von ihm ab und drehe mich zu ihm um.

»Ryder, du Bastard!«, knurre ich Evan an. »Was du vorhast ist Freiheitsberaubung, und du machst dabei auch noch mit!« Ich steche in Evans nackte Brust, direkt in diese grausige Tätowierung und er gluckst amüsiert. Mit warmen blauen Augen fängt er meine Hand auf und zieht sie an sein Gesicht. Küsst jede Fingerspitze einzeln und dabei lächelt er mich wunderschön an, ohne jegliches schlechte Gewissen. »Sorry, aber ich will auch nicht mehr, dass du gehst … da machen wir gemeinsame Sache.«

»BOAH!«

»Zur Not fesseln wir dich mit Handschellen und einer Augenbinde und dann …« Er rutscht an meinem Körper nach unten … und nimmt mein Knie … hebt es hoch … beugt sich vor … und küsst meinen Venushügel, bevor seine Zungenspitze darüber und dann zwischen meine Schamlippen gleitet. Ich stöhne auf … und schließe die Augen, lasse mich zurück in die Kissen fallen …

»Was dann?«, murmle ich, greife nach unten in sein volles Haar … und genieße seine hauchzarten Küsse auf meinen äußeren frisch rasierten Schamlippen …

»Dann tun wir mit dir, wofür du geschaffen wurdest!« Somit legt er diese vollen Lippen um meinen Kitzler, während er mit der anderen Hand immer noch mein Bein abspreizt und seine Zunge schnellt über das kleine Nervenbündel. Ich stöhne auf und kralle mich fester in seine Haare, mein Rücken beugt sich durch.

Oh mein Gott, ich wurde noch niemals so geleckt, denke ich schockiert und kann nichts gegen das Kreisen meines Beckens tun, oder gegen das Stöhnen oder gegen das Festkrallen meiner Hände, als er mir zeigt, wofür ich angeblich geschaffen wurde … um hilflos auszulaufen, oder was? Oder um innerhalb von zwei Minuten zu explodieren, weil er zwei Finger einführt, mich feinfühlig zu seinen Zungenstreichen im genau richtigen Takt fingert? Ich weiß es nicht! Ich weiß gar nichts mehr! Spätestens als ich komme und mich dabei mit meinen Füßen auf seine breiten Schultern stütze …

»Du hast keine Ahnung, wie heiß du bist!«, knurrt er … kommt nach oben … hat seinen Schwanz in der Hand und schiebt sich in meine zuckende Pussy, was den Orgasmus noch intensiviert. »Du hast keine Ahnung …«, keucht er, zieht sich zurück und stößt wieder in mich, ohne mich aus den Augen zu lassen … »Wie sehr ich es liebe … da rein zu ficken, wenn du kommst …«

»Oh GOTT, EVAN!« Ich dachte, eigentlich Evan wäre der Sanfte … der Weiche … und nicht der Dirty-Talk-Fick-Meister … aber da habe ich wohl falsch gedacht! Sowas von!

Ein paar heftige, tiefe Stöße später, zieht er sich leider schon zurück, und ich fühle, wie er auf meinen Venushügel spritzt …

WOW!

Ryder ist anscheinend nicht der Einzige, der sich einfach ohne Rücksicht auf Verluste … nimmt, was er will … oder verwischen allmählich die Grenzen zwischen den beiden?

22. Enemys

Es schneit immer stärker … Evan schläft neben mir selig, und ich denke nicht einmal mehr ans Abhauen. Dafür tun auch meine Muskeln ehrlich gesagt viel zu weh und ich bin auch viel zu glücklich dafür. Während ich nach draußen in die verschneite Nacht schaue, überlege ich, dass bald Weihnachten ist und dies das erste Weihnachten werden könnte, an dem ich glücklich und nicht alleine bin. Na ja … ganz alleine war ich trotz allem nie.

TEDDY

Mein Herz zieht sich schmerzhaft zusammen, so wie immer, wenn ich an ihn denke. Auch mein Magen verkrampft sich sofort und Tränen schießen in meine Augen. Ich vermisse ihn so sehr, manchmal denke ich, ich werde keinen einzigen weiteren Tag ohne ihn überstehen. Wie es ihm hier wohl gefallen würde? Wie glücklich er wäre hier mit mir in diesem Bett zu liegen und sich genüsslich von mir kraulen zu lassen? Er hat dieses Ende nicht verdient! Er hat es nicht verdient, von diesem Stück Dreck hinterrücks niedergestochen zu werden! Er war so gut! Verdammt! Ich habe ihn nicht beschützt, obwohl das meine einzige Aufgabe war!

»Hey … was ist?« Als Evans Finger über meinen Arm streichen und er sich hinter mir aufrichtet, merke ich erst, dass ich aus vollem Halse weine … Wenn auch leise, hat es ihn trotzdem aufgeweckt, und ich ziehe schnell die Rotze meine Nase hoch und wische mit dem Handrücken über mein Gesicht.

»Nichts!«, versuche ich ihm weiszumachen und richte mich ebenfalls auf. Ich sitze am Bettrand und sehe ihn über meine Schulter hinweg an. Er ist so süß verschlafen, aber dennoch besorgt, während er die Stirn runzelt, an mich heranrückt und meine Schulter küsst.

»Wenn nichts wäre, würdest du nicht weinen …« Zärtlich streicht er meine Haare fort, verteilt hauchzarte Küsse auf meiner Haut und ich schließe die Lider.

»Teddy …«

Er stockt kurz … und murmelt dann: »Dein Hund …«

»Es war mehr als mein Hund. Er war … war mein Baby … und gleichzeitig mein Beschützer.«

»Ich weiß … Ryder hat ihn für dich gesucht und ausgebildet.«

»Was?« Das lässt mich stocken und ich sehe ihn über meine Schulter hinweg groß an. Evans Augen sind düster, tödlich … und Gänsehaut läuft meinen Rücken herab.

»Es war nicht nur dein Baby … Sag mir, wie er gestorben ist.«

»Nein!« Sofort schluchze ich auf, meine Brust zieht sich heftiger zusammen und die Tränen laufen wieder. Ich schüttle den Kopf »Ich kann nicht!«

Evan macht kurzen Prozess, setzt sich neben mich auf die Bettkante und hebt mich auf seinen Schoss, fest umschlingen mich seine starken Arme … fest und sicher. »Wenn du willst, dass er gerächt wird … dann kannst du.« Seine Stimme ist eiskalt … aber sie gibt mir Trost … und Hoffnung. Sofort verstummen die Tränen, ich straffe mich und fange an tonlos zu erzählen … »Es war Jerry …«

***

Er hat so starken Husten, dass er die letzten Nächte schon nicht mehr schlafen konnte ... Außerdem stimmt irgendwas mit seiner Blase nicht. Das Pinkeln tut so weh, als würde man Rasierklingen pissen, aber das ist egal. Die Zahnschmerzen sind das Schlimmste an allem ... Gerade sitzt er hinter der Bahnhofshalle mit einer geklauten Zange und fummelt in seinem Mund herum, versucht, diesen elenden schwarzen stinkenden Zahn zu erwischen aber keine Chance ... er rutscht immer wieder ab.

Als ein Kerl in schwarzem Trenchcoat an ihm vorbeigeht, wagt er es einfach. Er fragt jemandem um Hilfe, obwohl er genau weiß, dass er so wie immer in seinem Leben auch heute eine Abfuhr kassieren wird.

»Hey, Alter ... kannst du mir mal schnell den Zahn ziehen?« Der Typ geht nicht weiter, so wie er gedacht hat. Er dreht sich zu ihm um – lächelnd – breit lächelnd ... Kurz ist Jerry neidisch auf die strahlend weißen Zähne die ihm entgegenblitzen, genauso wie grüne Augen.

»Aber klar doch ...«, meint der Kerl leichthin und geht vor ihm in die Hocke. »Welcher ist es denn?«, fragt er mit sanfter Stimme und Jerry öffnet seinen Mund.

»Irgendwo da hinten ...«

»Hmmm«, macht der Kerl und legt den Kopf schief, während er die Zange nimmt ... »Das sind einige Zähne, die schlecht ausschauen ...«

»Zieh sie einfach alle!«, meint Jerry und schließt die Augen ...

»Sag mal, kennst du einen Teddy?«, fragt der Kerl immer noch sanft und Jerry runzelt die Stirn.

»Ich kannte nur so einen stinkenden Köter ... hab ihm die Kehle aufgeschlitzt, als er geschlafen hat ...«, nuschelt er unverständlich, denn der Kerl schiebt gerade die Zange in seinen Mund.

»Ach wirklich?«, meint der Fremde ... Schon fühlt Jerry, wie sich das Metall um seine Zunge legt ... im nächsten Moment geht ein Schrei über den verschlafenen Bahnhof ...

Am nächsten Morgen liegt Jerrys zerfledderte Leiche auf den Gleisen ... Mit seinem Blut steht vor ihm geschrieben. ›Für Teddy‹ und er hat tatsächlich *keinen einzigen Zahn mehr. Genauso wenig wie eine Zunge oder einen Schwanz.*

23. Feuerwerk

»Schau mal was ich dabei habe.« Evan betritt drei Tage später die kleine lauschige Hütte und hält mir freudestrahlend … etwas entgegen. Meine Geige … Aber ich kann mich nicht wirklich darauf konzentrieren, denn er ist über und über mit Blut bedeckt, und ich reiße die Augen auf.

»Wo warst du heut Nacht? Oh Gott, bist du verletzt?«, frage ich und springe aus dem Bett, in dem ich heute im Morgengrauen plötzlich alleine aufwachte.

»Nein, nein alles gut …«, meint Evan abwehrend und dreht sein Gesicht weg, als ich es nehmen und ihn genauestens inspizieren will. »Ich geh kurz duschen!«, sagt er dann, gibt mir meine Geige und schlendert ins Bad. »Um Jerry hat sich Ryder gekümmert, ich soll dir schöne Grüße ausrichten; der Kerl hat jetzt keinen Schwanz mehr … und außerdem auch kein Leben.« Somit schließt er fröhlich pfeifend die Tür hinter sich und ich bleibe mit der Geige in der Hand und offenem Mund im Wohnbereich stehen.

***

»Ryder hat Jerry umgebracht?«, frage ich, während Evan mir Frühstück macht … nackt … und ziemlich ablenkend. Denn die Regel Nummer 1 in der Hütte lautet: keine Kleidung!

Außer man geht Feuerholznachschub holen, natürlich …

»Japp«, bestätigt er leichthin und schüttet Rühreier auf meinen Teller, dann legt er noch zwei Streifen Bacon darüber und garniert alles mit einem Stück Petersilie. Ich stürze mich sofort auf das Essen … es schmeckt so lecker wie immer, während ich überlege … Dass Jerry tot ist, berührt mich nicht im Geringsten … auch nicht, dass Ryder zu so etwas fähig ist, denn ich wusste es. Schon immer. Dieser Mann ist gefährlich und zu allem imstande. Und genauso wusste ich schon immer instinktiv, dass er mir niemals ernsthaft etwas antun würde. Also mir egal, was er mit anderen tut!

»Hat er geschrien?«

»Oh ja!«, verkündet Evan mit einem verträumten Lächeln und setzt sich mir gegenüber. »Wie am Spieß!«

»Hmm … Was ist, wenn … die Polizei auf euch kommt?«

Evan schnaubt nur spöttisch und schaufelt seine Eier in sich hinein. Dieser Einwand ist ihm nicht mal eine Antwort wert, und ich verenge die Augen, bevor ich meinen letzten Streifen Bacon esse, die Arme vor auch nackten Brust verschränke und mich zurücklehne.

»Was arbeitet ihr eigentlich?«

Evan stockt … und starrt einige Sekunden auf seinen Teller, mit der Gabel in der Luft, dann spießt er ein Stück Ei auf. »Entsorgung von Überflüssigem.«

»Möbel, oder so?«, bohre ich weiter und er gluckst leise. Ich verdrehe die Augen. »Was entsorgt ihr denn?«

»In gewisser Weise den Abfall der Menschheit.«

»Aha. Mehr werde ich zu diesem Thema nicht von dir bekommen, oder?«

»Nope.«

Ich seufze schwer, bevor ich die Schultern mit einem »Wie du meinst …« zucke und dann meinen Teller wegräume.

Als Nächstes … knie ich mich vor ihn und nehme seinen Schwanz in die Hand. Er stockt … ist immer noch am Essen und sieht mich mit hochgezogener Augenbraue an. Währenddessen wird sein Schwanz von Sekunde zu Sekunde härter – in Rekordgeschwindigkeit.

»Ich sage Ryder nur danke …« Somit beuge ich mich vor und nehme seine mittlerweile pralle Eichel in den Mund.

»Oh Gott im Himmel, wir müssen öfter Leute für dich töten …«, stöhnt Evan und vergräbt seine Finger in meinen Haaren.

24. Complications

Evan Black

»Drei.Scheiben.Farmer …«

»Schau mal, was ich gefunden hab!« Sie kommt wie aus dem Nichts und hält irgendwas recht Buntes in den Händen. Nummer 13 fällt so ziemlich alles aus dem Gesicht, als sich Lillian an meine Seite schmiegt und ich einen Arm um ihre Hüfte lege.

»Was ist das?«, frage ich und fühle, wie sich meine Lippen nach oben ziehen.

Sie so zu sehen tut gut. Gesund. Munter. Fröhlich. Na gut … eigentlich total aufgedreht.

»Das sind Penisnudeln!«

»Penisnudeln?«, bohre ich trocken, aber schmunzelnd.

»Ja, schau mal, lauter kleine Pimmel in einer einzigen Verpackung! Der Traum einer jeden Frau und dann auch noch in verschiedenen Geschmäckern … Tomate … irgendwas Grünes … irgendwas … Braunes … Oh Gott, will ich wissen, nach was die Braunen schmecken?« Ich muss lachen, weiß genau, wieso sie das tut. Doch ich lehne meine Lippen an ihre Schläfe und flüstere. »Trotzdem nein.«

Wie ein kleines Mädchen schmollt sie mich an und sieht

dabei einfach nur hinreißend aus. »Wieso nicht?«

Mein Blick verdunkelt sich, weil ich an das letzte Mal zurückdenke.

Sie verdreht die Augen. »Das ist jetzt eine Woche her! Sei nicht so nachtragend. Ich werde nicht mehr versuchen, ohne deine Erlaubnis etwas zu kochen oder gar etwas in deiner geheiligten Küche anzufassen, ich schwör es dir, aber wir könnten doch mal … zusammen kochen, oder so?!« Nun presst sie wieder diese blutroten Lippen aufeinander und kneift auch gleich die Augen zusammen. Kleine Fäustchen ballen sich. Sie versucht, mich einzuschüchtern. Ich muss lachen, kann es mir aber verkneifen.

»Ähhm … Sir?« Eine ziemlich verdatterte Nummer 13 meldet sich zu Wort. Nummer 12 und 11 stehen hinter ihr und sind knallrot im Gesicht, während sie uns anstarren.

»Meine Fresse! Sechs Scheiben Baguettesalami und ein Stück Leberwurst, wissen Sie das immer noch nicht?« Nummer 13 hat sowieso schon riesige Augen hinter ihrer dicken, runden Brille, aber nun übersteigen sie ungeahnte Dimension. »Na?«, frage ich, weil sie einfach nur dasteht und mich ansieht wie eine Penisnudel.

Ihr runder, kleiner Körper setzt sich so schnell in Bewegung, wie ich es noch nie gesehen habe.

Ich glaube, sie ist gar nicht zurückgeblieben … *Interessant.*

»Wieso bist du nur immer so fies?«

Lillian schmollt immer noch, als ich mein Wurstpaket in den Einkaufswagen lege und dabei das Gesicht verziehe. Da drin herrscht ein einziges Chaos. Aber für sie kann ich das ertragen.

Auch das Chaos, das sie sonst so in meinem Leben anrichtet.

Nasse Handtücher auf dem Badboden. Kleidung überall verstreut. Sie wäscht ihr Geschirr nicht ab, dreht den Wasserhahn ständig in die falsche Richtung. Sie will sich auch partout nicht merken, wo die Butter und alles andere in meinem Kühlschrank oder gar meiner gesamten Wohnung hingehört. Sie stört meinen schönen geregelten Ablauf … und ich kann es ertragen, weil ich für sie so ziemlich alles auf mich nehmen würde.

Wir gehen weiter. Sie schmollend, ich zufrieden mit der Stille. Ein Seitenblick auf sie, sie hat die Arme immer noch vor dem stechend türkisfarbenen Mantel verschränkt. Ihre Lippe ist vorgeschoben. Sie ist … süß … und ich will sie, so sehr wie ich noch nie etwas gewollt habe. Dabei hatte ich sie erst heute früh in der Dusche … und dann noch schnell auf dem Esstisch … den ich danach natürlich gründlich desinfiziert habe. Es ist … heftig, was sie aus meiner Welt gemacht hat, so etwas wäre mir vor ein paar Monaten nicht passiert. Sex auf einem Esstisch! Doch ich habe lang genug in einer anderen Welt gelebt. Gut, da war ich mit meinem Nebel glücklich. Aber ich will nicht mehr darauf verzichten, sie zu sehen – klar und deutlich. Auch die anderen grauen Masken haben nun ein Gesicht – wobei – ich mir bei denen manchmal wünsche, sie wären immer noch unsichtbar. Aber *sie* nicht mehr zu sehen, ist mittlerweile unzumutbar.

»Antwortest du mir mal wieder nicht?«

»Wie du siehst!« Beschwingt biege ich um eine Ecke. Wenn sie etwas von dem Chaos in dem Einkaufswagen abhaben will, dann wird sie mir folgen müssen.

Das tut sie. An der Kasse vergesse ich sogar diese vielen Menschen so nah um mich herum, denn sie ärgert mich, streckt mir ihre Brüste und diesen göttlichen Arsch entgegen und reibt sich an meinem sich immer, wenn ich sie ansehe, bildenden Ständer.

Ryder und ich sind uns so einig, wie schon lange nicht mehr.

Wir lieben dieses kleine Luder, sogar, wenn es uns ärgert … Obwohl ich schon etwas verwundert bin, denn seit diesem einen Mal in der Hütte … als sie zuerst auf seinem Schoß geweint und er sie dann in die Dusche verfrachtete, hat er nicht ein einziges Mal versucht, an die Oberfläche zu kommen, wenn sie in der Nähe ist. Es ist fast, als hielte er sich zurück … wieso … ich habe keine Ahnung. Ich bin auch ganz sicher der Letzte, der sich beschweren würde! In Wahrheit bin ich ziemlich happy damit!

***

Am Auto angekommen, verstaue ich den Einkauf im Kofferraum und genieße den sonnigen Tag, den frisch glitzernden Schnee und die Frau an meiner Seite, indem ich sie unverhofft gegen das Auto drücke und mit den Armen einkeile. Denn man glaubt es kaum, sie schmollt immer noch. Sanft streiche ich mit meinen Lippen über ihre, während sie mich mit großen, grünen Dingern anstarrt. »Willst du wohl damit aufhören?«, frage ich leise.

»Womit?«

»Mich zu reizen, sonst passiert … *das*.« Somit küsse ich sie.

Sie schmeckt so süß. So einmalig.

Der Schnee. Die Sonne. Die Menschen. Der Parkplatz verblassen, und mich umfängt wieder dieser spezielle Nebel. Immer wilder bewegen sich meine Lippen auf ihren. Meine Hand hält ihren Hinterkopf umfangen, die andere drückt ihren Unterkörper gegen mich. Als sie sich an mir reibt, entkommt mir ein heiserer Laut.

Ich will sie.

Hier und jetzt.

Und was ich will, nehme ich mir.

Mit einem Ruck drücke ich sie komplett gegen die Seite des Autos und hebe sie hoch, ihre Beine schlingen sich um mich. Ich kann kaum denken.

»Ryder?« *Oh, Adriana, nicht jetzt!*

Das sexy Ding vor mir wirft ihre Arme um meinen Hals, und trotz der vielen Schichten Stoff, die uns trennen, fühlt sie sich brennend heiß und unwiderstehlich weiblich an. Sie stöhnt, als sie fühlt, wie ich hart werde.

»RYDER!« Jemand klopft mir auf die Schulter. Mit dem Zeigefinger, was ich schon in der Schule immer gehasst habe. Atemlos löse ich mich von Lillian und blicke zähneknirschend in mandelförmige braune Augen in einem unsagbar einprägsamen Gesicht, umgeben von wallenden schwarzen Locken.

»WAS?«, blaffe ich Adriana an. Ryder hat die verfickte Verlobung doch gelöst, für seine Verhältnisse sogar ziemlich umsichtig, damit wir nicht in der Scheiße landen. Was will die denn jetzt noch? Sie zieht nur eine feine Augenbraue hoch und verschränkt die Arme vor ihrem weißen langen Mantel.

»Du reagierst nicht auf deinen Pieper.«

Ja! Weil ich, zum Teufel noch mal, im Moment keine Aufträge annehme! Will ich ihr zu zischen, gereizt, weil sie mitten in der Öffentlichkeit und auch noch vor der Frau, die verdattert an mir hängt, davon anfängt. Stattdessen beiße ich die Zähne zusammen und hebe Lillian von meinen Hüften, die Adriana mit zusammengekniffenen Augen mustert.

»Ähm … Wer ist das eigentlich, und ist sie etwa nicht beseitigt?«, fragt Lillian, und ich möchte Adriana ihren verdammt hübschen Schädel rausreißen. Diese beiden Frauen hätten sich niemals kennenlernen dürfen!

»Oh ja, Ryder, sag deinem kleinen Schneckchen doch mal, wer ich bin.« *Ganz toll. Jetzt ist Adriana im Kriegsmodus.*

»Ich mach aus dir gleich eine Schnecke …« Bevor Lilian weitersprechen kann, ziehe ich sie um das Auto herum und öffne ihr die Tür.

»Steig ein!«

»W…?«

»EINSTEIGEN!« Wortlos drücke ich ihren Kopf herunter und schiebe sie ins Auto, dann schließe ich die Tür, bevor mich ihr empörtes Gekeife, auch nur im Geringsten beeindrucken kann.

Dann bin ich bei Adriana, diese grinst breit, als ich sie am Arm packe und sie auf ihren hochhackigen Stiefeln laut klappernd über den Parkplatz zu einer kleinen Baumgruppe ziehe.

»Du kannst hier nicht einfach so auftauchen!«, knurre ich, sobald wir stehen.

»Wie du siehst, kann ich das sehr wohl! Schwuppdiwupp!« Sie schnippt. Ihre dunkelbraun lackierten, spitz zulaufenden Fingernägel glitzern gefährlich in der Sonne wie die Krallen eines Raubtiers, und ich zucke zurück.

»Ja, das sehe ich …« Seufzend streiche ich mir mit beiden Händen über das Gesicht. »Was willst du?«, frage ich matt.

»Ich habe einen Auftrag für dich …«

»Wenn ich Aufträge annehmen wollte, dann wäre ich an meinen Pieper gegangen. Hast du keinen anderen? Peter oder Ivan?«

»Haben beide schon was vor.« Sie verschränkt die Arme vor der Brust und legt den Kopf schief. »Wer ist sie?«

»Oh ja, natürlich werde ich das gerade *dir* auftischen! Was ist das für ein Auftrag!?«

»Lenk nicht ab, wer ist sie?«

»*Du* lenkst ab. *Du* wolltest, dass ich für dich arbeite, deswegen bist du hier, also sprich!« *Und dann verschwinde so schnell wie möglich wieder aus meinem Leben, du Ausgeburt der Hölle!*

Sie denkt nach. Und sie denkt nach. Und sie denkt immer noch nach. Mein Blick schweift zu dem Auto, in dem Lillian natürlich nicht mehr sitzt.

Zum Teufel!

War klar, dass sie abhaut! Aber ich werde sie einfangen, wenn ich Adriana wieder los bin. »Sprich jetzt!«, zische ich sie an und scanne mit Blicken das Areal, auf dem sich mein Baby *nicht* mehr befindet.

»Er ist Franzose, Gerald, und hat etwas erfunden, was nicht auf den Markt soll. Ein selbstfahrendes Auto, das sich selbst sprengen und alles im Umkreis von 200 Meter verwüsten kann. Diesen Freitag soll er den Atlantik überfliegen, um es den Amerikanern vorzustellen, die es dann verwenden werden, um weiter den Hass gegen islamistische Terroristen zu schüren. Er soll diesen Flug nicht überleben. Den Rest, also sein Team, erledigen wir. Sie zahlen eine Million und sie wollen den Besten – also dich.«

»Eins fünf«, murmle ich geistesabwesend, während ich immer noch nach Lillian Ausschau halte.

»Ich wusste, dass du das sagen wirst.« Sie grinst. Ich nicht. »Ich werde dir die genauen Daten auf dem gesicherten System zukommen lassen.«

»Wie immer.« Wo ist sie nur?

»Ryder?« Der Ton in ihrer Stimme lässt mich aufhorchen und ich werfe ihr einen Blick zu. »Wer ist dieses Mädchen?« Oh ja … Das ist sie, die verletzliche Adriana … So wie ich sie kennengelernt habe. Aber ich habe mir schon lange angewöhnt, nicht mehr darauf hineinzufallen.

»Sie ist niemand, der dich interessieren sollte.« Drohend sehe ich sie an, und sie kennt mich, weiß, dass ich meine Warnungen wahrmache – alle. Dennoch vertieft sich der verletzte Ausdruck und sie beißt sich auf die volle, rosa Unterlippe.

»Ich dachte du …« Meine geblähten Nasenflügel sollten eigentlich wirklich Warnung genug sein, aber sie spricht dennoch weiter. »… Du könntest das nicht. Das alles …«

Blicklos sehe ich nach oben in die abgemagerten, schneebedeckten Ästchen und atme tief durch. »Ich *konnte* das auch nicht.« Ich klinge ruhig, auch wenn ich es nicht bin. Eine Spezialität von mir.

»*Mit mir* konntest du es nicht.« Nur ein verletztes Flüstern.

»Ja.« Die unausgesprochene Aussage in ihren Worten lastet schwer zwischen uns. Denn ja …

Mit Lillian kann ich.

Alles.

Ich kann mich sogar von ihr berühren lassen.

Überall.

Etwas, das ich bei Adriana nie über mich gebracht habe, obwohl ich sie seit Jahren kenne und sie einen gewissen Stellenwert in meinem Leben genießt. Aber ich hasse solche Gespräche, habe sie schon immer gehasst, genauso wie die Art, wie sie mich mit einem Blick durchschaut. Es gibt nichts mehr zu sagen. Nichts mehr zu tun. Ich werde es nicht rechtfertigen, also drehe ich mich um und marschiere davon, die Hände grabe ich tief in meine Manteltaschen.

***

Lillian finde ich im Inneren des Kaufhauses, sie sitzt an einem Dönerstand und trinkt eine Cola. Ihr Blick ist leer und dunkel. Sie beobachtet die Menschen, aber auch nicht. Lillian ist eindeutig manisch depressiv, so würde es zumindest Doktor Newhouser nennen, was mir aber völlig egal ist, denn ich weiß, dass jeder Mensch sein Päckchen ›Unnormalität‹ zu tragen hat. Manchmal ist sie abwesend, so wie ich es war. Manchmal hat sie Phasen, da fühle ich die Trauer von ihr abstrahlen; dann gibt es Tage, an denen es keinen fröhlicheren Menschen gibt als sie, und dann gibt es Momente, in denen ihre Laune einfach so ins Bodenlose fällt und im nächsten wieder blendend ist. Jetzt hat sie einen Grund. Ich weiß nicht, wie ich Adrianas erneutes Auftauchen erklären soll und deswegen werde ich es auch nicht tun.

Wortlos stelle ich mich neben sie.

»Ich muss verreisen.« Ihr Kopf schnellt zu mir herum. Da ist unendliche Trauer und Wut in ihrem Blick. Aber ich verschließe mich davor. Es gibt Dinge, die ich tun *muss* und das gehört dazu. Ich fühle den Druck, mit jedem Tag in mir steigen, und ich habe es ihretwegen schon zu lange hinausgeschoben.

»Mit ihr?« Ihre Stimme klingt hohl.

Ich schüttle meinen Kopf. »Allein.«

»Aha …« Sie steht auf und reibt sich über die Oberschenkel. »Klar. Wir hatten ja jetzt genug Zeit miteinander. Genug Zeit, um uns richtig kennenzulernen und ein wenig die traute Zweisamkeit zu genießen. Ich weiß natürlich, woran ich bin, dass du zu mir zurückkommen wirst, dass du keine andere vögeln wirst, die zufällig aussieht wie Latinos-next-Topmodel. Ja sicher, du sagst, du musst gehen und ich habe es wort- und fraglos hinzunehmen. So wird das also zwischen uns laufen? Gut!« Somit dreht sie sich um und geht zum Auto.

Sie irritiert mich.

Und das nervt.

Enorm.

Dabei bin ich sowieso in einem Zustand, in dem ich nicht gereizt werden sollte.

Ryder sieht das ausnahmsweise genauso.

25. Dont leave me

Lilli

Noch in dieser Nacht geht er. Ich weiß nicht wie lange. Ich weiß nicht wohin. Aber ich lasse ihn ziehen. Auch wenn mein Herz bricht, mein Verstand schreit und sich alles andere in mir ebenfalls dagegen wehrt. Er verspricht mir nicht zurückzukommen, sagt nicht, dass er mich vermissen und an mich denken wird, während er sich über mich beugt und mir in die Augen sieht. Aber er küsst mich. Berührt mich. Lässt es zu, dass ich seine frisch gemachten Haare zerwühle, und ergibt sich schließlich mit einem tiefen Seufzen noch ein allerletztes Mal.

Mittlerweile trägt er einen dunkelblauen Anzug und sieht phänomenal darin aus. Ich kann nicht aufhören ihn anzustarren, als ich mich auf seiner Härte niederlasse und ihn reite, während seine Fingerspitzen sich in meine Hüften krallen und er auf dem Bettrand sitzt. Ich will ihm etwas schenken, woran er sich immer wieder erinnern wird. Also gebe ich es ihm voll und ganz. Lasse ihn sehen, wie ich mich auf ihm bewege, lehne mich nach hinten und stütze mich mit den Händen auf seine Oberschenkel. Lasse meine Hüften auf ihm kreisen, bevor ich mich auf und ab bewege und meine

Haare mir ins Gesicht fallen. Ich will ihn ficken, wie ihn noch nie eine Frau gefickt hat. Ich will ihn ficken, wie wahnsinnig, Auf meine Art.

So wie er es schon oft mit mir gemacht hat.

Er ist mir völlig hilflos ausgeliefert.

Innerhalb von zwei Minuten explodiert er heftig und ich kann nicht anders, als in mich hinein zu lächeln, während die Luft sich kühl auf meinem Körper anfühlt, weil der Schweiß nur so in Strömen läuft. Ich weiß, er kann sich gegen diesen Orgasmus absolut nicht wehren und das, gemischt mit seinem Zucken tief in mir, lässt mich unverhofft auch kommen und dann auf ihm zusammenbrechen.

»Wow …« Atemlos hebt er mich von sich runter in die zerwühlten Laken, und ich bin nicht wütend oder traurig. Nur Glückseligkeit füllt mich aus, während ich träge lächelnd wie eine gesättigte Löwin daliege und ihm dabei zusehe, wie er seine Hose schließt und seine Sporttasche neben dem Bett aufhebt.

Wie kann ein einziger Mann nur so perfekt sein?

Er streichelt mich diesmal nicht, küsst mich nicht, aber er deckt mich zu und seine Stirn ist dabei sorgenvoll gerunzelt. Mit einem Ruck dreht er sich von mir weg, dann lässt er mich zurück und geht endgültig, mit einem leisen Klacken der Tür.

Evan ist weg.

Aber es ist nicht so schlimm, zumindest nicht im ersten Moment.

***

Evan

Was sie wohl tut?

Diese Frage schwirrt unablässig durch meinen Kopf, während ich meine Glock säubere. Ich kann sie nicht anrufen. Die Gefahr wäre zu groß, dass man den Anruf zurückverfolgen und mich mit der Beseitigung des Franzosen in Verbindung bringen könnte. Der Franzose. Mit dem Gesicht.

Heute fiel es Ryder das erste Mal schwer, unsere Arbeit zu tun. Davor haben wir das Gesicht der Nummer, die wir beseitigen mussten, nie wahrgenommen, haben nie die Panik in den Augen erkannt, niemals gesehen, wie das Licht des Lebens sie mit einem Schuss verließ. Niemals musste ich mir die Frage stellen, was eine andere Person von mir denken würde, wenn sie erführe, womit ich mein Geld verdiene.

Bis jetzt tat ich das, was ich gut kann – ohne jegliche Gefühle meinen Auftrag absolut perfekt und mit hundertprozentiger Sicherheit erfüllen. Aber heute habe ich gezweifelt. Und das darf ich nicht. Nicht bei dem Beruf, den wir ausüben. Das heißt für mich im Klartext, dass ich aufhören werde, Adriana weiß schon Bescheid. Sie war alles andere als amüsiert, als ich sie vor ein paar Stunden anrief. Ich habe genug Geld auf meinem Depot und in Häuser rund um die gesamte Welt investiert, auch das Haus, in dem ich wohne, gehört mir. Natürlich nicht unter meinem wahren Namen.

Ich weiß nicht genau, wie viel Identitäten ich mein Eigen nenne, aber in keine einzige will ich noch einmal schlüpfen.

Und das nur ihretwegen.

Ich lege alles beiseite und trete an die verglaste Front des Hotels. Von hier aus kann ich über München blicken, diese nun ruhig vor sich hinschlummernde verschneite Stadt im Herzen Bayerns.

Lilian ist so weit weg und doch bei mir.

Ich kann sie immer noch um mich herum fühlen, den Schweiß, der an ihrem wunderschönen Körper herab perlt, der sich mit meinem vermischt, wenn sie sich vorbeugt. Ihre Lippen auf meinen, samtig – weich und so unendlich zart. Mein Name der von ihren Lippen fällt und ihr Körper, der mich warm umfängt …

Ich … vermisse sie …

Erschöpft lehne ich meine Stirn gegen die Scheibe und schließe die Augen. Meine Finger pressen sich fester gegen das kühle Glas.

Es klopft und ich fahre herum.

Ein Blick durch den Spion zeigt, dass die Katastrophe schlimmer ist, als ich sie mir vorgestellt habe. Mit einem aggressiven Ruck öffne ich.

»Was?«

»Ja, auch schön dich zu sehen, mon amour.«

Adriana marschiert einfach an mir vorbei, und stellt sich mitten ins Zimmer. »Ein bisschen klein, oder?«

Das.

Ist.

Nicht.

Ihr.

Ernst!

Immer noch halte ich die Tür auf, in der winzigen Hoffnung, dass sie gleich wieder verschwindet. »Meines Wissens war nicht ausgemacht, dass du hierherkommst!«

»Oh, Ryder… ich bitte dich. Die schnellen, unkomplizierten Nummern sind dir doch die liebsten.« Mit diesen Worten öffnet sie ihren Mantel und präsentiert mir ihren lang gezogenen, perfekten Körper in nichts weiter als dunkelroter

Spitzenunterwäsche.

Ich erstarre.

Sie kommt auf mich zu, schließt die Tür und lehnt sich leicht an mich, die Lippen an meinen Mundwinkel, sie ist dafür groß genug, besonders in diesen Stiefeln. »Ich weiß, wie ich dich dazu bringe, deine Kontrolle zu verlieren … Also wehre dich erst gar nicht …« Sie berührt nur die Stellen, an denen ich ihre Hand ertragen kann und öffnet langsam meinen Gürtel. Einige Sekunden brauche ich, dann habe ich ihr Handgelenk umfasst.

»Nein!«

Große, braune Augen sehen mich ungläubig an. »Wieso nicht?« Ich presse die Zähne aufeinander. Sie riecht gut – vertraut. Ryder konnte ihrem Geruch noch nie widerstehen. Früher war sie die Frau, die er immer wollte, auch wenn sie nur mit ihm spielte, so wie er mit ihr – oder gerade deswegen? Weil sie gar nicht anders mit Menschen umgehen kann, als mit ihnen zu spielen. Aber auch wenn er es nicht wollte, hat sie ihn um ihren Finger gewickelt, sie weiß einfach, welche Knöpfe sie bei ihm drücken muss, weiß worauf er steht, spaziert gerne am Abgrund entlang, in den er jeden zieht, wenn er seiner Lust absolut freien Lauf lässt.

Aber ich will das nicht mehr.

Ich will nicht mehr in den Abgrund fallen.

Und Ryder komischerweise auch nicht.

Ich antworte nicht, sehe sie nur an und ihr klappt der Mund auf. Dann tritt ein wütendes Funkeln in ihren Blick. »Ist es wirklich wegen ihr?«, stößt sie hervor und entzieht mir ihre Hand mit einem Ruck. »Das kann nicht dein Ernst sein! Du kannst sie doch gar nicht so ficken, wie du willst, ohne ihr kleines, süßes Bild von dir zu zerstören – ohne sie zu brechen! Und auch wenn es am Anfang hinhaut! Irgendwann wirst du die Kontrolle verlieren und dann, was dann, Ryder?! Du weißt, dass du mit keinen anderen Frauen zusammen sein kannst, als mit mir! Zumindest nicht auf Dauer! Das hast du oft genug probiert und was ist passiert? Sie sind schreiend davon gelaufen! ALLE!«

Ich schüttele meinen Kopf. Ihre Worte dröhnen in meinem Schädel. Ihre Stimme ist zu schrill, die Aussage dahinter soll nicht wahr sein!

»Ich werde sie nicht zerstören!« Alles andere ist ungewiss, aber eins weiß ich. Ich kann Lilian nicht verletzen! Weshalb ich mir da so sicher bin? Keine Ahnung, aber es ist eine Gewissheit, wie die, dass sich an meiner Hand fünf Finger befinden.

Adriana sieht mich mit spöttisch erhobener Augenbraue an.

»Ach ja? Hast du es denn schon mal probiert? Dich bei ihr so richtig gehen zu lassen?« Sie sieht in meinem Blick die Antwort und spricht weiter, ohne auf eine akustische zu warten. »Siehst du!«

Wieder berührt sie mich, ihre Hand fährt in meinen Nacken, ihre Finger streicheln mich dort. »Sie muss es nicht erfahren, wenn wir es weiterhin tun. Ich weiß, was du brauchst, *wie* du es brauchst … Wenn du es an mir auslässt, wirst du sie behalten können, in einem Stück und glücklich. Ganz, ohne sie zu verletzen.«

Ich schüttle den Kopf. »Das ist falsch!« Dennoch schafft sie es, Zweifel in mir zu sähen. Was, wenn Ryder doch nicht sein Wort hält?

Lillian ist mir zu wichtig; ich könnte nicht zulassen, dass ihr etwas passiert. Adriana nicht.

Das wird mir in diesem Moment klar.

Noch niemals habe ich für eine Frau so viel empfunden wie für Lillian.

»Es tut mir so leid für dich, Ryder…«, haucht Adriana, ihre Lippen an meinem Mundwinkel. Vielleicht meint sie das ernst. Dennoch weiß ich, dass sie ein egoistisches Miststück ist. Es war mir immer egal, weil wir beide unseren Nutzen davon hatten, wie wir waren.

Ich gefühllos.

Sie egoistisch.

»Lass es an mir aus … Verschone sie.« Sie küsst mich sanft, langsam.

Ergeben schließe ich die Augen und lasse mich mit einem Ruck von ihr gegen die Tür drücken. Meine Fäuste sind geballt. Nur noch ein kleiner Funken, dann werde ich lichterloh brennen.

»Rette sie vor dir. Ryder, du weißt, was du ihr sonst antun wirst … Was, wenn du sie … umbringst?«

Mit einem Ruck ist meine Hand an ihrem Hals, mein Körper drückt sie gegen die Tür. Sie keucht auf, ihre Augen werden groß, und ich sehe den Triumph noch in ihnen aufblitzen, bevor sie die Lider schließen kann. Mir scheißegal, ich lasse Ryder an die Oberfläche, der schon die ganze Zeit brodelt.

Die Schlampe wird schon sehen, wer am Schluss der Verlierer und wer der Sieger ist.

»Hör auf zu zappeln!« Adriana zuckt zurück, als das Desinfektionsmittel auf ihrer Haut brennt.

»Musst du bei allem so verfickt gründlich sein?!«, giftet sie.

Ich antworte nicht, sondern streiche mit dem Wattebausch über den Schnitt. Und über den nächsten, den nächsten und noch einen … Den schönsten hebe ich mir bis zum Schluss auf. Er befindet sich in ihrem Nacken. Ihr Zischen geht runter wie Öl. Ich ignoriere auch das – die Erregung kommt hauptsächlich von Ryder, der sich natürlich sofort verpisst hat, nachdem er fertig war und mir, so wie immer, die Drecksarbeit überlässt. Das Versorgen und vor allem das Loswerden der Frauen.

»Heute warst du völlig außer dir, aber du hast mich trotzdem nicht gefickt, du Arschloch!«, murmelt sie und ich sehe wie Gänsehaut ihre reine Haut verziert, während ich in mich hinein grinse. Sie hat recht, Ryder war wirklich absolut außer Kontrolle. Heute gehen die Schnitte extrem tief … Hat ihn wohl ziemlich sauer gemacht, was sie über Lillian gesagt hat … Tja. Manchmal sollte man eben doch einfach nur die Klappe halten!

»Du wolltest es so.« Meine Stimme klingt tonlos.

»Ryder!«, flüstert sie heiser, dann dreht sie sich zu mir und drückt die rote Decke an ihre Brust. Ihre Augen sind offen und die Besorgnis darin gefällt mir nicht. »Ich weiß nicht, ob gut ist, was du tust. Dass du aufhören willst …« Sie schüttelt den Kopf. »Deine Arbeit war für dich wie eine Therapie, und auch das hier …« Andächtig berührt sie einen Schnitt auf ihrer Handfläche. »Ich kann verstehen, dass du glaubst, du brauchst sie, vielleicht siehst du so etwas wie Medizin in ihr und denkst, sie macht dich normal. Aber du wirst *niemals* normal sein … Alles, was du zustande bringen kannst, ist eine Fassade, die die Menschen um dich herum täuscht, aber in dir …« Sie legt die Hand auf meine Brust. »In dir wirst du immer ein Monster sein … Das müsstest du doch wissen.«

Ich schlage ihre Hand weg, sehe aus dem Fenster, presse die Zähne zusammen und stehe auf. Mich in meinem eigenen Körper eingesperrt fühlend, fahre ich mir durch die Haare und fange an meine Runden zu laufen …

Nein. Bei Lillian ist es keine Fassade! Wenn ich sie küsse, wenn ich sanft zu ihr bin – ist es echt. Ich will ihr nicht wehtun. Eines, auf dieser neuen, verwirrend scharfen, offenen Welt wird immer so bleiben.

»Ich kann sie nicht mehr gehen lassen.«

Adriana keucht und steht auf, sie kommt auf mich zu. Sie lässt die Decke fallen – ist nackt und dann die Schnitte … Diese tiefroten Streifen auf ihrer sonst so makellosen Haut … Ich zische … »Ich will nur, dass dir klar wird, worauf du dich einlässt. Du *kannst* keine normale Beziehung, kein normales Leben führen! Niemals!« Nun klingt sie flehend und bleibt vor mir stehen.

»Man kann nie wissen, ob man etwas kann oder nicht, wenn man es nicht versucht hat!«, nuschle ich, ohne sie anzusehen, dann sammle ich den Müll ein.

»Aber wir haben es doch versucht, Ryder!«

»Bei dir ist das was anderes, als bei ihr!« Ohne sie anzusehen, räume ich das Zimmer auf – das kleine Schränkchen, das umgefallen ist, sammle die Kissen vom Boden auf. Die Putzfrau, wird morgen sowieso einen Schock wegen des Lakens bekommen, da muss nicht auch noch der Rest aussehen wie nach einem Rockbandbesuch.

Adriana starrt mich an.

»Du gehst also zu ihr zurück?«

Keine Antwort von mir, stattdessen fange ich an, meine Waffe zusammen zu setzen, die immer noch auf dem kleinen Couchtisch liegt.

Ihre Hand berührt meine Schulter, ich erstarre in der Bewegung, dann ertönt ihre leise, flehende Stimme: »Werden wir uns das nächste Mal trotzdem wieder treffen?«

Ich presse die Augen zusammen und schiebe die Hand weg, die sich so falsch anfühlt.

»Es wird kein nächstes Mal geben!«

Ich höre, wie sie keuchend von mir zurücktritt, und bin unendlich erleichtert. Im Moment herrscht in mir so ein Chaos, wie in diesem Zimmer, und das sollte so nicht sein – nicht jetzt! Normalerweise sollte ich besänftigt, absolut ausgeglichen und ›normal‹ sein. Irgendwas ist heute schief gelaufen und ich weiß noch nicht, wie genau sich das auf meinen Gemütszustand auswirken wird.

Deswegen.

Muss.

Sie.

Jetzt.

Gehen! Und … am besten nie wieder zurückkehren!

»Wie du willst! Dann gehe ich!« Find ich gut! Schnell zieht sie sich an. Ich höre ein schmerzhaftes Stöhnen, das sie von sich gibt, als die Kleidung über ihr wundes Fleisch schabt … Uuuuuund ich werde wieder hart. Perfekt. Wirklich.

»Alles habe ich dir gegeben, Ryder! *Alles*! Jede kranke Scheiße habe ich ertragen und das ist dein Dank! Fick dich! Du wirst schon sehen, was du davon hast, aber eines will ich dir noch sagen! Ich weiß jetzt, wer sie ist! Und ich werde ihr alles erzählen, du dreckiger Bastard! Mal sehen, ob sie dann immer noch so verliebt in dich ist, wenn sie weiß, wer ihre verfickten Eltern gekillt hat!«

Mit diesen Worten knallt die Tür hinter ihr zu und ich bin allein in dem dunklen Hotelzimmer.

FUCK! Das kommt von Ryder, der genauso blass ist wie ich. So elend wie gerade eben haben wir beide uns in unserem gesamten Leben noch nicht gefühlt und *das* hat was zu bedeuten!

26. Down

Der Schnee rieselt beständig vom dunklen Himmel und ich umfange mich selber fester mit den Armen. Mein Atem lässt die Scheibe beschlagen, meine Spiegelung sieht aus, wie die eines Geistes.

Er ist schon zu lange weg.

Mit ihm der Appetit und mein Lebenswille.

Außerdem ist mir ständig übel, so auch jetzt.

Vorsichtshalber gehe ich ins Bad und lehne mich dort ans Waschbecken. Diese Spiegelung sieht auch nicht besser aus, meine Haare sind wirr, meine Wangen eingefallen. Die Ringe unter meinen Augen sind so dunkel wie Asphalt.

Ich halte das nicht mehr aus – das Warten.

Außerdem habe ich seit ein paar Tagen ein wirklich schlechtes Gefühl und ich weiß nicht wieso.

Müde ziehe ich sein Shirt aus – ich trage es schon die ganze Zeit – und ignoriere dabei meine hervorstechenden Rippen.

Unter der Dusche lasse ich heißes Wasser über meinen Körper laufen. Ich fühle es kaum. Mechanisch wasche ich meine Haare und meinen Körper, wenn er irgendwann doch noch kommt, will ich nicht stinken, und das tue ich wirklich. Ich kann meinen eigenen Gestank nicht mehr ertragen. Er hat sich nicht gemeldet, kein einziger Anruf, kein gar nichts. Sein Telefon steht da und verhöhnt mich mit seinem Schweigen.

Nach dem Duschen kämme ich mir unter Schmerzen die Haare, denn die sind immer ein einziges Desaster, und hebe das Shirt wieder auf. Es riecht noch ein winziges bisschen nach ihm, bilde ich mir zumindest ein. Ich presse es an meine Wange, reibe sie daran und unterdrücke die Tränen, die sich bei dem vertrauten Geruch aus meinen Augenwinkeln davonschleichen wollen. Wenn er nicht mehr zurückkommt, wenn ich ihn verliere, dann werde ich sterben …

Mit einem Mal knallt die Haustür zu, ich wirble herum und lasse vor Schock das Shirt fallen.

In dem Moment, als ich nach ihm rufen will, ertönt seine Stimme. Laut und deutlich. Mein Herz setzt einen Schlag aus, schon stürme ich zur Tür. Doch bevor ich sie aufziehen kann, wird sie aufgedrückt.

Ich sehe nur dunkle, gehetzte, blaue Augen. Sein Blick fällt auf mein Gesicht, ein Muskel an seiner Wange zuckt. Er ist so wunderschön, so …

Schockiert keuche ich auf, weil er mich packt, beide Hände an meinen Wangen. Er drückt mich gegen die Wand in meinem Rücken, presst seine Lippen auf meine, küsst mich wild – so wie er aussieht. Absolut außer Rand und Band. Mein Stöhnen hallt laut im Bad, meine Hände krallen sich in seine Oberarmmuskeln, die sich bewegen, weil seine Finger über meinen Körper streichen. Scheinbar jeden Millimeter wollen sie berühren.

Mit einem weiteren Ruck hat er mich umgedreht. Ohne ein einziges Wort drückt er meinen Oberkörper gegen die Wand.

Dann ist er in mir.

»GOOOOOOOOOOOTT!«, rufe ich, weil er sich riesig anfühlt.

Er ist nicht sanft. Hart und bestimmt bewegt er sich in mir – ohne jegliche Rücksicht. Meine Wange schabt über die Wand, meine Hände stütze ich neben meinem Gesicht ab, kann kaum seinen Stößen standhalten und fühle dennoch oder gerade deswegen, wie sich die Erregung in Rekordtempo in mir ausbreitet. Dann sind da seine Lippen an meinem Nacken, heiß ist sein Atem an meiner Wange. Er stöhnt mir heiser ins Ohr, als er fühlt, wie ich zucke. Keuchend schließe ich die Augen, beiße mir auf die Lippe, sonst würde ich schreien.

Seine Hand krallt sich von vorne fest zwischen meine Beine, seine langen Finger drücken sich auf meinen Kitzler und auf meine Schamlippen und ich keuche atemlos seinen Namen – werfe meinen Kopf zurück. Er küsst meinen Hals, beißt, leckt, saugt … und ich bekomme heftige Gänsehaut. Seine Zunge, sein raues Stöhnen direkt an meiner Haut, sein einzigartiger Geruch, der mich umnebelt, seine Finger … *dort* … Evan in mir!

Ich explodiere um ihn herum und er folgt mir auf dem Fuß.

Danach lehne ich außer Atem an der Wand, die aufgeschürfte Wange immer noch dagegen gepresst. Mein Herz schlägt wie ein Presslufthammer, Schweiß bedeckt meinen frisch gewaschenen Körper.

Evan löst sich wortlos von mir. Durch meine wirren Strähnen hindurch sehe ich, wie er sich erschöpft mit dem Rücken neben mich an die Wand lehnt und sich mit einer Hand über das Gesicht streicht – dann fällt es mir erst auf.

BLUT!

Er ist voller Blut!

Sein weißes Hemd! Seine Anzughose!

ÜBERALL BLUT!

Eine Welle der Übelkeit überrollt mich.

»OH MEIN GOTT!«, rufe ich, mit einem Mal aus der postkoitalen Trance gerissen. »Evan!«

»Was?« Es geht ein Ruck durch ihn, er sieht mich schockiert an.

Mein Finger zittert, als ich auf ihn zeige.

»D… Da ist überall Blut auf dir.«

Er sieht an sich herab, sein Blick ist so … leer – gruslig. Seine Augen besitzen keinerlei Tiefe, als würde man auf einen Teller blicken, in dem sich alles spiegelt.

»Ich weiß«, sagt er hohl, da habe ich schon angefangen, mit immer noch bebenden Händen sein Hemd zu öffnen.

»Bist du verletzt? Evan, was …« Weiter komme ich nicht, denn er hat meine Hände in seinen gefangen genommen. Mit Tränen in den Augen blicke ich zu ihm auf, er sieht auf mich herab. Und mich durchfährt ein Schauder, der mich fast von den Beinen reißt, so hat er mich schon seit Wochen nicht mehr angesehen … genau genommen hat er mich so eiskalt nicht mal bei unserem ersten Treffen taxiert.

Er legt den Kopf schief. Langsam … wie ein verkackter sexy Psycho und spricht sanft und leise.

»Ich habe deine Eltern getötet …«

Meine Augen werden groß. »W…?«

»Es war mein erster Auftrag … Ich kam in euer Haus, ihr wart gerade beim Essen. Es gab Spaghetti Bolognese … als Erstes erschoss ich deinen Vater, dann deine Mutter und danach wollte ich dich erschießen. Aber es ging nicht.« Nicht einmal jetzt mischt sich Gefühl in seine absolut tonlose Stimme. »Und ich würde es wieder tun, Lillian.«

Mit einem Ruck sind meine Hände aus seinen befreit.

Geduldig sieht er auf mich herab. Wartet, bis die Information eingesunken ist. Mit einem Mal fühle ich, wie nackt und hilflos ich bin, wie sein Sperma an meinen Schenkeln herabläuft, wie nah wir uns soeben noch waren und wie weit weg er jetzt ist. Ich möchte mich vor dem Blick dieses Fremden bedecken, aber mir bleiben nur meine Arme, die meinen Oberkörper umklammern.

»Wieso?« Das kommt nicht leise. Meine Stimme bebt zum Glück auch nicht mehr. Er sieht mich an, als würde er meine Frage nicht verstehen, und lehnt den Kopf auf die andere Seite.

»Weil ich es wollte.«

Das …

»DU HAST MEIN LEBEN ZERSTÖRT, WEIL DU ES WOLLTEST!« Ja. Jetzt schreie ich. »Und dann kommst du hier einfach rein und …« Gott … ich muss würgen! Ich würde am liebsten noch mal duschen gehen!

Stattdessen stürme ich ins Wohnzimmer. Irgendwas anziehen … Höschen aus dem Schrank reißen, eine Jeans, ein Shirt einen Pullover, ach und Socken nicht vergessen! Meine Sicht ist verwischt, das nervt mich! Ich will und werde jetzt nicht heulen! Nicht, wenn er mir einfach so das Herz herausreißt und darauf herumtrampelt! Die Genugtuung werde ich ihm nicht geben! Was habe ich auch erwartet! Er *hat* keine Gefühle! Und er ist ein Killer! Evan, Ryder, was auch immer Black ist ein Mörder! Ich habe es doch geahnt! In meinem Unterbewusstsein habe ich es immer gewusst! Ich habe Ryders Augen vor mir gesehen – so viele Jahre lang! Doch als ich Evan kennenlernte, hab ich es verdrängt! Der Zufall wäre zu groß gewesen, dass der Mann, den ich liebe, mir alles genommen hat, was ich vor ihm geliebt habe.

Natürlich ist er mir nicht ins Wohnzimmer gefolgt – ich bin ihm ja auch scheißegal! Nur eine weitere Muschi, die er stopfen konnte! Nur ein weiteres krankes Spiel, das er spielen konnte! Wahrscheinlich gibt es gar keinen verkackten Ryder! Ich war für ihn tatsächlich nur eine Puppe, die er nach Belieben benutzen konnte. Mehr war ich für ihn doch nie! Während ich hier saß und sehnsüchtig wartete, hatte Ryder sicher Spaß mit anderen, ach so tollen, ach so schönen, ach so reichen Weibern! Sicher auch noch mit der elenden Fotze!

Ich möchte schreien – doch ich bin ganz still.

Ich möchte ja auch sterben und lebe weiter!

Mein Leben ist so abgefuckt!

Da passt das perfekt rein!

Endlich angezogen packe ich mir meinen Mantel, den er mir gekauft hat, aber mir ist es scheißegal, da draußen ist es kalt, und schlüpfe in meine – auch neuen, ach so tollen – gefütterten Stiefel. Am liebsten würde ich reinscheißen, aber ich kann nicht nackt rumlaufen. Nicht im tiefsten Winter. Als ich die Tür aufreißen will, steht er plötzlich neben mir.

Ich weiß nicht, wieso ich auf sein leises »Warte« reagiere, aber ich tue es. Die Klinke in der Hand haltend, ohne ihn anzusehen. *Was denn noch? Willst du auf die Knie fallen? Mich aufhalten? Es ist zu spät, auch wenn ich dich noch so sehr liebe!*

»Nimm das mit.« In mein Blickfeld schiebt sich ein Bündel Scheine. Ich starre es blank an.

Das.

Meint.

Er.

Nicht.

Ernst …

Meine Hand fängt an zu zittern. Meine Augen schließen sich und ich atme tief ein und aus. Ich darf jetzt nicht die Fassung verlieren!

Nein!

Ausatmend öffne ich einfach die Tür und gehe, gehe ohne einen Blick zurück auf sein dreckiges Gesicht und sein beschissenes Geld!

27. Begin the End

Sobald die Tür hinter ihr ins Schloss fällt, bröckelt die Fassade mit einem lauten Krachen zusammen. Sie aufrecht zu erhalten, war noch niemals so schwer, wie jetzt.

Ich habe ihre Gefühle sofort richtig gedeutet, etwas, das mir bei anderen Menschen davor noch nie gelungen ist, und ich habe es kaum ertragen. Ich habe es nicht nur gemerkt, ich habe es regelrecht *gespürt*. Den Schmerz, die Verletzung, die Enttäuschung, und dennoch packte ich mein Messer fester und bohrte es tiefer in ihr Herz, drehte es noch mal, sah in ihre Augen, während der letzte Funken Glück in ihnen erlosch.

Wie der Mörder, der ich bin, habe ich ihr Glück gekillt.

Ich will wieder zurück in meine eigene Welt! Jetzt sofort! Ich will den Nebel, ich will das Grau. Ich will es nicht fühlen! Den brennenden Schmerz in meiner Brust, das raue Kratzen in meiner Kehle, die Flüssigkeit in meinen Augen, während ich neben der Tür an der Wand hinab rutsche und auf meinem Hintern lande.

Immer noch mit Adrianas Blut beschmiert, immer noch von Lillians Ausdruck gefangen.

Aber ich musste es tun. Es wurde mir in dem Moment klar, als Adriana das Zimmer verließ. Lillian hatte ein Recht auf die Wahrheit, und obwohl Ryder versuchte, mich mit allen Mitteln abzuhalten, war ich stärker. Ich habe ihn so fest eingeschlossen, dass ich seitdem nichts mehr von ihm gehört habe. Wie ein Wahnsinniger kam ich her, nur ein Ziel vor Augen: Ihr die Wahrheit zu sagen, bevor sie es auf andere Art erfährt.

Ich wollte sie nicht noch einmal ficken, aber bei Gott, sie war bei meinem Eintreffen nackt und so schön und so begehrenswert in ihrer anmutigen Zierlichkeit, diese Freude, als sie mich sah, das Strahlen in ihren Augen … ihr noch einmal nahe sein …

Und dann …

Oh bitte! Ich lasse meinen Kopf in meine Hände fallen, die Ellbogen auf meinen angewinkelten Knien. Der Nebel soll endlich kommen, Ryder, bitte übernimm doch endlich!

Ich würde alles dafür tun, damit dieses Gefühlschaos aufhört, denn ich war schon immer der Schwächere von uns beiden. Er hat immer übernommen, wenn es mir zu viel wurde, aber nicht jetzt! Meine Finger krallen sich in meine Haare, ziehen und zerren an den Strähnen.

Ich werde wahnsinnig.

Wirklich wahnsinnig.

Ich möchte ihr hinterherlaufen, sie finden, sie an mich reißen … Verdammt, ich bin zu schwach, um sie gehen zu lassen. Aber dann muss ich wenigstens stark genug sein, um sie bei mir behalten zu können – ohne sie zu verletzen, zu zerstören! Und ich bin mir nicht mehr sicher …

Wo ist er hin? Mein Wille? Meine Kontrolle? Wieso kann ich mir nicht sicher sein, sie bei ihr anzuwenden? Es wird doch wohl möglich sein, meinen Wahnsinn *irgendwie* zu unterdrücken? Was ist mir wichtiger, verdammt? Und überhaupt! Es war doch gar nicht so schwer. Ryder war lammfromm, wenn es um Lillian ging! Sie hat ihn gezähmt! Es reichte uns doch! Der einfache, der normale Sex! Adriana kann nicht wissen, ob wir uns bei ihr vergessen! Bei Lillian sind andere Dinge wichtig. Nicht ihre Schmerzen. Nein …

Ich kneife die Augen zusammen, als mich Bilder von ihrem Körper unter und auf mir fluten.

Zu wenig Zeit!

Aber ich werde ewig davon zehren, muss sie ziehen lassen, darf bei ihr kein Risiko eingehen …

Wir hatten zu wenig Zeit und doch hat sie mich tiefer berührt, als jeder andere Mensch dieser Welt. Sie hat mich verändert.

Ich werde weiter meinem Job nachgehen, so wie immer: Ich werde nicht jeden Auftrag annehmen, egal wie viel er einbringt, ich werde nicht die Guten töten und somit dafür sorgen, dass diese Welt immer schlechter, korrupter und abgefuckter wird. Das habe ich noch nie gekonnt.

Ich werde Ryder für einige Zeit komplett an die Oberfläche lassen, mich ablenken und hoffen, dass sie sich fängt, ihr Leben auf die Reihe bekommt, denn das hat sie vor mir eindeutig nicht …

Ich werde diese Entscheidung nicht mehr ändern, werde meiner Schwäche, meiner Sucht nach ihr nicht nachgeben. Und werde mich aufgeben …

Ryder, du Drecksack … unser Körper gehört dir … Mach schon, oder ich kille uns wirklich!

28. Fucked up

Laut. Es ist so laut … Der dröhnende Bass vibriert durch meinen Körper, mein Getränk schwappt über, als ich es an meine Lippen halte. Es ist so bitter und widerlich. Trotzdem lasse ich es in meine Kehle laufen, weiß, dass ich dadurch vergessen kann.

Tom … oder Jannis oder David?, legt mir einen Arm um die Schulter. Vor einer Woche habe ich ihn kennengelernt. Er hat grüne Augen, er ist nett, er lässt mich bei sich wohnen … Das ist das Wichtigste.

»Willst du tanzen?«, fragt er, seine Aussprache ist genauso lallend, wie ich mich fühle. Mechanisch nicke ich, stelle mein Glas an der Bar ab und lasse mich von ihm durch das Menschengewühl ziehen. Die flimmernden Lichter verwirren mich, die Gesichter sehen aus wie Fratzen. Alles ist hässlich, grell und ich fühle mich dem ungeschützt ausgeliefert.

Als Tom, Jannis oder David mich an sich zieht, fühle ich es kaum. So wie alles. Es ist da und doch nicht. Ich lebe und bin doch tot. Wir bewegen uns im Takt oder auch nicht, ich weiß es nicht. »Weißt du eigentlich, wie sexy du bist?« Seine kratzige Stimme dringt an mein Ohr. Ich möchte gleichzeitig lachen und heulen. Seine Hände berühren meine Taille, ziehen mich enger an sich. Er stinkt nach Alkohol und Schweiß, aber ich bin geübt darin, das völlig auszublenden. Meine Arme greifen fester um seinen Nacken und ich bette meine Wange an seiner Brust. Das Lied ist vielleicht schnell und fröhlich, aber in meinem Kopf spielt ein Trauerspiel mit langsamen Klavier und gequälten Tönen.

Es laufen keine Tränen mehr, meine Augen sind trocken, aber innerlich weine ich – unentwegt. Ich hätte niemals gedacht, dass sich eine Trennung so schmerzhaft anfühlen – einen so zerstören – kann. Dabei bin ich doch schon so kaputt. Er hat mich wieder aufgebaut, ein wenig zumindest. Alle Hoffnungen habe ich auf ihn gesetzt. Er war mein letzter Rettungsanker, den ich panisch umklammert habe, und ich dachte wirklich, das ist es jetzt: die wahre Liebe. Das, worüber in Bücher geschrieben und Hunderte von Filmen gedreht werden. Aber das war es nicht. Es war nur eine weitere abgefuckte Eskapade mit irgendeinem Kerl.

Gott!

So von ihm zu denken, tut mehr weh, als ich es ertragen kann! Für mich war er nicht irgendein Kerl. Tom, Jannis oder was weiß ich, *ist* irgendein Kerl, aber nicht Evan und auch nicht Ryder. All die Nächte, in denen ich krank war, hat Evan über mich gewacht. Ich konnte in RUHE schlafen, ich hatte keine Angst, keine Albträume. Ich war sicher. Er machte mir Tee, Essen … Er kümmerte sich um mich. Ich war ihm nicht scheißegal. Und sogar Ryder war ich nicht egal. Ryder hat für mich gemordet, aber genauso hat er auch meine Eltern umgebracht! Er hat mein Leben zerstört!

»Ich muss raus!« Mit einem Ruck reiße ich mich los, stolpere durch die Menschen, remple sie an, kämpfe mich hindurch. Meinen Mantel kann ich nicht holen, der künstliche Nebel lässt mich nicht mehr atmen, meine Brust schmerzt, als würde sich Säure hindurch fressen.

Irgendwie schaffe ich es nach draußen. Ein kalter Wind erfasst mich, fegt durch mein Haar und weht es in mein Gesicht. Der dünne Pullover und die Jeans bieten keinerlei Schutz, meine Arme auch nicht, die meinen Oberkörper umklammern. Von drinnen hört man noch dumpf den Bass, die Leute, die in Grüppchen, um mich herumstehen, lachen, scherzen, weinen, streiten sich – *sie leben.* Ich stehe abseits. Alleine in der Dunkelheit und halte mich selber fest, weil ich dafür keinen anderen habe. Hatte ich noch nie … na gut … kurz … schon.

Ich muss den Blick von dem Rest dieser Gesellschaft abwenden, zu der ich nie gehört habe. Schon immer kamen mir diese Regeln komisch vor, wie sie miteinander umgingen, sich unterhielten, ich fühle mich wie ein Alien unter all den anderen Menschen. Ausgestoßen. Das war ich auch immer.

Aber Evan … bei ihm war es anders. Er nahm mich so, wie ich bin. Mit all meinen Launen, all meinen irren Gefühlen und Gedanken.

Meine Beine bewegen sich wie von selbst, ich marschiere die Straße runter, das Gelache verklingt zu einem angenehmen Hintergrundgeräusch. Die Menschen, die an mir vorbeilaufen, sehen mich nicht. Sie schauen durch mich hindurch, so wie immer. Ich erwarte keine Hilfe mehr von ihnen. Menschen helfen nicht, außer sie können sich daraus einen Vorteil verschaffen. Der einzige Vorteil, den ich ihnen bieten kann, ist die Beine breitzumachen, aber damit kommt man nicht lange sehr weit. Es gibt immer eine größere Schlampe, als dich selbst, und ein Kerl, der es so nötig hat, besitzt keine Skrupel, die Nächstbessere zu nehmen. Menschen sind einfach nur total abgefuckt!

Meine Stiefel klappern laut in meinen Ohren. Der Wind wird immer kälter. Irgendwann schlagen meine Zähne aufeinander, aber ich gehe weiter, durch eine kleine Hintergasse und an der Hauptstraße vorbei, die auch um diese Uhrzeit viel befahren wird. Die Autos rasen an mir vorbei, lassen meine Haare wehen, so wie das Leben an mir vorbei rast, und ich gehe nur nebenher und friere.

Ich stoppe erst, als ich auf ihr stehe. Auf der Brücke. Der Himmel über mir ist sternenklar – *das* ist wunderschön. Ich starre ihn an und halte mich dabei an der breiten Brüstung fest. Doch ich bin leer. Ich presse die Lippen aufeinander und blicke nach unten, in das kalte Wasser, das dort dunkel und bedrohlich vor sich hin rauscht. Meine Fingerknöchel umfassen das Geländer fester. Mein Herz setzt einen Schlag aus, dann fängt es an, schneller zu pochen. Meine Haare wehen mir immer wieder ins Gesicht, sodass ich kaum etwas sehe und dennoch hebe ich einen Fuß und setze ihn wacklig auf das uralte, steinerne Geländer. Aus reinem Instinkt verkrampfen sich meine Muskeln. Schweiß bricht mir aus allen Poren, ich umfasse den kühlen Stein fester. Mir ist so kalt. Ich weiß nicht, ob ich meinen Körper unter Kontrolle halten kann, so sehr zittert er jetzt. Adrenalin rauscht durch meine Blutbahn, als ich wieder nach unten blicke. Ich fühle mich kurz, als würde ich wieder leben … als würde ich gerade in Ryder Blacks Augen blicken … nicht wissend, was er als Nächstes tut … Aber auch genau diesen Augen haben meine Eltern auf dem Gewissen! Unerbittlich spanne ich meine Muskeln mit reiner Willenskraft an und will mich auf das Geländer hieven …

»Princessa?«

Vor Schock verliere ich das Gleichgewicht und falle fast vornüber, ein Reflex bringt mich dazu, mich festzuklammern. Auch wenn ich jetzt weiß, dass ich wirklich springen MUSS, damit nicht alles noch viel, viel schlimmer wird.

Aber er packt schon meinen Arm, zieht mich zurück und dann sehe ich ihm in die Augen. Meinem persönlichen Albtraum, vor dem ich vor so vielen Jahren auf die Straße geflüchtet bin, der meine Leben zerstört und mich gebrochen hat.

Er grinst. Triumph und etwas, das dort immer in seinen Augen ist, blitzen auf. Dann zieht er mich an sich. Mein lieber ehemaliger Pflegevater – der Bruder meines Vaters.

»Endlich habe ich dich gefundene!«

Und mich verlässt alle Kraft. Ich sinke gegen ihn.

Dann sterbe ich eben so.

29. Scene of Crime

Ryder Black

Die Schlampe Adriana stolziert zum tausendsten Mal vor mir auf und ab, wie auf einem verkackten Laufsteg.

Ich sichere meine Glock 20. Nehme das Magazin raus und vergewissere mich mit einem kurzen Blick, dass der Lauf leer ist.

»Also, ich bin eine Interessentin, du bist mein Mann. Wir werden eine Nacht dort verbringen. Wir brauchen diese Nacht, um alles auszukundschaften, dann müssen wir uns absprechen, wie wir weiter vorgehen. Du weißt, wir müssen *beide* auf einmal erwischen, sonst sind wir im Arsch und Luca Cavalli wird keinen Cent zahlen. So einen Auftrag hatten wir noch nie, aber FÜNF MILLIONEN … FÜNF, Ryder … Ich weiß, du arbeitest ja normalerweise alleine und dass es dir nicht passt, aber FÜNF …« Fünf Finger erscheinen vor meinem Gesicht, als ob ich nicht zählen könnte. Ich reagiere nicht, sondern schraube den Schalldämpfer ab und nehme die Waffe auseinander. Dann überprüfe ich den Lauf auf Rost und Schmutz und reinige ihn mit dem eingeölten Docht, den ich bereits vorbereitet habe.

»Ach komm! Jetzt sei doch nicht immer so! Du bist ja noch

schlimmer als früher! Mit dir kann man überhaupt keinen Spaß mehr haben.« Eigentlich ist es gar nicht nötig, aber ich benutze auch die Drahtbürste. Die mechanischen Bewegungen halten mich davon ab, etwas Unüberlegtes zu tun. Zum Beispiel sie endlich zu killen. Noch einmal mit dem Docht hinterher, ein Blick. Alles in Ordnung … Sehr schön … sieht aus wie neu.

»Schau mal, Ryder!«

Als ich das Magazin mit einem befriedigenden Klacken einrasten lasse, werfe ich Adriana einen einzigen, aussagekräftigen Blick zu, der sie sofort auf der Stelle erstarren und erbleichen lässt.

»Ach, dann leck mich doch!«

Sie stolziert davon.

Endlich!

Es gibt allerdings kein Aufatmen, keine Entspannung – was ist das überhaupt?

Mit mechanischen Bewegungen nehme ich mir die nächste Waffe vor. Sie werden dort nur erlaubt sein, weil dies ein besonderes Wochenende werden soll.

Menschenjagd.

Ein Menschenhändlerring aus fetten, korrupten Politikern, Mafiosis und Firmenmoguls.

Die mache ich gerne kalt.

Nur Adriana stört mich. Ich weiß nicht, wieso sie unbedingt wollte, dass ich mitkomme. Alleine war sie bei dem Boss von denen, hat alles ausgemacht, kam strahlend zurück und sagte, ich müsse unbedingt mitkommen, sie würde das nicht alleine schaffen. Ich könnte diesen Auftrag alleine bewältigen, aber sie sagt, das ginge nicht.

Mir egal.

Alles.

Adriana kommt wieder zurück. Sie redet. Ich höre nur unzusammenhängende Töne.

»HEY! Wir müssen los!«

Ohne sie anzusehen, mache ich noch in Ruhe meine andere Glock fertig, stehe auf, packe alles ein und folge ihr aus dem Hotelzimmer. Im Aufzug starrt sie mich an, ich habe nur einen Blick für das silberne Metall der Türen.

»Ryder?«

Scheiße … schon wieder *diese* Stimme.

Ich sehe sie an. Flüchtig.

»Du siehst scheiße aus.«

Wieder visiere ich etwas anderes an, jetzt die nacheinander aufblinkenden Knöpfe.

»Sehr freundlich.«

»Du weißt, wie ich das meine!« Sie schiebt sich in mein Sichtfeld. Ganz die gewiefte Geschäftsfrau, die sie mimen wird, mit ihrem Hosenanzug und ihren langen geflochtenen Haaren. Sie hat ein Graues … Ich möchte es rauszupfen, es zerstört das Gesamtbild. Sie zerstört *alles*. Will mich rausreißen in diese reale Welt, raus aus dem schönen, dichten Nebel. Das kann ich nicht zulassen, nicht in dem Zustand, in dem ich mich momentan befinde!

Ich bin absolut unkontrollierbar.

Deswegen spreche ich leise, aber bestimmt. »Lass es.«

»Aber …« Dass ich dieses Spiel unentwegt wiederholen muss … Mit einem Ruck habe ich sie am Hals gegen die Aufzugwand gedrückt, meine Finger bohren sich tief in ihre Haut. Ihr Atem geht sofort hektisch, sie erwartet doch jetzt nicht eine wütende Aufzugnummer?

»Tu nicht so, als würde es dich auch nur im *Geringsten* interessieren, wie sich jemand außer dir fühlt!«

Sie will antworten, aber ich schüttle den Kopf. »Nein! Halt einfach dein verficktes Maul, wenn du nicht willst, dass etwas wirklich Unschönes passiert.«

Ihre Augen verengen sich, mich interessiert das herzlich wenig. Während ich meinen Kopf hin und her drehe und meinen Nacken knacken lasse, trete ich zurück. Genau in dem Moment, als sich das glänzende Silber öffnet und zwei Nummern die Todesfalle betreten.

Höflich lasse ich Adriana vorgehen, das tut sie, sehr schwungvoll und lächelnd, als ob gar nichts in diesem Aufzug passiert wäre. Ich folge ihr und fühle die Blicke aller Menschen auf mir. Sie brennen in meinem Nacken.

Wieso müssen sie mich immer *anstarren*?

Gut. Wenn sie wüssten, was ich an Spielzeug in den zwei Taschen mit mir mitführe, dann wäre ihr Starren begründet, aber vielleicht fühlen sie es auch. Die Gefahr, die von mir ausgeht. Ja, jeder tut das instinktiv, aber die Menschen haben verlernt, auf ihre Instinkte zu hören … Besonders…

Stopp!

Rausgehen!

Adriana die Tür aufhalten!

Taschen verstauen!

Einsteigen!

Losfahren!

Meine Aufgabe erfüllen!

Ohne Gedanken.

Ohne Kompromisse.

Das werde ich jetzt tun!

Und ich werde mich von NICHTS und NIEMANDEM auf dieser Welt je wieder von dem ablenken lassen was ich WIRKLICH gut kann – und was ich tun … *muss*!

Müll beseitigen.

30. Northern Lights

Lilli

Schwerfällig schleppe ich mich über den Gang, mit dem dicken Läufer unter meinen Füßen.

Die Küche ist mein Zielort. Aber ich weiß nicht, mehr wo sie sich befindet. Dieses Haus, ha, Haus, der war gut, besser gesagt das *Schloss* ist so groß. Ich verlaufe mich ständig. Gegen ein bisschen Rumlaufen hätte ich ja nichts einzuwenden, aber nicht, wenn jeder einzelne Muskel meines Körpers brennt.

Alles tut weh.

Mit brutaler Kraft hat er mich in meinen Körper zurückgerissen. Hat mich dazu gezwungen zu fühlen, zu denken, zu schreien.

Er ist ein Schwein und ich habe alles mit mir anstellen lassen.

Was bleibt mir denn anderes übrig?

Wenn ich flüchte, sterbe ich, wenn ich hierbleibe sterbe ich.

Es ist doch egal.

Alles …

»Heeeey Süße!« Anna fällt mir um den Hals. Sie ist hier meine Verbündete. Die Einzige von den anderen Mädels, die noch einigermaßen bei Verstand ist. Aber ich kenne auch nicht alle.

»Hey …« Sie hält mit mir Schritt, während ich mich zusammengebissenen Zähnen die Treppen hinab quäle.

»Heilige Scheiße. Warst du gestern bei Riccardo?«

»Nach was sieht es denn aus?«, frage ich trocken und schlurfe durch die große Halle. Mein rechtes Bein kann ich irgendwie nicht mehr richtig benutzen. Es ist taub.

»Er ist so ein Hurensohn!« Sie flüstert nur, weil wir die große Chromküche betreten. Doch wir sind allein. Zum Glück. Ich öffne den riesigen zweitürigen Kühlschrank und nehme mir den Orangensaft. Während ich trinke, kommt Anna mir näher.

»Wir könnten es probieren …«, flüstert sie. Ich muss lachen und setze den Saft lieber ab, bevor ich mir mit dem Handrücken über den Mund wische.

»Nein! Können wir nicht! Hast du schon mal gesehen, wie groß das Anwesen ist? Außerdem sind wir hier mitten auf einem verschissenen Berg und die Köter da draußen kannst du nicht einfach mit einem Hähnchenschenkel ködern! Glaub mir! Wir kommen hier nicht weg!« *Nicht lebend,* denke ich bitter, spreche es aber nicht laut aus. Ich möchte nicht, dass sich der hoffnungsvolle Glanz in den blauen Augen gänzlich verliert.

Seufzend nehme ich ihre Hand und streichle mit dem Finger ihren Handrücken.

»Tut mir leid, Süße …«

»LILLI!« Ein Grölen, und ich erschrecke mich so sehr, dass der O-Saft aus meiner Hand fällt. Mit einem lauten

PLATSCH! landet alles auf dem Boden und dem Kühlschrank. Mein Herz rast sofort, denn wenn das Schwein mich ruft, dann habe ich zu kommen – sofort!

»GEH!« Anna schubst mich aus der Küche.

»Aber …« Ich schaue dem gelben Fleck hinterher, den ich verursacht habe.

»Ich mach das! GEH!« Sie stößt mich so fest, dass ich stolpere, und so schnell es meine Heels (die ich hier immer tragen muss) erlauben, renne ich aus der Küche und in die große Eingangshalle, woher der Ruf gekommen ist.

Das Schwein steht dort, in seinem beknackten altmodischen Mafiosoanzug mit einer Zigarre im Mundwinkel, und seine dunklen Augen lodern unheilverkündend wie immer. Trotzdem gehe ich zu ihm, senke meinen Kopf, will, darf und kann ihn nicht ansehen und versuche mir nicht bei jeder Bewegung meine Schmerzen anmerken zu lassen.

»Ja?«, frage ich demütig.

»Wir bekommene Besuche, Princessa … Stell dich an meine Seite, wo du hingehörste!«

»Ja!«

Mein anderer Onkel Luca kommt auch angeschlendert. Er ist ebenfalls irre, aber mich hat er noch nie berührt, genauso wenig eins der anderen Mädchen – wahrscheinlich ist er schwul. Sie reden italienisch miteinander, während der Zigarrenrauch mich im Hals kratzt und ich versuche, bloß nicht zu husten. Ich fragte mich, wieso ich hier stehen soll und nicht eines der anderen Mädchen, denn ich trage nicht mal etwas Besonderes. Nur ein knappes goldenes Kleid, meine Haare sind offen, um die schlimmsten Blutergüsse an meinen Schultern und meinem Hals zu verdecken. Auch der dritte

Onkel im Bunde gesellt sich dazu, und schon bald hallen ihre amüsierten Stimmen in der großen Halle wider. Ich beiße mir auf die Unterlippe, weil alleine bewegungsloses Stehen schmerzt, und keuche, als das Schwein mich plötzlich an der Hüfte an seine Seite zerrt.

Im nächsten Moment wird die Tür geöffnet. Der persönliche riesige Gorillabodyguard geht vor, hinter ihm nehme ich einen braunen Haarschimmer wahr, als ich unter meinen Wimpern hervor spähe. Mein Magen zieht sich zusammen … als ich ein leises Lachen höre. Das kann doch nicht … Der Gorilla tritt zur Seite und ich kippe fast um, aber nicht wegen der lachenden Adriana, sondern wegen dem, der hinter ihr her schlendert.

Groß.

Selbstsicher.

Grünäugig.

Tödlich.

Nein!

Das kann nicht wahr sein!

Das ist nicht wahr!

Nein! Doch!

Oh Gott!

Ryder! – will ich rufen, mich an seinen Hals werfen, ihn nie wieder loslassen!

Seine Miene ist absolut ausdrucks- und seine Haltung tadellos. Sein grauer Anzug bringt perfekt die grauen Funken in seinen eisigen grünen Augen zum Ausdruck. Seine Schultern sind breit und sein Gang geschmeidig und elegant, eine Hand hat er in der Hosentasche. Die blonden Haare sind nach hinten gekämmt, sodass seine Gesichtszüge scharf hervorstechen, besonders diese Augen. Seine Wangen wie immer perfekt rasiert, die vollen, rosa Lippen bilden eine entspannte Linie, doch der Blick ist wachsam und intensiv wie immer. Er sieht Luca an, Riccardo, das Schwein, den anderen Onkel … Dann fällt sein Blick auf mich.

Die Welt bleibt stehen.

Ich kann nicht atmen und fühle, wie jegliches Blut meine Wangen verlässt. Mein gesamter Körper, alles schreit.

Und er.

Reagiert gar nicht.

Nicht einmal ein winzig kleines Zucken, er hält nicht mal den Atem an. Absolut unbeeindruckt sieht er wieder zu dem Schwein, das euphorisch auf die beiden zukommt und mich mit sich zerrt.

»Endliche seid ihr da, und ich lerne auch Ihre Mann kennen, Bella!« Die Latina-Schlampe, deren funkelnde Augen mich nicht losgelassen haben, seitdem sie hier angekommen ist, lacht mich höhnisch aus, während sie sich vorbeugt, um dem Schwein rechts und links ein angedeutetes Küsschen auf die Wange zu hauchen. Ich komme ihr dabei zu nahe, ihr Parfum stinkt, ich muss mich übergeben – wieder mal, doch schon zieht das Schwein mich weiter. Direkt vor Ryder. Der ist einen Kopf größer und auch breiter, als das Schwein und sieht mich immer noch nicht mal mit dem Arsch an. Ruhig gibt er dem kleinen Italiener die Hand, schüttelt sie kurz und zieht sie dann zurück.

»Und sie sinde also Mr. Harrison«, freut sich das Schwein.

»Mr. Cavalli.« Ryder nickt knapp. Die Spannung im Raum, nimmt mir den Atem. Oder kommt nur mir das so vor? Ich muss hier weg! Muss weg von ihm! Muss zu ihm, er ist mir so nah!

»Und das iste meine Princessa!« WAS? Seit wann werde ich bitte vorgestellt? Ich bin ansonsten eigentlich nur so was wie eine hübsche Palme, die in der Ecke steht. Mit einem Mal werde ich nach vorne geschoben. Komme Ryder noch näher oder dem, was noch von ihm übrig ist. Ich kann ihn hinter der Maske, die er trägt, nicht finden, erinnert er sich überhaupt an mich?

»Sehr erfreut.«

Seine Hand ist stark und warm, als er meine umfängt, die ich ihm mit einem kleinen »Hallo«, entgegenstrecke. Meine Beine zittern. Ich glaube, ich verliere gleich die Nerven, mein Blick gleitet zu Boden und ich beiße mir auf die Unterlippe. Er drückt zu, damit ich ihm in wieder die Augen sehe. Als ich es tue, steht da eine einzige strenge und sehr nachdrückliche Warnung: *REISS DICH ZUSAMMEN!* Ich kann die gezischten Worte fast, in meinem Kopf widerhallen hören, als wäre ich Evan. Das ist genau das, was ich brauchte, damit ich wieder atmen und klar denken kann. Ich weiß nicht, was er hier tut, aber es ist wohl wichtig, dass wir uns nicht kennen. Dass ich das Spiel mitspiele … Ich lächle, zittrig, aber es kommt zustande.

»Sehr erfreut.« Die Maske ist zurück. Er nickt knapp. Nicht einmal sein Mundwinkel hat sich auch nur ein bisschen verzogen, er wirkt wie eine Statue.

»Dann zeigt Anna mal ihre Räumlichkeiten! ANNA!«, brüllt das Schwein mir ins Ohr, sodass ich zusammenzucke. Der Marmor des Bodens ist schon sehr interessant … besonders, wenn man immer noch mit einem flatternden Bauch und protestierenden Nerven zu kämpfen hat.

Anna kommt angelaufen, ihre Heels klappern laut. »JA?«, fragt sie hektisch.

»Zeig unseren Gästen doch ihre Zimmer«, fordert Luca und sie machen sich davon … gehen die Treppen nach oben und verschwinden aus meinem Sichtfeld.

»NA … Schlampe!« Ich keuche, weil der Griff vom Schwein so fest wird, dass ich aufschreie. »Hat er dir gefallene? So wie du ihn mit deinen Augen gefickt hast, ja!«

»Wa…?« Ich kann nicht antworten, denn das Gewicht eines Autos oder etwas Ähnlichem landet mit voller Wucht in meinem Gesicht, als er mir eine verpasst. Ich stolpere nach hinten, nur seine Finger, die meinen Arm umklammern, halten mich davon ab, zu Boden zu gehen. Sie reißen mich wieder nach vorne, direkt gegen seine Brust, sodass ich diesen wahnsinnigen Augen noch näher bin. Meine Wange pocht schmerzend. Blut sammelt sich in meinem Mund. Ich muss aufpassen, dass ich es ihm nicht ins Gesicht spucke. »Du wirste schon sehen, Princessa … ich bin dein einziger … Maestro!« Und dann packt er mich noch fester und zieht mich hoch.

Ich möchte ihn angreifen, aber das bringt nichts. Stattdessen tue ich das Einzige, was in dieser Situation einen Sinn ergibt: Ich rette meinen Geist, verschwinde aus diesem Körper und denke mich zurück in ein Bett, zwei starke Arme, die doch hier sind, mich aber nicht vor dem beschützen werden, was gleich kommt.

31. Endure it

Sie.

Muss.

Aufhören.

Zu.

Schreien.

Durch das ganze Haus ist es zu hören. Ich kann mich kaum konzentrieren. Alles in mir rebelliert dagegen, ruhig an dem Tisch zu sitzen und zum tausendsten Mal die Waffen auseinanderzunehmen, sie zu putzen und wieder zusammen zu bauen …

Meine Schultern sind so angespannt, dass es schmerzt. Ich kann mich kaum rühren und ich möchte, nein, ich *werde* Adriana töten. Mit dieser Nummer hat sich die Schlampe ihr eigenes Grab geschaufelt. Natürlich weiß ich jetzt, wieso sie unbedingt wollte, dass ich mit hierherkomme. Adriana will mich quälen, für das, was ich ihr schon alles angetan habe, und dann besaß ich auch noch die Frechheit sie einfach zu verlassen. Irgendwie hat sie rausgefunden, dass Lilli hier ist und irgendwie hat sie wohl auch geahnt, dass mich das alles andere als kalt lassen würde. Ich dachte immer, Adriana wäre der Masochist und ich der Sadist. So kann man sich täuschen.

Und wieder einmal bin ich an dem Punkt angelangt, an den

ich nie wieder gelangen wollte.

Ich weiß nicht, was ich tun soll.

Das erste Mal in meinem verfickten Leben wünsche ich meine zweite Hälfte herbei. Evan, der eigentlich mein Kerkermeister ist …

Evan ... Du verfickte Pussy, hör auf, dich zu verstecken und sag mir, was ich jetzt tun soll!

Er antwortete nicht, wie schon die letzten Wochen nicht mehr. Es ist, als hätte es ihn nie gegeben und ich muss zugeben, dass mir das am Anfang verflucht gefallen hat, mir aber mittlerweile auf den Sack geht. Gewaltig!

Wieder ein Schrei. Grell! Laut!

Was mich sonst erregt, lässt jetzt kalten Schweiß auf meiner Stirn ausbrechen. Meine Hände wollen zittern, nur mit enormer Willenskraft halte ich sie davon ab. Genauso wie das Zusammenzucken meines Körpers, bei jedem einzelnen Schrei, der aus ihrer Kehle dringt.

Ja. Ich musste sie gehen lassen, um sie vor mir zu schützen.

Ja. Ich habe sie verstoßen, damit sie ein besseres Leben führen kann, aber das hier …

Das hört sich nach allem Möglichen an, aber sicher nicht nach einem besseren Fuckleben!

Verfickte Scheiße, Evan! HÖRST DU DAS?

Ich kenne die Schreie der Frauen in- und auswendig. Ich weiß, wie viel Schmerzen und vor allem Angst sie haben müssen, um so zu schreien, wie sie es gerade tut.

Es muss wirklich noch verdammt viel Kraft in mir übrig sein, denn ich halte mich tatsächlich davon ab, aufzustehen und Amok zu laufen. Nur mein abgefuckter, gefühlskalter Verstand hält mich ruhig. Es bringt nichts, wenn ich jetzt da rein stürme und gleich eine schöne Kugel im Kopf habe, dann wird ihr nicht geholfen.

Wieder ein Schrei.

Mit jedem bricht etwas mehr in mir zusammen … und meine Zähne pressen sich fester aufeinander.

Halte durch, Baby ...

Noch einer. Der dauert bis jetzt am längsten. Zieht sich schier unendlich in die Länge. Er fährt mir durch Mark und Knochen. Gänsehaut rieselt meine Wirbelsäule herab.

Es tut mir leid.

Mein Kopf landet in meinen Händen. Am liebsten würde ich mir die Ohren zuhalten. Aber so feige bin ich nicht.

Wieder ein Schrei, diesmal schon schwächer.

Ich stöhne verzweifelt, davon kann ich mich nicht abhalten. Sie wird gefoltert und ich gleich mit.

Ich muss auf meinem Arsch sitzen bleiben.

Ich muss taktisch vorgehen, und vor allem darf ich Adriana nicht vergessen. Sie könnte zu der größten Gefahr in diesem Irrenhaus werden.

Heute Abend steht eine Party an. Ich muss wissen, ob es Lilli … einigermaßen … gut geht. Ich muss mich vergewissern, was der Hurensohn ihr antut, und dann wird er dafür bluten. Aber nicht jetzt, nicht so … Es ist kaum auszuhalten, aber ich bleibe, wo ich bin. Wünsche mir wieder und wieder den verfickten Feigling Evan herbei, damit er das hier ertragen muss und nicht ich.

Ich kam die Stufen hoch und sah es schon … *Neongelb* … vermischt mit strahlendem Grün. Ich wusste, ich bin verloren und gleichzeitig kann ich wieder leben.

Na ja vorausgesetzt, sie wird jemals wieder diesen verletzten, gebrochenen Ausdruck in ihren Augen los, wenn sie mich ansieht. Schließlich hat sie sicher nicht einfach vergessen, was ich ihr angetan habe …

»Na? Wie sehe ich aus?« Adriana – die Tote – spricht, und ich nehme den Kopf von meinen Händen. Sie steht vor mir, in irgendwas Rotem, Langem, Abendkleidmäßigem.

»Beschissen.« Meine Stimme ist hohl, aber ich schaffe es, den Hass aus meinen Augen zu verdrängen. Sie kommt trotz der Beleidigung auf mich zu, und ehe ich mich versehe, sitzt sie auf meinem Schoß. Ich muss meine Hände von ihr lassen, sonst ist sie gleich tot. Ihre Arme schwingen sich um meinen Hals.

»Siehst du. Sie ist eine kleine Schlampe … Hat sich gleich einen Neuen gesucht!«

Oh nein … Nein, nein, nein ich darf sie jetzt noch nicht umbringen! Scheiße Hände bleibt unten! Und Füße auch, in meinem derzeitigen Zustand, könnte ich sie auch damit erwürgen! Irgendwie!

Doch zum Glück streifen ihre Lippen nur kurz meine, dann steht sie auf und geht wieder ins Bad. Ich löse die Fäuste, die sich unter dem Tisch ballen, nur sehr schwer, aber ich schaffe es.

Es kommt kein Schrei mehr.

Zumindest keiner von ihr.

Doch innerlich schreit ALLES in mir!

Evan, wo bist du?

32. Lillihammer

FRAU. Das ist also deine Frau, Freundchen? Ja schön ... fass ihre Taille nur an ... oh ja ... flüstere ihr ins Ohr ... klar willst du sie vielleicht auch noch gleich ficken, so wie du es mittlerweile sicher schon tausend Mal getan hast? Oh, jetzt sieh mich nicht an! GOTT! Lass deine verfickt grünen Augen von mir! Trink nicht! NEIN! Schau mich nicht über das verdammte Glas hinweg an, nein Gott ... Scheiße, fickst du etwa gerade meinen Kopf! OH GOTT!

Ich muss hier weg!

Mit einem Keuchen wirbele ich herum und knalle geradewegs in das Schwein. Na super! Das hat mir gerade noch gefehlt.

»Willst du tanzene?«

Nein! Aber schon werde ich auf die Tanzfläche gezogen, mir wird vor Schmerzen übel. Dieses Kleid ist zu eng, die Musik zu laut, die Schuhe zu hoch und meine Kotzigkeit zu kotzig. Diese Party ist doch beschissen! Keiner tanzt, nur das Schwein wirbelt mich herum. Alle stehen sie irgendwo beieinander und wirklich viele sind es auch nicht. Nur ungefähr fünf Weiber, zwei der drei Schweinebrüder – denn mein einziger normaler Onkel Luca ist kurzfristig wegen eines Notfalls abgereist. Ihre drei Gorillas. Ryder und seine FRAU!

Und noch ein anderes russisches Pärchen.

Das Schwein schwingt mich herum, mir wird noch schwindeliger als sowieso schon. Der finnische Wodka, den er hier ausschenkt, ist wirklich gut und vor allem betäubt er all den Schmerz. Meine Beine verheddern sich nicht nur einmal, aber das Schwein hält mich und lässt mich nicht fallen.

Irgendwann hat er mich genug herumgeschleudert und entlässt mich aus seinem Klammergriff.

Mir ist jetzt wirklich so richtig kotzübel, also verlasse ich den großen Saal, ohne einen Blick zurück und torkele raus in den Flur. Die halbrunden riesigen Fenster fluten alles mit silbern wirkendem Mondlicht. Verloren stehe ich da und schaue raus, dann beschließe ich, nach oben in mein Zimmer zu gehen. Ich kann seine Anwesenheit einfach nicht länger ertragen.

***

Auf der Treppe werde ich plötzlich am Arm gepackt. Als ich schreien will, landet eine Hand auf meinem Mund und ich weiß sofort, wer es ist. Ganz instinktiv. Ich entspanne mich das erste Mal seit Wochen, wie mir auffällt. Wortlos zieht er mich hinter sich her, öffnet die Tür vom erstbesten Zimmer, schaut rein und zerrt mich dann in den Raum.

Ich bin wie betäubt. Als er das Licht einschaltet und ein kleines Büro erleuchtet, starre ich ihn nur an. Seine Hände befinden sich auf mir, er schiebt mir das Haar von den Schultern, ganz unpersönlich und sachlich hebt er meine Arme. Er zischt. Dann dreht er mich herum, doch als seine Finger an dem Reißverschluss ziehen, komme ich wieder zu mir und wirbele herum.

»Was fällt dir ein!« Mit aller Kraft schubse ich ihn von mir weg. »Glaubst du etwa, du kannst hier einfach so auftauchen und eine verdammte Nummer mit mir in diesem Scheißbüro schieben? Glaubst du etwa, ich lasse dich jemals wieder ran!«

»Du hast mich noch nie rangelassen …«, murmelt Ryder nüchtern. »Und ich habe es auch noch die ganze Zeit stillschweigend ertragen … ich Idiot.«

»Ich hasse dich!« Ich kann es nicht ertragen, diese Kälte, dieses Unpersönliche. Also trommele ich auf seine Brust ein, dabei merke ich nur am Rande, dass ich vor Verzweiflung schluchze. Ich schubse und schlage ihn, und Ryder lässt alles tatenlos geschehen, nicht ein Mal hebt er die Hände, um sich zu schützen. »Du verschissener Bastard! Weißt du eigentlich … was du mir … weißt du eigentlich … wie kaputt du mich gemacht hast? Du hast mir ALLES genommen! ALLES, Ryder Black! Stört es dich auch nur im Geringsten? Weißt du, was du mir angetan hast? SAG es mir! VERDAMMT! REDE MIT MIR! Wenigstens ein Mal! Ryder!« Und mit dem Schrei seines Namens und einem letzten festen Schlag mit der Faust, der ihn nicht einmal zum Schwanken bringt, verlässt mich meine Kraft. Tränen laufen unkontrolliert und heiß über meine Wangen. Ich schlage die Hände vors Gesicht, aber er packt sie mit einem Mal und zieht sie herab.

»Bist du jetzt fertig?« OH GOTT! STOPP! Seine Stimme! *Jetzt* bin ich verwirrt. Irgendwas ist anders … Irgendwas…

Ich nicke absolut irritiert.

Im nächsten Moment sind seine Lippen auf meinen.

33. End of all Days

Es ist nicht einfach nur ein Kuss, so wie immer, wenn Evan mich küsst. Es ist so viel mehr. Ein Versprechen, eine Warnung, eine Liebesbekundung und ein Aufschrei.

»Ahhh … Gooott …« Seine Hände halten mein Gesicht fest, sein Körper schiebt mich gegen irgendwas … einen Schreibtisch, der heftig wackelt. Mir unbekannte Objekte fallen klirrend und polternd zu Boden. Sein Körper, sein Duft … Ryder. Ich kann nicht mehr denken, nur noch fühlen, als er mich an den Hüften hochhebt und seinen Schritt an mir reibt. Ihm entkommt ein Stöhnen, es klingt so hilflos und doch so männlich … Es macht mich so an.

Aber er hat meine Familie getötet! Als es mir wieder einfällt, brennt eine Sicherung in mir durch und ich beiße ihm in die Unterlippe.

Sein Keuchen ist Musik in meinen Ohren. Er zieht seinen Kopf mit einem leisen Fluch zurück. Ich funkele ihn an.

»Denkst du etwa, ein Kuss und alles ist vergessen?« Wütend verschränke ich die Arme vor der Brust, mit den Beinen würde ich das auch gerne tun, allerdings steht er dort immer noch dazwischen. Als könnte er es nicht glauben, fasst er an seine Lippe, beäugt den Tropfen Blut, der sich auf seinem Finger befindet, und legt dann den Kopf schief.

Sekunden vergehen. Man hört nichts, außer unserem Atem und das Ticken irgendeiner Uhr.

»Lilli, ich liebe dich«, stellt er nüchtern fest, was mir den Schreibtisch unter dem Arsch wegreißt. Den intensiven Blick auf mich gerichtet streckt er den Finger aus, und ich fühle sein nun kaltes Blut, welches er auf meiner Unterlippe verteilt. »Ich weiß genau, was ich dir angetan habe, und es bringt mich jeden Tag selbst um. Aber ich bin ein Monster … ich, ich brauche Blut und Schmerz … bei allen, außer bei dir … bei dir ist es anders. Ich will dein Blut und deinen Schmerz nicht … ich will und brauche nur … das hier!« Und dann küsst er mich erneut. So, dass sich der Tropfen zwischen unseren Mündern verteilt, so, dass sich mein Kopf anfängt zu drehen, so, dass ich kaum verarbeiten kann, was er mir gerade in absolut sachlichem Ton mitgeteilt hat.

Er liebt mich … RYDER BLACK LIEBT MICH!

»Ryder … Stopp …« Ruckartig reiße ich meinen Kopf zurück, aber er packt mit einem »Nein!« meine Taille fester und fährt mit der anderen Hand in meine Haare, zieht meinen Kopf zur Seite, küsst meinen Hals, beißt mich sanft. Oh Gott … und gleich schwimmen wir davon. »BITTE! Hör auf!« Ich greife in seine Haare, ziehe seinen Kopf zurück, bis er mich wild keuchend ansieht. »Wie meinst du das?« Auch ich bin atemlos. »Du … bist ein Monster … du willst Blut und Schmerz? Was machst du mit anderen Frauen?« Er kneift die Augen zusammen, will sein Gesicht wieder mal wegdrehen, aber ich lasse es nicht zu und lege meine Hände an seine Wangen. »Nein! Bleib jetzt bei mir! Bitte nur ein Mal!«

Es verhärtet sich etwas in seinen markanten Zügen. Seine Stimme wird wieder eiskalt.

»Ich mag es, sie beim Ficken aufzuschlitzen, Lilli … Ich

komme, wenn ich sehe, wie sie dabei bluten … und es könnte immer passieren, dass ich zu weit gehe …«

»Zu weit gehen … Sie umbringen?«

Er nickt.

Ich schlucke mühsam. Mein linkes Lid fängt an zu zucken. Mit einem Mal habe ich einen Kloß im Hals. »W… wieso willst du so was tun?« Meine Stimme ist auch nur noch ein Wispern.

»Ich weiß es nicht. Wieso mögen manche Menschen bestimmte Stellungen? SM? Wieso isst du am liebsten schwarze Oliven mit Fladenbrot? Und wieso hasst du Gurken?«

»A … aber bei mir … Willst du das auch?« Ich fühle mich mit einem Mal wie das Reh in der Falle, bin mir bewusst, welcher Gefahr ich ausgesetzt bin, allein mit ihm in einem Zimmer.

»Nein!«

»Ryder! Sei ehrlich!« Er nimmt meine Hände in seine, und ich widerstehe dem Impuls sie wegzureißen.

»Ich bin ehrlich, Puppe! Schon am Anfang auf der Bank. Du hast das getan, was mich normalerweise komplett um den Verstand bringt, du hast dich aufgeschlitzt! Einfach so! Aber ich konnte das nicht zulassen! Weißt du noch? Ich habe dich nicht weitermachen lassen! *Ich!* Nicht Evan! Ich konnte nicht sehen, wie du dich verletzt, obwohl ich sonst genau das selbst nur zu gern mache! Es ist mir erst viel später klar geworden, dass ich dich schon immer mehr als alles andere beschützen musste. Deswegen konnte ich dich nicht umbringen, obwohl es mein Auftrag war. Das ist der einzige Drang in mir, wenn es um dich geht … Na gut … nicht ganz …« Er lächelt schwach, packt mich aber fester, sieht mir drängend in die

Augen, mit diesen grünen großen Augen. »Und dann … hatten wir Sex … unter der Dusche … Plötzlich war ich in dir und hab Panik bekommen. Aus Angst, dich zu verletzen, habe ich dich sogar an Evan übergeben … Obwohl ich nichts weiter wollte als dich endlich zu besitzen! Als ich merkte, wie wichtig du mir bist, habe ich mich nur noch von dir ferngehalten, aber … Scheiße, während du jede Nacht unter Evan lagst, war ich auch da und ich habe nicht ein Mal an dein Blut gedacht. Wenn ich mit dir zusammen bin, da bist nur du … Aber dann, machte mir das wieder Angst. Es wurde alles irgendwie zu viel … es wurde zu intensiv. Ich kenne das nicht. Verstehst du?«

Ich verstehe gerade gar nichts, aber er spricht trotzdem weiter. »Und immer war sie da. Die Angst. Die Angst davor, dass es mich doch überkommt, dass ich dich verletzten könnte! Das hätte ich nicht ertragen, nicht bei dir, Lilli … Denn da ist dieser Druck …«

»Druck?«

»Ja …« Geschlagen nimmt er meine Hand, legt sie auf seine Brust. »Er ist hier drin. In Evan und mir, aber ich kann damit besser umgehen, deswegen lässt er mich übernehmen, wenn es zu heftig wird. Wenn ich lange nicht mehr … dem Drang nachgekommen bin, dann entsteht da dieser … Druck. Ich werde dann vollkommen unberechenbar, und ich könnte etwas tun, was verheerender ist, als ein bisschen an einer schönen Frau rumzuschnippeln …«

Ich möchte meine Hand wegziehen, die Bilder von Ryder und anderen Frauen, die meinen Kopf fluten, tun zu sehr weh, auch wenn ich langsam tatsächlich anfange, ihn zu verstehen. Ich kenne diesen Druck auch … »Nein Baby!« Er packt meine Hand fester, zieht mich zurück. »Du wirst jetzt nicht gehen!«

Er umarmt mich, vergräbt sein Gesicht an meinem Hals. »Ich will nur dich … Lilli … Als wir dich verloren haben, wurde es mir erst so richtig klar …« Meine Tränen laufen über, benetzen seine Haare. »Alles, was wir brauchen, ist Vertrauen. Ich verspreche dir, ich werde dich nicht verletzen!«

»Ich weiß nicht, ob ich dir jemals wieder vertrauen kann. Du hast meine Familie getötet …«

»Ich weiß …« Er beißt die Zähne aufeinander, ringt nach Worten. So habe ich ihn noch nie gesehen.

»Und wenn es wieder zu viel wird … der Druck? Fickst du dann eine andere?«

Er schüttelt den Kopf. Aber ich spreche einfach weiter, bevor er antworten kann, dabei umarme ich ihn vorsichtig, zaghaft. Ich habe einen Entschluss gefasst. Denn ja, er hat mein Leben zerstört, aber jetzt ist er der Einzige, der dieses abgefuckte Leben wieder lebenswert macht. Er bedeutet mir zu viel. Ich hege Groll gegen ihn … ich hasse ihn sogar noch ein bisschen, aber ich kann ihn nicht mehr gehen lassen. Nie wieder. »Tu es bei mir …«

Jetzt schnellt er vor mir zurück und starrt mich an. »WAS?«

Ich nehme sein Gesicht in meine Hände. Sein wunderschönes Engelsgesicht. »Sollte es jemals wieder zu viel werden … tu es bei mir, bevor du dich einfach wieder vor mir versteckst oder es jemand anders abbekommt! Denn … fuck … ich glaube, ich hab mich auch in dich verliebt, und ich kann nichts dagegen tun, egal, was du getan hast!« Wild schüttelt er seinen Kopf hin und her, als könnte er es nicht glauben, in seine Augen treten Tränen. TRÄNEN! Mein Herz zerbricht fast.

»Das tue ich dir nicht an! Nein!«, stammelt er vor sich hin. STAMMELT!

Ich lächle schwach … »Ryder … du bist ein Sadist, nicht wahr?«

Er verzieht das Gesicht, nickt aber knapp, sieht von mir weg, seine Schultern fallen in sich zusammen, aber ich beuge mich in sein Sichtfeld vor.

»Ist dir denn noch nie aufgefallen, was ich bin?«

Jetzt sieht er mich skeptisch an. Ich lächle breiter, und wirke dabei sicher ein bisschen irre …

»Ich bin masochistisch, Ryder … ich *mag* Schmerzen.«

Und das ist es. Sein Mund klappt auf, seine Augen werden groß. Ich muss einfach lachen, all die Anspannung lasse ich dabei aus mir heraus. »Unser Wahnsinn ist perfekt aufeinander abgestimmt!«

Er legt den Kopf schief, jetzt grübelnd, seine Stimme ist leise und da ist schon wieder dieser lauernde Ausdruck in seinen Augen, der meinen Unterleib zum Prickeln bringt. »Du magst Schmerzen?«

Oh ja … eindeutig … ich glaube, ich komme gleich, wenn er nicht aufhört, mich so düster anzustarren. Ich beiße mir auf die Unterlippe, nicke … und rutsche hilflos auf dem Tisch herum. »Ryder …«, keuche ich.

Er grinst. Böse. Dämonisch. Göttlich. Alles auf einmal.

Ich stöhne alleine von dem Anblick.

»Ich hab doch gesagt, du wirst irgendwann darum betteln!«

Dann hat er sich schon auf mich gestürzt, mein Kleid nach oben geschoben, sein Mund ist überall, an meinem Kiefer, meinem Hals, auf meinen Lippen.

»Aber bei dir werde ich es nicht tun. Niemals! Bei dir sind andere Dinge so viel besser und befriedigender«, haucht er unter meinem Ohr … Seine Hände sind in meinen Haaren. Er verschlingt mich mit seiner Leidenschaft, überrollt mich, ohne Rücksicht auf Verluste; sein Atem ist so heiß auf meiner Haut. »Bitte vergib mir …« Ich weiß, was er meint.

»Ich kann noch nicht vergeben, aber ich liebe dich trotzdem …«, wispere ich tränenerstickt zurück, denn ich habe keine andere Wahl. Dieser Mann ist alles für mich.

Ich keuche auf, als er einen Bluterguss an meinem Rücken berührt, er stockt und verzieht das Gesicht. »Ich weiß … du bist übersäht mit blauen Flecken … Aber … ich will darauf keine Rücksicht nehmen! Ich will die Kontrolle verlieren«, haucht er in mein Ohr.

Ich lache nur und lasse mich auf den Schreibtisch zurückfallen. Irgendwas drückt in meinen Rücken. »Alles dein!« Mit beiden Händen mache ich eine einladende Geste.

Und dann tut er es auch: Ryder lacht. Richtig laut und losgelöst. Dass ich das jemals erleben würde! In Ehrfurcht erstarre ich, aber nur bis zu dem Moment, als sein Kopf zwischen meinen Beinen verschwindet. Er schiebt meinen Tanga zur Seite, doch weiter passiert nichts, außer, dass er komplett erstarrt und sich keinen Zentimeter mehr rührt. Und ich liege da und warte.

Ja, die Decke, wirklich sehr schön – so grau … hm, ja das Ticken der Uhr. Tick, tack, tick, tack, tick …

Nach einiger Zeit stemme ich mich auf die Ellbogen. »Ryder?«

»HM?« Das kann man nur als Knurren bezeichnen.

»Baby … was ist?« Sanft streiche ich mit den Fingerspitzen durch sein seidig weiches Haar.

Als er aufsieht, überrascht mit das hasserfüllte Glühen in seinem Blick.

»Er hat dich HIER verletzt?«

Oh … Scheiße … Ich schlucke angestrengt, meine Stimme klingt zittrig, auch wenn ich eigentlich beruhigend geplant hatte … »Nur ein bisschen?«

»Bisschen?«

»Ja … Es ist nicht so …« Das Schließen seiner Augen und das typische Kopfkreisen, wenn er kurz davor ist, seine Beherrschung zu verlieren, lassen mich verstummen. Nicht wissend, was ich tun soll, zerkaue ich meine Unterlippe. »Ähm … Ryder … Es ist echt nicht so schlimm, wie es aussieht, also ich weiß gar nicht wie es aussieht, aber es ist trotzdem nicht so schlimm …«

»Hm, hm …« Er nimmt mich nicht ernst. Stattdessen zieht er meinen Tanga zurück und ich würde ihn gerne *anschreien*! Absolut geschockt sehe ich ihn an, als er sich aufrichtet und die Träger meines Kleides wieder nach oben schiebt, meine Haare glattstreicht und den Stoff an meinen Brüsten in die richtige Position zurückzieht. Irgendwann seufzt er, weil ich ihn immer noch ansehe wie ein achtes Weltwunder.

»Du würdest vor Schmerzen sterben, sobald ich dich auch nur dort streife.«

»Ab…«

»*Nein!*« Bestimmt schüttelt er den Kopf und hebt mich vom Tisch.

»Es ist nicht SO …« Etwas lässt mich verstummen – ein typischer *Die Diskussion ist jetzt zu Ende, wenn du weißt, was gut für dich ist*-Blick.

Ich schmolle. Ryder lässt sich davon nicht beeindrucken und richtet die Dinge wieder auf dem Schreibtisch, so wie sie wahrscheinlich vorher waren.

»Wie geht es jetzt weiter?« Da fällt es mir wieder auf. »DU bist verheiratet! DU ARSCHLOCH!«

Und was macht er? Er schmunzelt und richtet in aller Ruhe die blöden Stifte weiter, während ich ihn schon wieder so gerne köpfen würde.

»Wieso hast du sie geheiratet, wenn sie dir doch nichts bedeutet?«, stochere ich weiter.

»Hab ich nicht.« Er hebt zwei Ordner auf.

»Hä?«

»Ich hab sie nicht geheiratet.«

»Aber ihr seid es dennoch …«

»Sind wir nicht.« Der Monitor wird wieder richtig hingedreht, die Tastatur auch.

»Aha?«

Jetzt sieht er mich endlich an. Sein Gesicht ist ansonsten ernst. »Das ist nur Tarnung, belasse es dabei, okay?«

Hmmm …

»Lilli, vertrau mir …«

Das fiel mir noch nie schwer und ich belasse es dabei – vorerst!

»Wie geht es jetzt weiter?«

»Lass das meine Sorge sein!«

34. Fun and Blood

Das Abendessen wird eingeläutet und die gesellige Runde schiebt sich in den Festsaal.

Der Raum ist so groß, dass in seiner Mitte eine riesige Tafel Platz hat. Natürlich befindet sich mein Stuhl neben dem Schwein an der Stirnseite. An der anderen sitzt Ryder, und ich weiß immer noch nicht, was ich von dem Ganzen halten soll.

Wie will er das hier regeln, bitte? Was tut er hier überhaupt? Und wo zum Teufel ist Evan? Ich habe ihn bis jetzt nicht einmal aufblitzen sehen.

Die italienischen Schweinebrüder sitzen rechts von uns. Gegenüber das russische Pärchen. Die drei Gorillas stehen mit ihren leblosen Mienen bewaffnet in den Ecken des Raumes, ihnen entgeht keine einzige Bewegung.

Die Schlampe schmiegt sich nach der Nachspeise an den Arm des – nun wieder – eiskalten Ryders. Er nimmt das reglos hin. »Wollen wir jetzt zum Spaß übergehen?« Die Frage gilt nicht Ryder – zu ihrem Glück. Das Schwein nickt, trinkt einen Schluck von dem roten Wein und stellt sein Glas wieder ab. Während er sich mit der Serviette die schmalen, widerlichen Lippen tupft, redet er:

»Wie besprochen. 500.000 wunderschöne Scheinchen und wir sind im Geschäft.« Ein Seitenblick auf mich, die Augen der Schlampe fangen an zu strahlen. Ryder regt sich jetzt doch, zumindest etwas in seinem Gesicht. Sein Wangenmuskel – einmal zuckt er. Mir fällt es auf, weil ich ihn nicht aus den Augen lasse, während ich an meinem Wein nippe, das Essen aber nicht angerührt habe – mir ist sowieso schon so komisch im Bauch.

Was geht hier vor sich? Mit einem Mal ist es ein paar Grad zu kühl und die Kälte scheint allein von Ryder Back auszugehen. Außerdem starrt er mich über den Tisch hinweg an – intensiv. Er steht auf … Scheinbar teilnahmslos schlendert er zum Fenster und sieht mit hinter den Händen verschränkten Armen hinaus. Keinen außer mir interessiert das.

»Unser kleines Reh wird aber nicht leicht zu fangen sein.« Ein Arm legt sich um meine Schulter. Das Schwein reibt seine Schweißflecken an mir und ich erstarre. Was … meint er damit? Ich schlucke mühsam die bittere Flüssigkeit und fühle, wie sich mein Magen verkrampft. Ryder … legt den Kopf schief und sieht versonnen nach draußen.

»Ach, wir werden mit den richtigen Mitteln schon schaffen, sie zu erlegen«, säuselt die Schlampe und lächelt mich liebevoll an. Die Russen nicken einträchtig. Sie visieren mich an, als würden sie mich essen wollen.

Zum Teufel!

Was?

»Gut. Dann kann's ja losgehen …« Die Schweinefinger berühren meine Wange, ein Zeigefinger streicht an ihr herab. »Süße … du wirst jetzt geschlachtet wie ein kleines Schw…« Er verstummt abrupt, dafür werde ich kurzzeitig taub, weil es dreimal hintereinander so laut knallt, dass es danach in meinen Ohren pfeift. Etwas Heißes bespritzt zeitgleich meinen

Rücken, meine Schultern, meine Haare … Den Tisch, die Wände, den Boden. Alles.

Hinter mir fallen zwei Gorillas zu Boden, genauso, wie der an der anderen Seite des Raumes … Riesige Flecken gemischt aus Blut und Gehirn laufen langsam an den Wänden hinter ihnen herab. Zwei weitere Schüsse später versenken die Russen am Tisch ihre Gesichter in ihren Tellern.

Es geht alles so schnell, dass ich es nicht mal schaffe, Luft zu holen oder zu realisieren, was passiert. Der Bruder vom Schwein springt auf … Sein Stuhl knallt auf den Boden. Weiteres Blut spritzt auf den Tisch. Besprenkelt das weiße Geschirr und vor allem die Wände hinter ihm, während er in der nächsten Sekunde leblos umfällt.

Ich halte mir die schmerzenden Ohren zu und fühle, wie das Schwein neben mir ebenfalls aufspringt. Er ist bleich wie die Nacht und greift nach mir. Ein weiterer Schuss dröhnt durch den Raum. Mein Kopf zerspringt fast, genauso wie die Hand, die er soeben an mich legen wollte.

Ein schreckliches heiseres Geschrei erfüllt die Stille und das Pfeifen in meinen Ohren. Das Schwein torkelt zurück, seine Beine knicken weg, weil er einen Schuss in jedes Knie bekommt. Er stürzt auf den Körper eines Gorillas, dem das halbe Gesicht fehlt.

Mein Blick aus weit aufgerissenen Augen fällt auf Ryder, der immer noch am Fenster steht, und dieses Mal … lächelt er, aber so, wie ich es noch nie gesehen habe. Nur ein Mundwinkel ist leicht nach oben gezogen, seine Augen sind kälter als jeder Eisberg und auf das Schwein gerichtet – genauso wie die schwarze Waffe in seiner Hand.

Mit ruhigen, gemessenen Schritten kommt er um den Tisch herum.

Ich weiß nicht, was ich tun soll.

Schreien! Laufen? Pissen?

Das Schwein tut es auf jeden Fall. Hysterisch wimmert er vor sich hin, hält sich den verkrüppelten Stumpf und wiegt sich auf dem Boden in Blut kniend vor und zurück. Als Ryder an mir vorbeigeht, streifen die Finger sanft, fast schon neckisch, meine Schulter, aber er sieht mich nicht an und erschießt mich auch nicht … Nett.

Stattdessen stellt er sich breitbeinig zwischen mich und das Schwein. Ich sehe nur noch seinen breiten Rücken in seinem maßgeschneiderten Hemd, wie er die Hand ausstreckt und die andere fächerartig um den Lauf seiner Waffe ausbreitet. Das Schwein betet auf Italienisch. Seine Augen sind groß und gehetzt. Der dunkle Fleck breitet sich immer weiter auf seiner Hose aus.

»Wir können …« Noch ein Knall. Das Blut, welches aus seinem Kopf schießt, trifft den makellosen Ryder nicht, sondern nur seine Hand. Das Schwein fällt leblos zur Seite und bleibt dort – für immer reglos – liegen.

»Und jetzt sie …«, höre ich die Schlampe besessen hinter mir wispern. Mein panischer Blick gleitet zu ihr, sie sitzt amüsiert auf ihrem Stuhl und starrt mich wirklich irre an. Ist von oben bis unten in Blut und Sonstiges getaucht und grinst wie Joker persönlich.

Heilige Scheiße!

»W… was?« Ein Überlebensinstinkt, den ich schon lange verloren geglaubt habe, nimmt von mir Besitz und ich taumele ein paar Schritte zurück. Dabei stolpere ich über den anderen Gorilla, fange mich aber und fühle die Wand in meinem Rücken. »Du weißt ja: keine Zeugen, Ryder …«, flüstert die Irre heiser und voll kranker Vorfreude in der Stimme.

Er dreht sich zu mir herum. Sein Gesicht immer noch völlig ausdruckslos. Mein gesamter Körper fängt jetzt an zu beben. Adrenalin flutet meine Blutbahnen. Tränen verschleiern meine Sicht, während ich ihn panisch anstarre und meinen Kopf vehement hin und her schüttle.

Das kann er doch nicht tun!

Oh doch, kann er! Hast du doch gesehen, Schlampe! Er hat deine Eltern gekillt und jetzt wird er dich killen!

Er legt den Kopf schief und sieht mich genau an. Alles von mir, jedes Beben meiner Lippen, meiner Knie … Sein Blick verdunkelt sich.

»Ryder, Evan! Fuck!« Ich fühle mich, als würde ich bei einer gefühllosen Maschine um mein Leben flehen, meine Beine geben nach, als er seinen Arm hebt. Meine Hände fliegen nach oben in einem lächerlichen Impuls die Kugel abzufangen, während ich auf die Knie falle.

35. Revenge

Ryder Black

Ich kann das Schwein einfach nicht mehr länger leben lassen.

Unmöglich!

Also sprenge ich kurzerhand Adrianas und meinen Plan, erst nach der ›Jagd‹ auf *Lilli* kurzen Prozess zu machen, und bringe mich in eine gute Position. Von hier aus kann ich dank der hohen Durchschlagskraft meiner Glock gleich zwei Bodyguardköpfen auf einmal das Gehirn wegblasen, und das ist wichtig, denn sie sind geübt und besitzen schnelle Reflexe. Sie könnten als Einzige zu einem Problem werden. Sind sie weg, ist alles Weitere ein Spaziergang. Von den Brüdern weiß ich, dass sie keine Waffen mit sich führen, denn sie verlassen sich zu Hause vollkommen auf den Schutz ihrer Affen. Idioten. Es ist so leicht, sie zu überrumpeln und unglaublich schön, dabei zuzusehen wie das rote Blut kunstvoll die Wände bespritzt.

Da ich von dem russischen Pärchen nicht weiß, ob es bewaffnet ist, sind diese als Nächstes dran. Dicht gefolgt von einem Bruder, aber den anderen hebe ich mir bis zum Schluss auf. Ich will, dass er weiß, was auf ihn zukommt. Ich will, dass er sich vor Angst in die Hosen pisst. Ich will, dass er noch Schlimmeres durchmacht, als er ihr angetan hat. Deswegen lasse ich mir Zeit, gehe zu ihm, sehe tief in seine riesigen Augen und drücke erst dann ab.

DAS gefällt mir – sehr ...

Dann stehe ich da.

Ich höre nichts weiter, als Lillis hektischen Atem, Adrianas Worte … und wie Lillis Stuhl umkippt, sehe wie sie sich mit Tränen in den Augen und bebenden Gliedmaßen vor mir retten will.

Wo ist er nur?

Muss ich denn noch weitergehen?

OH Mann …

»Lilli …«, wispere ich … und gehe auf sie zu … die Waffe vor mich haltend. »Denkst du wirklich, du kommst lebend davon? Ich habe einen verfluchten Auftrag zu erfüllen und nur das zählt, wenn man keine Gefühle hat!«, hauche ich und ihre Knie geben unter ihr nach. Sie rutscht an der Wand in ihrem Rücken herab … ihre Augen werden leer. Sie hat mit dem Leben abgeschlossen.

EVAN! SCHAU, WAS ICH GLEICH MACHE! HUHU!

»Oh, Baby, hab keine Angst. Ich werde es schnell tun … Du wirst gar nichts spüren …« Vor ihr gehe ich in die Hocke, streiche mit dem Lauf über ihr Gesicht und sie presst die Lider aufeinander.

EVAN! VERFLUCHT!, brülle ich ihn innerlich an, aber äußerlich lächle ich sie kühl an.

»Ryder …«, wispert sie … und seit mich mit ihren großen verfickten Bambiaugen flehend an. FUCK! »Ich dachte … dachte, du liebst mich …« *Oh Baby, das tue ich ...*

Okay! Evan du wolltest es so!

»Ich liebe keinen, außer mich selbst … Ich habe nicht nur

deine Eltern gekillt, sondern sogar meine eigenen, hat dir das dein Sunnyboy nicht erzählt?«

»Was? OH Gott, Ryder … bitte!«, fleht sie jetzt heiser, leise … und mein Herz bricht, als ich es sagen muss …

»Es war dein geliebter Evan, der sie gekillt hat … und weißt du, wen er auch gleich noch getötet hat … Ryder … seinen Zwillingsbruder. Manche sagen, es war ein Unfall, aber wir wissen, wieso er es getan hat … ER … Hat. ES. So. Gewollt!«

»NEIN!«, wütet er endlich durch meinen Kopf. Von der Wucht, mit der er nach oben kommt, werde ich aus den Schuhen gehauen und lande irgendwo im Nirwana. Ich bekomme nur noch mit, wie er die Hand mit der Waffe übernimmt, mit der ich auf die Stirn der Frau ziele, die wir lieben, und sie auf Adriana richtet, bevor er abdrückt.

Na endlich!

36. WOW

Ich öffne die Augen und sehe gerade noch, wie beide synchron in sich zusammenfallen. Adriana und auch … Ryder/Evan … wer auch immer gerade vor mir kniete, denn seine Augen waren gruslig. Ich konnte gar nichts anderes mehr wahrnehmen, außer, dass das Grün plötzlich anfing zu verschwimmen … heller wurde … blau … Aber dennoch blieben diese grünen Sprenkel in ihnen zurück. So habe ich die Augen von ihnen noch nie gesehen.

Jetzt liegt er leblos vor mir auf dem Boden.

»Ryder?«, wispere ich vorsichtig, wahrscheinlich Stunden nach dem ganzen Geschehen, immer noch über und über mit Blut bedeckt … und löse mich aus meiner Starre. Sogar das Pfeifen in meinen Ohren hat mittlerweile etwas nachgelassen. Vorsichtig berühre ich ihn an der Schulter, er regt sich nicht … ER REGT SICH NICHT!

»RYDER!«, brülle ich und beuge mich vor. Er atmet, Gott sei Dank, merke ich, als ich mich direkt über seinen Mund gelehnt habe, und ich könnte heulen … »Ryder …«, wispere ich, während Tränen der Erleichterung meine Wangen fluten, und sehe wie er blinzelt … einmal zweimal, dreimal … Dann sieht er mich wieder an und mein Herzschlag setzt erneut aus.

»Evan?«, frage ich, nun absolut verunsichert, denn seine

Augen sind immer noch so komisch. Sie sind blau, aber doch grün gesprenkelt, das ist faszinierend.

»Hmmm … glaub schon …«, murmelt er, setzt sich auf und sieht sich um … »Fuck …«, keucht er und sieht dann mich an.

»Ist … ist alles okay?«, fragt er besorgt und ich halte es nicht mehr aus. Mit einem »EVAN!«, schmeiße ich mich an seine Brust und fange lautstark zu heulen an.

37. NEU

Stöhnend finde ich aus dem heilsamen Nebel des Schlafes.

Ich will meine Augen noch nicht öffnen. Noch nicht zurück in die Realität, aber da ist dieses dumpfe Prasseln, das mich nicht weiter in der Schwärze treiben lässt.

Also gebe ich mich geschlagen, blinzle ein paar Mal und drehe mich keuchend auf die Seite. Ja. Mein gesamter Körper schmerzt wirklich, aber auch meine Psyche hat die Ereignisse nicht unbeschadet überstanden. Ein Glück, dass ich keine Albträume hatte oder mich zumindest nicht mehr an diese erinnere.

Eine Stehlampe neben dem Bett in dem ich liege, spendet behagliches Licht. Das Zimmer ist klein, aber rustikal und ordentlich eingerichtet – die braunen Vorhänge sind zugezogen. Deswegen weiß ich nicht, ob es Tag oder Nacht ist. Ich glaube ich befinde mich in einem Hotel, aber sicher bin ich mir nicht.

Von Evan ist nichts zu sehen. Auf dem kleinen Esstisch liegen aber ein Handy und Autoschlüssel – daneben eine schwarze Sporttasche. Ich stütze mich auf die Arme und richte mich dann ganz auf, während ich die Sachen anvisiere. Dabei ignoriere ich den Schmerz, der mein Handgelenk durchzuckt und auch das Protestieren meiner müden Muskeln. Mein Kopf dreht sich leicht bei der Bewegung und mir wird wieder übel, aber das kommt sicherlich vom Alkoholkonsum.

Der Autoschlüssel scheint mich förmlich anzuschreien.

NIMM MICH UND LAUF! TU ES! ER HAT DEINE ELTERN GEKILLT!

Aber ich kann mich nicht dazu überwinden aufzustehen, mich anzuziehen und ihn zu verlassen. Es geht einfach nicht – wird es nie.

Seufzend lasse ich mich zurück ins Bett fallen.

Das ist jetzt nicht wahr, oder? Ich will freiwillig bei dem Mann bleiben, der meine Eltern auf dem Gewissen hat? Der mein Leben zerstört hat?

Meine Hände sind bleischwer, während sie über mein Gesicht reiben. Ich weiß nicht mehr weiter. Hier zu bleiben ist falsch, zu gehen aber erst recht.

Ryder liebt mich …

Vorerst wird mir die Entscheidung abgenommen, denn eine Tür geht auf und diese faszinierende neue Ryder/Evan-Mischung betritt den Raum. Mir stockt der Atem, als ich ihn durch meine Fingerspitzen hindurch beobachte, denn er kennt kein Schamgefühl und ist vollkommen nackt.

Die Wasserperlen glitzern in seinen nun dunkleren Haaren, laufen über seine glatte, trainierte, tätowierte Brust, über sein ausgeprägtes Sixpack und an seinen muskulösen Beinen entlang. Sein Schwanz ist riesig, selbst wenn er nicht steif ist, und mir wird heiß zwischen den Beinen. Völlig ungeniert geht er zu seinem Koffer, wobei er mir seine Rückseite präsentiert und ich mühsam schlucken muss. *Das kann doch nicht wahr sein ... dieser Arsch gibt mir jedes Mal aufs Neue den Rest.* Das An- und Endspannen seiner Muskeln, als er in seinem Koffer kramt, erregt mich doch gerade nicht wirklich oder?

Er ist ein MÖRDER!

Aber dieser Hintern! Himmelherrgott!

Du denkst doch wohl nicht gerade daran ihm das Morden zu vergeben, weil er einen heißen Arsch hat! Wie krank bist du Schlampe eigentlich?

Ja, ja … meine innere Stimme hat recht … ich bin krank, und? Sind wir das nicht alle? Also Klappe halten!

Ich bin ein kleines bisschen traurig und schmolle sichtbar, als er in seine schwarze Calvin-Shorts steigt und mich dabei fies angrinst – oh Gott! Wieder mal hat er mich beim schamlosen Starren erwischt.

Er geht in die kleine Küchenecke, kramt dort irgendwas rum, als wäre ich gar nicht anwesend. Wasser läuft. Wasser kocht. Wasser kommt in einem Porzellanbecher mit einem Teebeutel darin zu mir und wird auf dem kleinen Beistelltisch abgestellt. Als ich die dampfende Tasse ansehe, will ich weinen und gleichzeitig hysterisch lachen. Typisch Ryder und auch Evan knallt erstmal alles ab, was sich im Raum befindet – außer mir – und macht mir dann in aller Seelenruhe Tee.

»Du willst sicher duschen …«, meint er und setzt sich an den Tisch. Er nimmt seine Pistole und zerlegt sie in Einzelteile, ohne mich anzusehen … und Himmel … Er trägt immer noch nichts weiter als eine Shorts. Das ist wirklich bedenklich, aber dass er jetzt auch noch eine Waffe putzt – halbnackt, tätowiert und feucht von der Dusche – gibt mir fast den Rest!

»Okay!« Obwohl sich alles dreht, meine Muskeln protestieren und ich fast stolpere renne ich förmlich ins Bad und stürze mich unter die Dusche. Unter der es – natürlich – noch nach ihm riecht.

Das ist jetzt aber erstmal zweitrangig, denn laut stöhnend wasche ich mir das Blut und Sonstiges vom Körper und aus den Haaren, muss jedoch ein Würgen unterdrücken als ich erkenne, was sich da alles so im Aufguss sammelt. Ab diesem Zeitpunkt, wird aus der entspannten Reinigung eine schnelle Katzenwäsche, denn ich will nicht länger als nötig mit gewissen Teilen von gewissen Menschen in dieser kleinen Nasszelle verbringen. Sobald ich fertig bin, stolpere ich raus. Nur, um dann zu merken, dass das Handtuch ziemlich klein ist, mit dem ich mich gleich abtrocknen und wieder in den Wohnraum gehen muss.

Wunderbar.

Ich schlinge es um meinen Körper – eigentlich verdeckt es gerade so meine Brustwarzen und meinen Schritt, wenn ich es vertikal halte – und gehe ins Wohnzimmer. Er sitzt immer noch da und stochert mit irgendwas im Lauf seiner Waffe rum. Sein Blick, aus diesen irren, neuen Augen, fällt wie nebenbei auf mich, als ich mich wagemutig vor ihn stelle und auf meiner Lippe herumkaue.

»Ich brauch was zum Anziehen.« Er starrt mich an … besonders meine Beine …

»Evan!«

»Hm!« Sein Kopf schießt nach oben. Nun sieht er mir in die Augen und wirkt gar nicht verlegen, aber dafür verwirrt. Ich möchte seufzen, manchmal ist er … irgendwie … niedlich … All das kann ich nicht mit dem Evan in Einklang bringen, der all diese Menschen und vor allem meine Familie ohne mit der Wimper zu zucken umgebracht hat. Aber das war ja auch eigentlich Ryder … apropos wo ist er? Und wieso wirkt Evan so ausgeglichen?

»Ich brauche etwas zum Anziehen.« Meine Stimme ist wenigstens fünf Grad zu kühl, während sein Blick mindestens hundert zu heiß ist. Er verbrennt mich förmlich.

Er schluckt, dann deutet er mit dem Kinn neben das Bett. »Dein Koffer ist dort.« Natürlich, er hat in der Villa erst mal fein säuberlich mein Zeug zusammengepackt, bevor wir gefahren sind und ich im Auto eingeschlafen bin. Den Koffer hätte ich gleich sehen können … Ich Deppin. Aber egal.

Irgendwie ahne ich, dass er mich nicht noch einmal ansehen wird, trotzdem krame ich in Lichtgeschwindigkeit, finde eine Hotpants und einen BH und bin schon mal froh, als ich dies angezogen habe. Es folgt eine Jeans. Ein schwarzes T-Shirt und ein Pullover. Dann kann ich wieder normal atmen.

Ich setze mich auf mein Bett und kann nicht anders, als ihn zu beobachten. Die Stille zieht sich nur so zwischen uns dahin … vor den Fenstern vernehme ich das Rauschen von vorbeifahrenden Autos im Regen. Ansonsten ist da nichts.

»Wie lange habe ich geschlafen?«

»Vierzehn Stunden und sechs Minuten.«

»Oh!«

Ich spiele an meinen feuchten Haaren herum … muss meine Finger irgendwie beschäftigen.

»Wo sind wir?«

»In Venedig.«

»Oh …« … auch der nächste Weg …

»Wohin fahren wir?«

»An einen sicheren Ort.«

»Und dann?«

Jetzt sieht er kurz auf, emotionslos, kontrolliert wie immer und zuckt die Schultern. Wow, der Kontrollfreak überhaupt hat keinen Plan! Eine Premiere! Ich umschlinge mich selbst mit den Armen. Irgendwie muss ich dieser Kälte entgegenwirken, die erneut von mir Besitz ergreifen will.

Evan sagt kein Wort. Sicher geht er mit seinem Werkzeug um, ohne mich anzusehen. Tut er das, weil er es selber nicht will, oder hat er doch ein wenig Mitgefühl und nimmt auf meine Gefühle Rücksicht? Hält er sich zwanghaft davon ab, mich zu küssen und zu berühren? Will er es genauso, wie ich es will?

Ich halte es nicht länger aus! Muss es einfach ansprechen, öffne schließlich den Mund und frage die Frage aller Fragen.

»Du bist also ein Mörder?«

»So verdiene ich mein Geld, ja.« Seine Stimme ist genauso ruhig und sicher wie seine Hände.

»Seit wann?«

Er denkt kurz nach, legt die Stirn in Falten. »Seit acht Jahren und sechsundfünfzig Tagen.«

Typisch.

»Wie bist du dazu gekommen?«

»Adriana.« Mehr gibt's dazu wohl nicht zu sagen, aber nicht mit mir.

»Seit wann kennst du sie?«

»Achtzehn Jahre und vierunddreißig Tage.«

»Wieso hast du damit angefangen?«

Jetzt sieht er mich an und ich erschauere. Sein Blick sagt alles. Dieses Thema ist für ihn tabu – zu schmerzhaft. Ich bin nicht dazu fähig diesen Schmerz in seinen Augen zu ertragen, deswegen senke ich meinen und zerbeiße meine Unterlippe. Ich weiß nicht mehr weiter.

Doch plötzlich spricht er wieder … und mir verschlägt es den Atem.

38. Schuld

»Ich habe mit dem Herd gespielt, obwohl meine Eltern verboten hatten, ihn anzufassen … Ich war sieben«, verkündet Evan tonlos … »Ryder hat mir auch oft gesagt, ich soll das nicht machen. Er war immer der Klügere von uns beiden …«

Ich antworte nicht, bin noch viel zu schockiert, irgendwie völlig neben mir, aber ich nicke, damit er weiß, dass ich ihm zuhöre.

»Lange Rede gar kein Sinn … Das verdammte Haus ist in die Luft geflogen, als meine Mutter am Abend den Herd anmachte. Ich war nicht da, sondern bei meiner Oma … Nur meine Eltern und Ryder waren dort.«

»Oh Gott …«, wispere ich … und weiß nicht, was ich sagen soll. Was bringt es ihm schon, wenn ich sage: ›Das tut mir leid?‹ Das kann er sich doch denken und es bringt gar nichts.

Endlich, endlich kann ich ihn wieder fühlen …

Ich weiß nicht wann, aber ich habe ihm vergeben …

Meine Liebe ist stärker als jeder Hass, den ich Evan gegenüber jemals empfinden könnte … Und mein Mitgefühl grenzenlos. Wie muss es für ihn sein, die ganze Zeit mit dieser Last zu leben? Da muss man doch irgendwie wahnsinnig werden!

»Ich saß bei meiner Oma am Tisch in der kleinen Küche und wir stachen Plätzchen aus, denn es war Weihnachtszeit … als ich Ryder das erste Mal in meinem Kopf hörte. *Kill den Keksmann, mach seinen Kopf ab!,* sagte er mir … mit der Stimme meines Bruders, aber er hörte sich dennoch nicht mehr wie mein Bruder an – er war böse, hasserfüllt … Ich wusste nicht, woher die Stimme kam und wieso sie so sauer auf mich war … Bis zu dem Moment, als die Polizei bei meiner Oma anrief und ihr mitteilte, dass meine Familie tot war … Da verstand ich. Ryders Körper war gegangen, aber seine Seele blieb in mir, um mich jeden Tag für das zu foltern und zu quälen, was ich getan hatte. Bis an mein Lebensende …«, spricht er einfach weiter und sieht durch den Lauf, macht dann weiter … und ich kann mir nur denken: *Ja ... der Mann, den ich liebe, ist ein Killer und es ist mir scheißegal!*

»Wir wuchsen bei unserer Oma auf und machten ihr das Leben zur Hölle, kamen in die falschen Kreise und hatten mit siebzehn unseren ersten Auftrag. Ich hatte mich mit Ryder darauf geeinigt, dass er seinem Hass gegen die Menschheit nachgehen konnte, indem er wenigstens nur die killte, die es auch verdient hatten. Ich werde dir nie sagen, womit es dein Vater verdient hat, denn das würde dein Bild von ihm zerstören. Es würde mich besser dastehen lassen, aber du würdest dann alles verlieren, woran du jemals geglaubt hast. Aber weißt du was, er bereute es nicht, als die Kugel deinen Vater traf … Okay bei deiner Mutter schon, es war das erste und letzte Mal, dass er eine Frau getötet hat – nun ja, bis zu Adriana und dieser Russenbraut, jedenfalls … Aber bei dir … konnte er nicht abdrücken. Ums Verrecken nicht. Dich brachte er ins Heim und passte jahrelang auf dich auf …«

»Sag mir, womit sie es verdient hatten!«, fordere ich kühl und er seufzt, sieht aus dem Fenster …

»Es waren nicht deine echten Eltern … Du warst adoptiert, weil deine Mutter zeugungsunfähig war, aber sie brauchten ein Kind für ihr Image im Wahlkampf. Wenn du willst kann ich dir die Unterlagen besorgen. Außerdem war er korrupt … ihm gehörten einige Konzerne, darunter war er auch bei Monsanto ganz dick im Geschäft – falls dir das was sagt.«

»Was? «

»Ich habe alles schwarz auf weiß zu Hause, falls du mir nicht glaubst …«

»Ich … ich glaube dir …« Ich wusste, er log mich nicht an … und es war schockierend, was er sagte, aber ich glaubte ihm dennoch. Evan war nie ein Lügner gewesen. Er sprach weiter, als hätte er soeben nicht eröffnet, dass mein halbes Leben eine Farce war.

»Als er dich beobachtete, wie du heranwuchsest, zu diesem guten Menschen, der du bist … ließ er seinen Hass Stück für Stück los … denn er sah, dass nicht alle Menschen schlecht sind … Dennoch wurde er der beste Auftragskiller Europas … Wir killten so ziemlich alles locker fröhlich, was es verdient hatte … So konnte ich ihn in Schach halten. Ich weiß, ich hätte es vielleicht unterdrücken müssen … aber ich *wollte* nicht. Die Schweine hatten es verdient, jedes einzelne! Das Gesetz ist, verfickte Scheiße, zu lasch! Die Strafen sind lächerlich, für das, was manche Menschen tun! Ich habe Vergewaltigern lächelnd den Schwanz weggeschossen … habe Männer, die ganze Dörfer ausgerottet hatten, gerne beim Verbrennen zugesehen und ihre Schreie genossen. Ich habe mit Freuden Gerechtigkeit walten lassen – *wahre* Gerechtigkeit, nicht das, was die Richter dieser Welt ausüben. Und dann … wurdest du älter und immer kaputter und ich merkte, wie er Panik bekam. Er konnte nicht mehr weiter zusehen, wie du dich selbst zerstörtest und holte dich von der Straße zu uns, weil er wollte, dass ich mich in dich verlieben und vor allem beschützen würde … Er fickte dich nicht einmal, obwohl er nichts lieber getan hätte, als das … weil er dich nicht verletzen wollte. Er hielt sich die ganze Zeit zurück, seitdem er dich einmal weinend in den Armen hielt und du ihn geküsst hast. Und jetzt … glaube ich verdammt noch mal, dass der Pisser … sich für dich geopfert hat … denn Fuck … ich finde ihn nicht mehr!« Bei den letzten Worten klingt er regelrecht panisch, mir wird kalt.

»WAS? Wie du findest ihn nicht mehr?«

»Er ist weg! Ryder ist weg!«, wispert er mit kaum hörbarer Stimme, die absolut gebrochen und verängstigt klingt. Genauso sieht er mich auch an. Ich starre ihn an, und fühle, wie mein Herz wehtut, während ich aufstehe und auf ihn zugehe.

»Ryder!«, knurre ich … und presse die Zähne aufeinander. »Du kleines Arschloch! Du kannst jetzt nicht einfach verschwinden!« Ich schmiere Evan eine … der ist etwas schockiert, besonders, als ich ihn kurz darauf an den Schultern packe und auch noch schüttle. »RYDER, VERDAMMTE SCHEISSE! DU HAST GESAGT, DU LIEBST MICH!«

»Ähmmm, Lilli ich glaub, das bringt nichts …« Ich lasse sofort seine Schultern los.

»WARTE! Du hast mich gerade Lilli genannt!« Ich beuge mich vor und schaue genau in seine Augen, sie sind BLAU – größtenteils –, aber da sind dennoch diese grünen Funken, als hätten sie Feuer gefangen. »Evan, du nennst mich nie Lilli!«

»Das stimmt …«, gibt er zu und zieht grüblerisch die Augenbrauen zusammen, während ich seine Pupillen genau inspiziere. »Sie sind blau …«, wispere ich … »Aber sie sind auch grün.«

»WAS?« Evan reißt sich von mir los und rennt ins Bad, um in den Spiegel zu sehen. Ich gehe ihm hinterher.

»Du hast recht …«, meint er und reißt seine Lider mit den Fingerspitzen auf, was wirklich irgendwie lustig aussieht. »Sie sind verflucht noch mal auch grün!« Dann sieht er mich total schockiert an, die Lider immer noch mit den Fingern aufgerissen. »So haben meine Augen nie ausgesehen!« Ich muss endgültig lachen, denn so eine Aktion könnte auch Ryder bringen, und ein warmes Gefühl durchflutet mich … Ich … ich fühle ihn – er ist noch da … Gott sei Dank, Ryder ist auch da! Dass ich das mal denken würde.

»Ich weiß …« Ich verenge meine Lider zu Schlitzen und verschränke die Arme vor der Brust. »Ich habe keine Ahnung, was hier los ist … aber ich glaube, entweder hat er sich geopfert, um mich zu retten … oder aber Ryder ist gar nicht weg … Vielleicht … vielleicht … seid ihr irgendwie … verschmolzen … weil er endlich seinen inneren Frieden gefunden hat, oder weiß der Geier! Das ist echt creepy, aber irgendwie cool! Du bist jetzt ein sexy Ryder-Evan-Verschnitt. Zwei Männer in einem, was will ich mehr?«

»Puppe, das ist totaler Bullshit, den du da …!« Evan schlägt seine Hand vor den Mund, seine Lider werden riesig – und ich muss lachen.

Ich kann einfach nicht anders … über und über mit getrockneten Tränen und dennoch endlos glücklich gehe ich auf die Zehenspitzen, nehme sein wunderschönes Gesicht in meine Hände und wispere: »Wie soll ich dich jetzt nur nennen? Ryan?«

39. SUPERNEU

Im nächsten Moment liege ich auf dem Bett. Evans/Ryders/Wie auch immers harter Körper drückt mich auf die Matratze, also zumindest seine Hüften, die ihren Weg zwischen meine Beine gefunden haben und sich dort mehr als erregend bewegen. Er hat sich auf die Arme gestützt und ich komme auf den Ellbogen auf, während sich seine Lippen auf meine pressen. Er küsst mich so innig, stöhnt in meinen Mund, reibt seinen Unterkörper fast schon verzweifelt an mir und ist unsagbar hart in seiner Shorts.

Gott, ich will ihn so sehr!

Meine Hand gleitet an seinem Körper herab, ich muss ihn berühren – wenigstens über der eng spannenden Shorts. Als ich es tue, zieht er keuchend seinen Kopf zurück und sieht mich schmerzverzerrt an. Das, was ich in der Hand halte, ist im erregten Zustand so mächtig und schwer, dass ich Angst bekommen könnte, aber das passiert nicht. Ich weiß, dass wir perfekt zusammenpassen. Fahrig massiere ich ihn, beiße mir auf die Unterlippe, weil er zuckt und noch härter wird und sterbe tausend kleine, wunderschöne Tode, als er die Augen schließt und seinen Mund etwas öffnet. Seine Hüften bewegen sich mit meiner Hand, doch es ist zu wenig.

Ich muss ihn endlich Haut an Haut fühlen.

»Evan … Ryder … wer auch immer … bitte!« Schon tauche ich in seine Shorts und umfasse ihn, befreie ihn und vergehe fast bei dem Anblick.

Wie er fast komplett nackt, tätowiert und muskulös über mir lehnt und ich seinen stolz erhobenen harten Schwanz berühre – das ist schon fast zu viel für mich. Meine Mitte fängt an, verlangend zu pulsieren, aber ich halte mich noch ein wenig zurück, will noch ein bisschen länger beobachten, wie sein schönes Gesicht sich verzieht, wie selbstvergessen er auf die Lust reagiert, die ich ihm schenke. Wie er immer mehr seine heiß geliebte Kontrolle verliert. Das tut er bloß in solchen Momenten, nur wenn ich so mit ihm zusammen bin, gibt er die Kontrolle an mich ab. Es ist so berauschend.

»Lilli…an«, krächzt er nach einiger Zeit und zieht meine Hand mit einem Ruck zurück, dann küsst er mich wieder und reißt mich aus meinen Gedanken. Er küsst sich fahrig an mir herab, nimmt sich für keinen Körperteil richtig Zeit und dennoch brennt alles lichterloh. Bestimmt zerrt er meine Hose runter, spreizt meine Beine, schiebt mein Höschen zur Seite und leckt über meinen Lustpunkt. Ich schreie auf und beuge meinen Rücken durch. Meinen Fuß stütze ich auf seine breite Schulter, den anderen drückt er ins Laken, spreizt mich. Leckt mich scheinbar überall. Ich brenne und poche und ich weiß er hat nur ein Ziel.

Ein Ziel, das er sehr schnell erreicht.

Innerhalb von ein paar Minuten ist das Bett unter mir nass und ich erbebe in einem unsagbar intensiven Orgasmus, der die Welt aus ihren Angeln reißt. Er rutscht an mir hoch. Mein Höschen ist immer noch zur Seite geschoben, er nimmt mein Gesicht in eine Hand, umfängt meinen Kiefer mit langen, dominanten Fingern und wispert: »Ich liebe dich …«

Erst dann dringt er langsam in mich ein, während ich immer noch ein bisschen komme. Der Atem stockt in meiner Kehle, als er mich dehnt. Evan und Ryder gleichzeitig sehen mich intensiv an, während sie mich anfangen zu ficken.

Seine Hektik ist verschwunden, hat umgeschlagen in etwas Sanftes, aber nicht weniger Bestimmtes. Gemächlich bewegt er sich in mir, hält dabei mein Gesicht, meinen Blick, meine Seele, mein gesamtes Leben fest und lässt mich nicht gehen.

Sein Blick – die Art wie sich mit mir vereint – zeigt mir alles, was ich brauche, um die letzten Zweifel wegzuwischen.

Tränen laufen aus meinen Augenwinkeln.

Dieser Moment ist so intensiv, ich kann ihn kaum ertragen.

Schluchzend kralle ich eine Hand in sein Handgelenk, die andere in seinen angespannten Bizeps und halte ihn fest, mit allem, was ich habe. Vor allem seinen Blick. Seine Bewegungen werden nicht härter, nicht unkontrolliert. So gründlich wie er, hat mich noch kein Mann gefickt.

Irgendwann kann er mich aber auch nicht mehr zusammenhalten. Ich falle auseinander. Zerbreche in tausend Scherben und füge mich wieder neu zusammen.

Als ich nach diesem Orgasmus zu Atem komme, bin ich ein neuer Mensch und vor allem weiß ich eines. Alles: Dieses verzehrende Verlangen nach ihm, diese absolute Abhängigkeit, diese unbändige Liebe, die ich für diesen scheinbar so eiskalten Mann fühle, das alles und vielleicht sogar noch ein bisschen mehr, empfindet er auch für mich.

Er verehrt meinen Geist und meinen Körper. Vollkommen.

Und wenn man so einen Mann erst mal gefunden hat, sollte man ihn nie wieder gehen lassen! Oder man ist wirklich wahnsinnig!

40. Epilog

Schneeflocken rieseln vor dem Fenster herab, leise kitschige Weihnachtsmusik spielt im Hintergrund … und Ryan holt gerade die Plätzchen aus dem Ofen. Ja, Ryan … ich konnte mich einfach nicht entschieden und er war mit seinem neuen Namen einverstanden. »Schließlich beginnt mit dir und mir zusammen ein neuer Lebensabschnitt, Puppe, und ja ich werde dich bis an unser Lebensende ›Puppe‹ nennen, also darfst du mir auch einen neuen Namen geben!« Ich habe gelacht und ihn feierlich auf den Namen Ryan getauft … Danach meinte Ryan, dass es sich anfühle, als wäre jetzt alles so, wie es immer sein sollte. Dass ich der Kitt wäre, der die zwei wieder zusammengeschweißt hätte. Und auch sie geben mir so viel.

Es könnte schöner nicht sein … Ich feiere das erste Mal, seitdem meine Eltern, die gar nicht meine Eltern waren, tot sind, ein schönes Weihnachten. Zuhause … in diesem Angeberhochhaus, in dem man aber eine absolut grandiose Aussicht hat. Irgendwie fand ich es alles andere als schlimm, als Ryan hierher ziehen wollte … Besonders der Whirlpool hat es mir nämlich angetan – ich liege fast jeden Abend darin – ohne Schaum.

Zufrieden lege ich meine Hand auf den Bauch, lümmele faul auf der Couch und sehe, wie Ryan ins Wohnzimmer kommt. Lächelnd … nackt … nur mit einer weihnachtlichen Rudolf-das-Rentier-Schürze um die Hüften. Es ist perfekt – ich hätte niemals gedacht, dass ich irgendwann einmal so über mein Leben denken würde.

»Du siehst wunderschön aus …«, wispert er und stellt die Schale mit den Plätzchen vor mich auf den Couchtisch. Dann beugt er sich vor und leckt die Sahne von meinen Nippeln, die ich dort nicht gerade unauffällig für ihn drapiert habe. Eigentlich wollten wir sie zu unseren Plätzchen dazu essen, aber ich habe mir überlegt, ihm eine kleine Vorspeise zu gönnen. »Und du schmeckst besser als jeder Spekulatius …«, knurrt er und umkreist meine Brustwarze mit der Zunge. Genüsslich stöhnend beuge ich den Rücken durch und schließe die Augen, doch er lässt wieder von mir ab.

»Aber du hast dein Geschenk noch nicht erhalten …« Ich reiße die Lider auf und sehe ihn fragend an.

»Ist dein Geschenk nicht, du, nackt in Weihnachts-Schürze mit Plätzchen?«

»Nope!«, meint er schelmisch grinsend … und fordert dann: »Schließ die Augen!«

»Aber ich habe nichts für dich!«, empöre ich mich gespielt und er stöhnt entnervt.

»Hallo! Du liegst gerade in Weihnachtsmannspitzenunterwäsche auf meiner Couch! Wenn das nicht Geschenk genug ist! Und jetzt Glupscher zu!«

»Hmpf …«, mache ich und folge dem Befehl, denn ich weiß, ich habe sowieso keine Chance, außerdem auch keine Lust zu kämpfen. Was er mir wohl schenken wird? Wird Evans oder Ryders Seite stärker sein? Irgendein Scheiß oder was ganz Tolles … irgen…

Etwas Weiches, aber Kralliges berührt meinen Bauch, ich spüre, wie vier kleine Pfoten inklusive etwas Gewicht auf mir abgesetzt werden und reiße die Augen wieder auf. Auf mir steht ein kleiner Rottweiler-Welpe mit pinker Schleife um den Hals, seine Zunge hängt ihm lustig aus dem Mund und er scheint mich anzugrinsen.

»Das ist Puppe! Sie ist drei Monate alt … und vom selben Züchter wie … wie Teddy es war … Also hat sie irgendwie seine Gene.«

»OH MEIN GOTT!«, kreische ich leise, um das Fellknäuel nicht zu erschrecken, nehme es unter den stämmigen Pfoten und hebe es hoch. »ICH LIEBE SIE! OH MEIN GOTT!«, jubele ich, wieder ganz leise, drücke sie an mich, spüre, wie ihre keine weiche Zunge meinen Hals abschlabbert, und sehe Ryan mit großen nassen Augen an.

Das hat er nicht getan? OH Gott er *hat* es getan!

Noch einmal wird meine Puppe geknuddelt … Sie ist wirklich wunderschön, so tapsig und so lieb … dann stelle ich sie auf den Boden und springe den Mann vor mir an … Er kann mich gerade so am Hintern festhalten, bevor ich runterfalle. Tief sehe ich in diese wunderschönen Augen, die beide Männer widerspiegeln, in die ich mich unsterblich verliebt habe.

»Womit hab ich das verdient Evan Ryder Black?«

»Indem du, du bist …«, wispert er zurück, seine starken Arme schlingen sich fester um mich … und ich kann es kaum erwarten, ihm von meinem Weihnachtsgeschenk zu erzählen. Dass er Vater wird.

Noch vor einigen Monaten hätte mir diese Botschaft eine Heidenangst eingejagt, aber ich habe nun keine Angst mehr vor dem Leben.

Mit ihm tanze ich gerne am Abgrund entlang – weil ich genau weiß, dass er mich immer auffangen wird, wenn ich mein Gleichgewicht verliere. Und ja, es war ein gefährlicher Tanz zwischen Licht und Schatten – aber letztendlich haben wir uns beide für die Dämmerung entschieden.

ENDE verfickte Scheiße, ey.

Ausschnitt aus Immer wieder samstags

(The unholy Book of Tristan Wrangler)

16. Gentleman wider Willen

Mia ›so happy‹ Engel

Ich wusste nicht so recht, was ich von seinem ›genialen Plan‹ halten sollte und noch unsicherer wurde ich, als ich in luftigen Höhen auf dem Fensterbrett saß und mich vorsichtig vorbeugte, um nach unten zu linsen. Es war schwindelerregend hoch … Wie sollte ich denn da hinunter kommen, ohne mir sämtliche Gliedmaßen zu brechen? Aber was hatte ich denn für eine andere Wahl, wenn vermutlich alle Schüler mit Handys bewaffnet auf dem Hof standen und auf meinen Auftritt als überfetter Flitzer warteten. Also ging ich lieber dieses mörderische Unterfangen ein und stürzte unter Umständen in den Tod.

Ich musste mich unbedingt beruhigen, um nicht weiter über mein vorzeitiges Ableben nachzudenken. Seufzend schnüffelte ich an Tristans Shirt, das so wundervoll frisch nach ihm duftete, und konnte wieder mal nicht anders, als verträumt zu grinsen.

Er hatte sich in letzter Zeit wirklich verändert, besonders wenn wir unter uns waren, benahm er sich richtig untypisch, beinahe süß. Dafür war ich unheimlich dankbar und würde deshalb mit einem seligen Grinsen auf den Lippen sterben.

Vielleicht aber auch mit einem lauten »Fuck!«, denn seine Flucherei war enorm ansteckend. Zudem machte es ihn unglaublich an.

Der knallrote Audi, in dem ich schon immer mitfahren wollte, bog gerade um die Turnhalle und kam hinter einer Hecke zum Stehen.

Ein Lächeln entkam mir, als sich kurz darauf Tristan laut motzend einen Weg durch das dichte Grün bahnte, was schnell zu einem ausgewachsenen Kichern wurde, als er oben ohne mit Blättern in den Haaren und angeekeltem Gesichtsausdruck unter dem Fenster stehen blieb. Er wirkte wie der wunderschöne Adam, der gerade aus dem Paradies verbannt wurde – nur mit missmutig verzogenem Mund und gerunzelter Stirn.

»Ich hoffe, du weißt das zu schätzen«, meckerte der Griesgram und zupfte sich Pflanzenteile aus seinen zerzausten Strähnen. Nun musste ich so sehr lachen, dass ich fast aus dem Fenster gefallen wäre, worauf er sich schon panisch bereitmachte, um mich aufzufangen. Doch ich konnte mich noch im letzten Moment festkrallen.

Oje. Jetzt stand er da unten und sah erwartungsvoll zu mir auf. Meine Beine baumelten über dem Fensterbrett, und er konnte gerade mal meinen Fuß erreichen, wenn er seinen Arm streckte. Das war viel zu hoch.

»Komm schon, Baby«, drängte er. Ich blickte verzweifelt zu ihm herab. Jetzt war mir nicht mehr nach Lachen zumute. Mein Herz raste bereits in meiner Brust.

»Was? Komm schon? Willst du, dass ich mir das Genick breche, Tristan?«, fragte ich gereizt. Als Antwort auf meinen Tonfall schnellte seine Augenbraue nach oben, dann seufzte er genervt. »Dreh dich um, halte dich am Rahmen fest und lass dich rückwärts mit den Beinen voran einfach hängen. Ich hebe dich runter. Ist doch kein Problem, Baby«, verkündete er, als würde er so was jeden Tag tun, und zündete sich nebenbei auch noch eine Zigarette an. Er ahnte wohl schon, dass es mit mir nicht so einfach werden würde.

Ich zeigte ihm den Vogel. »Du kannst mich nirgendwohin heben! Ich werde dich unter mir begraben!«

»Wirst du nicht«, gluckste er und zog erneut an seiner Kippe. Mhm, so sexy … Ich grinste kurz, aber dann fiel mir wieder ein, was er von mir wollte.

»Doch, werde ich schon! Ich bin zu schwer für dich!« Die Panik kroch weiter in mir hoch. »Vergiss es einfach. Ich gehe vorn raus! Es ist egal. Ich werde schon damit fertig, Tristan. Fahr nach Hause.« Meine Stimme zitterte und ich atmete tief durch.

»Nein, vergiss du es!« Er schnippte seine Kippe weg und trat mit entschlossenem Gesichtsausdruck einen Schritt auf mich zu. Jetzt befand er sich direkt unter mir. Mit ernster Stimme sprach er: »Du bist nicht zu schwer für mich. Wirklich nicht. Ich bin ein durchtrainierter Scheißer, siehst du?« Seinen braungebrannten Arm hebend spannte er seinen wirklich beträchtlichen Bizeps an. Ich konnte mir das Sabbern gerade noch verkneifen, aber ein träumerischer Seufzer entkam mir.

Er war ja so perfekt …

»Mia! Nicht träumen! Komm schon! Hab verdammte Eier in der Hose und tu es! Ich schwöre dir, ich werde dich auffangen«, sagte er inbrünstig, und ich wusste, dass er dies nicht nur auf diese Situation bezog. »Ich werde dich nicht mehr enttäuschen. Vertrau mir, Mia-Baby. Okay?« Jetzt probierte er diesen flehenden Tonfall, dem ich nichts entgegensetzen konnte.

»Wie du willst!«, antwortete ich trotzig. Mit schlotternden Gliedmaßen drehte ich mich um, hielt mich dabei am Fensterrahmen fest, während ich auf die Knie ging, um langsam ein Bein nach unten auszustrecken. Ich fühlte, wie sich seine langen Finger an meiner Wade nach oben schlängelten, je weiter ich ihm entgegen kam, und Gänsehaut breitete sich bei seiner Berührung aus. »Konzentrier dich!«, warnte er mich.

»Gott, wir werden beide sterben«, jammerte ich und nahm meinen ganzen Mut zusammen.

Seine Hand blieb schließlich an meinem Oberschenkel liegen.

»So sehr ich deinen Zweitnamen für mich schätze, aber Tristan reicht auch, obwohl …« Ich konnte nicht anders, als die Augen zu verdrehen, auch wenn ich gleichzeitig ein Grinsen unterdrücken musste. Da hatte er im Angesicht des Todes nichts Besseres zu tun, als dumme Witze zu reißen.

»Mhm … und diese Aussicht.« Missmutig grummelte ich vor mich hin. Aber ich kam gar nicht dazu, mich aufzuregen – würde ich wohl auch später nicht, dafür liebte ich es viel zu sehr.

»So, jetzt den anderen Fuß. Halte dich gut fest«, wies er an. Ich atmete tief durch und verstärkte meinen Griff am Fensterbrett. Lange konnte ich mich nicht mehr halten, also sollte er mich schnell runterheben.

»Okay, ich tu's jetzt wirklich!«, ermahnte ich ihn und wusste, dass nun er die Augen verdrehte.

Mit angehaltenem Atem klammerte ich mich fest, mobilisierte die letzten Kräfte und ließ auch das andere Bein langsam nach unten gleiten. Sofort schlangen sich seine Arme um meine Oberschenkel und hielten mich mit steinhartem

Griff fest. »Lass los«, forderte er ruhig, und ich löste meine verkrampften Finger, während ich die Augen zusammenkniff. Jetzt würde ich ihn zerquetschen. Ganz sicher würde er unter meinem Gewicht zusammenbrechen, aber er hielt mich nur sicher in seinen Armen.

»Siehst du«, murmelte er an der Rückseite meiner Oberschenkel, und ich fühlte, wie er sie küsste. »Gar nicht schwer …« Dann marschierte er mit mir direkt auf die Hecke zu, ohne zu zittern oder nur angestrengt zu atmen. Für mich war es aber immer noch verdammt hoch.

»Tristan! Lass mich runter!«, kreischte ich und hörte ihn ausgelassen lachen.

Vor den Büschen blieb er stehen und ließ mich betont langsam an seinem Körper herab.

Sobald ich wieder festen Boden unter den Füßen hatte, beruhigte sich mein immer noch rasender Herzschlag.

Als ich mich zu ihm umdrehte, lehnte er zufrieden grinsend mit verschränkten Armen an einem Baum.

»Siehst du, Baby, ich bin nicht zusammengebrochen und du hast mich auch nicht zerquetscht«, meinte er ironisch. Seine Augen strahlten mich an, und ich war mir sicher, dass meine dem in nichts nachstanden.

Ich hatte ihm vertraut und es nicht bereut.

Und wieder wollte ich ihm sagen: »Ich liebe dich. Ich liebe dich so sehr«, aber auch diesmal verkniff ich es mir. Stattdessen verringerte ich die Distanz zwischen uns, stellte mich auf die Zehenspitzen und murmelte: »Danke«, bevor ich ihn sanft küsste.

»Mhm …«, vibrierte es an meinen Lippen. Fest umarmte er mich und vertiefte den Kuss.

Einige Minuten später schlugen wir uns durch die Hecke und setzten uns schnell in sein Auto.

Während wir über das Schulgelände fuhren, machte ich mich ganz klein auf meinem Sitz, auch wenn er die ganze Zeit meinen nackten Oberschenkel streichelte, als versuche er, mich zu trösten. Es war auch nicht weiter schlimm, denn in erster Linie war ich froh, einer weiteren Demütigung entgangen zu sein. Nachdem wir auf die Hauptstraße eingebogen waren und ich mich wieder aufrichten konnte, kam ein neues Problem auf. Wie sollte ich meiner Mutter erklären, dass ich nur in einem schwarzen Shirt und schwarzen Shorts nach Hause kam? Gestern hatte ich Glück: Meine Mutter trieb sich was weiß ich wo rum und mein Vater hatte Spätschicht, sodass es niemandem auffiel, wie ich gekleidet war.

Heute sah das allerdings anders aus. Regulär wurde ich nach der Schule erwartet, zwar nicht mit mütterlicher Fürsorge und einem warmen Essen, aber mit diversen Aufgaben, die ich zu erledigen hatte. Mist! Wie konnte ich das vergessen? Unruhig rutschte ich auf meinem Platz herum und war nicht imstande, den Chauffeurdienst in Tristan Wranglers weichen Ledersitzen seines superteuren Audis zu genießen. »Hör auf, mit deinem Arsch meinen Sitz zu polieren. Spuck's lieber aus!«, befahl er nach einigen Minuten nervöser Zappelei.

»Ich … Ich … kann so nicht heim.« Zerknirscht blickte ich an mir herab. Er zog eine Augenbraue nach oben.

»Dann kauf dir doch einfach was Neues. Ich halte bei der Boutique da vorne«, schlug er vor, und ich wollte endgültig vor Scham sterben.

Trotzdem nahm ich meinen alten zerfledderten Geldbeutel, der seine besten Tage erlebt hatte, als ich fünf Jahre alt gewesen war, und zählte die paar Euro. Es war nicht viel, denn ich bekam nur sehr wenig und unregelmäßig Taschengeld, aber das störte mich meistens nicht. Ich ging sorgsam mit meinem spärlichen Eigentum um und brauchte nicht viel.

»Ähm … gibt's da ein Outfit für acht Euro?« Peinlicher ging es wirklich nicht, und ich wollte spontan in dem weichen Leder versinken.

Na los, Tristan. Trampel darauf rum. So, wie ich es von dir gewöhnt bin! Seufzend ließ ich meinen Kopf gegen die Sitzlehne fallen und schloss meine Augen, um die Tränen zu verdrängen, die spätestens nach den nächsten nun kommenden Worten meine Wangen hinablaufen würden. Ich wollte mich nicht selbst bemitleiden, das tat ich normalerweise auch nicht. Aber gerade jetzt hätte der Unterschied zwischen uns nicht größer sein können, und das fühlte sich schrecklich an. Spätestens jetzt würde Tristan ebenfalls erkennen, wie unüberbrückbar unsere Leben waren, mich auf der Stelle aus dem Auto werfen und anschließend seine Kleidung zurück verlangen.

»Hey!« Seine Finger strichen über meine Wange und nahmen mir mein Portemonnaie aus der zitternden Hand.

»Lass mal, Mia.« Sein beruhigender Tonfall brachte mich dazu, zu ihm hinüberzusehen. Sein Blick, mit dem er mich kurz bedachte, war weich und so voller Mitgefühl, dass es mich überwältigte. »Ich zahl für dich.« Ich schüttelte heftig den Kopf und wollte gerade protestieren, als er auch schon einen Finger auf meine Lippen legte.

»Du hast nichts und ich habe alles. Wenn du irgendwann auch mehr hast, kannst du es mir zurückgeben«, sagte er bestimmt.

»Tristan, bitte … es ist mir schon so peinlich genug«, nuschelte ich düster gegen seinen Finger, aber er zog nur eine Augenbraue hoch, um zu signalisieren, dass er darüber nicht diskutieren würde. Was er dann aber doch machte.

»Das muss es nicht. Niemanden sollte es unangenehm sein, wenn er kein Geld hat. Meistens kann man nichts dafür!«, meinte er stirnrunzelnd und blickte dabei aus dem Fenster zu der Boutique, vor der wir stehen geblieben waren. Schließlich wandte er sich wieder mir zu. »Ich bin ein verwöhnter Scheißer. Mir bedeutet die Kohle nichts, und es tut mir nicht weh, wenn ich etwas für dich ausgebe. Hundert oder Zweihundert mehr oder weniger sind egal.«

Meine Augen weiteten sich, als ich mir die enorme Summe vorstellte. Er lachte leise, aber auch ein wenig bedauernd.

»Fuck, Baby, du bist manchmal so süß.« Entschlossen lehnte er sich zu mir und drückte seine Lippen auf meine. Er küsste mich sanft und überredete mich mit seiner Zunge, bis ich seufzte und aufgab. Ja, ich würde tatsächlich alles für ihn tun, sogar meinen verdammten Stolz überwinden.

»Wenn du willst, kannst du es einfach als Bezahlung für den phänomenalen Blow-Job vorhin sehen«, verkündete er grinsend, stieg aus, während ich nur fassungslos den Kopf schüttelte. Er war so ein Macho, aber ich wusste, bei ihm war so was nicht beleidigend gemeint.

* * *

Lediglich mit Tristans Shirt und Shorts bekleidet kam ich mir in dem Laden völlig fehl am Platz vor. Was alles noch blöder machte, war die Tatsache, dass wir so tun mussten, als würden wir nicht zusammengehören, denn jeder im Ort inklusive der

Verkäuferin kannte die Wranglers. Da allerdings nach wie vor niemand wissen sollte, dass wir miteinander zu tun hatten, wäre das Risiko groß, dass es auf diesem Weg rauskam.

Somit ging ich allein und wurde von der Angestellten seltsam gemustert, als ich beim Suchen auch noch auf sie angewiesen war. Schnellstmöglich schnappte ich mir ein paar Klamotten, die meinen alten am ehesten entsprachen. Mit einer Jeans und einem schwarzen Pullover verschwand ich gerade in der zweckmäßigen Umkleidekabine, als ich Tristan auch schon hörte. Unauffällig war wirklich etwas anderes. Er öffnete einen Spalt weit den beigen Vorhang und schaute zu mir rein.

»Und?«, fragte er neugierig und ließ seinen Blick über mein neues Outfit wandern.

»Sieht es aus wie meine alten Sachen?« Unsicher schaute ich ihn an. Aber er verdrehte nur die Augen.

»Ja, tut es … Nur, dass es ungefähr dreimal so viel kostet.« Als er bemerkte, wie sich mein Gesichtsausdruck in schuldbewusst änderte, redete er hastig weiter: »Nicht, dass es mir was ausmachen würde!« Das ließ mich wieder kichern und ich wollte ihn einfach nur küssen, wäre da nicht noch ein winzig kleines Problemchen gewesen.

»Die Unterwäsche ist zu klein.« Errötend zeigte ich auf die schlichte, schwarze Wäsche, die ich notgedrungen gewählt hatte. Seine Augen fingen an, verwegen zu funkeln.

»Ich such dir welche aus!« Mit einem Ruck hatte er mir das Set aus den Fingern gerissen und strahlte nur so vor Vorfreude. Mit Sicherheit wäre er am liebsten wie ein kleiner Junge an Weihnachten auf und ab gehüpft. Obwohl wir damit wohl auch nicht noch mehr aufgefallen wären, als es bereits der Fall war. Wollte er nicht verhindern, dass uns jemand zusammen sah? Gott, er war so verwirrend und unberechenbar. »Welche Größe?«, wollte er noch wissen, und ich wurde rot wie eine Tomate.

»Tristan, bitte …«, murmelte ich verlegen. Er überraschte mich, indem er zu mir in die kleine Kabine schlüpfte und mein erhitztes Gesicht in seine schlanken Finger nahm.

»Mia Engel. Falls du es noch nicht gemerkt haben solltest, genau hiermit …« Seine Hand rutschte herab und umfasste meine Brust. Ich keuchte auf. Zufrieden mit meiner Reaktion ließ er sie weiter über meinen Bauch nach unten wandern, genau zwischen meine Beine: »… und hiermit hast du mich um deinen kleinen Finger gewickelt. Und das hier …« Seine langen Finger stahlen sich zu meinem Arsch, um einmal genießerisch darüber zu streicheln und anschließend hinein zu kneifen. Dabei grinste er dreckig: »… liegt mir wirklich am Herzen. Ich will, dass es schön verpackt ist. Außerdem verbiete ich dir, dich jemals wieder wegen deinem Körper vor mir zu schämen! Das nächste Mal, wenn wir alleine sind, werde ich dir zeigen, wie sehr ich ihn schätze. Aber jetzt müssen meine Worte reichen. Die letzten Jahre hab ich viel Scheiße gebaut und auch gesagt, ich hab dich wirklich verletzt und bin auf deinen Gefühlen rumgetrampelt. Aber eins kannst du mir glauben, ich liebe deinen Körper. Wirklich. Also sei ein braves Mädchen und sag mir deine verfickte Größe, damit ich dir was Schönes aussuchen kann. Etwas, worauf ich mir heute Abend einen runterholen werde, wenn ich mir dich in diesem sexy Fummel vorstelle!«

Woah!

Ich starrte ihn an. Mein Hirn musste diese ungewohnt gefühlvolle, ehrliche und gleichzeitig gewohnt dreckige Ansprache erst einmal verarbeiten. Tristan streichelte mit einem Daumen meine Wange. Mit der anderen Hand hielt er mich immer noch am Hintern an sich gepresst.

»Baby, atmen.« Ich holte tief Luft, denn ich hatte sie wirklich die ganze Zeit angehalten. Aber diese Spannung zwischen uns war einfach nicht anders zu ertragen. »Sag schon«, drängte er sanft und lehnte seine Lippen gegen meine Stirn.

Tief inhalierte ich seinen berauschenden, männlichen Duft und flüsterte unwillig: »L und 80 D.« Ich fühlte, wie sich seine Lippen an meiner Stirn zu einem Grinsen verzogen.

»Danke, Miss Angel.« Unverzüglich rückte er zufrieden grinsend ab und ließ mich herzklopfend in der Kabine stehen, um mir Unterwäsche auszusuchen.

Dieser Mann machte mich wahnsinnig und ich liebte ihn nur noch mehr dafür.

* * *

Ich musste immer noch an die schwarzen Spitzendessous denken, die er mir ausgesucht hatte. Der BH war knapp und aus einem dünnen, fast durchsichtigen Stoff und das Höschen hatte die Form einer Hotpants. Mir war immer noch ganz schwindlig, weil ich mich die gesamte Zeit vor ihm drehen musste, während sich Tristan an meinem Hintern nicht sattsehen konnte.

Gegen Strapshalter, Strümpfe und Korsett konnte ich mich wehren, aber mir entging nicht das aufgeregte Glitzern in seinen Augen, was verriet, dass darüber noch nicht das letzte Wort gesprochen worden war.

Allein der Preis hatte mich fast umgehauen – zweihundert Euro für einen Hauch von Nichts –, umso beruhigter war ich, mich wenigstens hier durchgesetzt zu haben. Was die restlichen Sachen anging, wollte ich gar nicht erst wissen, wie viel sie gekostet hatten, denn ich verließ vor Tristan das Geschäft, der währenddessen die Rechnung beglich. Dennoch musste für die Verkäuferin offensichtlich gewesen sein, dass wir uns gut kannten. Erstens dürfte sie das Oberteil und die Hose wiedererkannt haben, die ich erst mit ihrer Hilfe gefunden hatte und zweitens war mein persönlicher Sexgott alles andere als diskret, als er sich durch die Ständer weiblicher Unterwäsche wühlte. Nichtsdestotrotz nahm ich mir vor, mich irgendwie, irgendwann bei ihm zu revanchieren.

Er hatte ja nicht nur die dunkelblaue Jeans und den schwarzen Pullover gekauft, sondern auch passende Ballerinas und Socken sowie Dessous. Ihm schien das jedoch nichts auszumachen. Im Gegenteil, er wirkte fast glücklich, als ich mich auf dem Rücksitz seines Autos umzog, er mich dabei unverhohlen betrachtete und mich ständig mit seinen langen Fingern versuchte abzulenken, nach denen ich kichernd schlug.

Der Tag war geradezu himmlisch gewesen und ließ die Zeit rasend schnell vergehen. Seitdem seine starken Arme mich in der Dusche umschlungen hatten, war alles andere in den Hintergrund gerutscht. Schweigend fuhren wir nach Hause, und ich dachte an den morgigen Termin bei der Frauenärztin, um mir die Pille verschreiben zu lassen.

Gleichzeitig fragte ich mich, wann wir uns wohl wieder richtig nahekommen würden. Momentan hatte ich meine Tage, weswegen ich ihn auch nach dem Sport abwehren musste, obwohl das eigentlich egal war. Es reichte allein, hier bei ihm zu sein, selbst wenn dies gleich zu Ende sein würde, da wir fast bei mir daheim waren. Dort erwartete mich Stanley, damit er eine Gassirunde drehen konnte, und meine Mutter …

Wir hielten vor meinem Block.

Ich wollte nicht gehen und ihn nicht gehen lassen. Viel lieber wäre ich hier sitzen geblieben, idealerweise für den Rest meines Lebens, anstatt mich morgen wieder dem kalten, gemeinen Tristan Wrangler zu stellen, der er schon die Jahre zuvor gewesen war. Leider blieb mir nichts anderes übrig. Also seufzte ich und war gerade im Begriff, die Tür zu öffnen, als mein Traummann ein kleines Knöpfchen drückte, um das Auto zu verriegeln.

»Oh!« Erstaunt und völlig entgeistert drehte ich mich zu ihm um. Dann keuchte ich auf, weil er mich mit diesem dunklen und verlangenden Blick ansah.

Ohne ein Wort packte er meine Haare und zog mein Gesicht zu seinem heran. Er küsste mich so innig und tief, dass ich völlig überrascht von der Eindringlichkeit war. Ich versuchte, standzuhalten und mit der gleichen Leidenschaft seinen Kuss zu erwidern, um in ihm all meine Gefühle zum Ausdruck zu bringen. Seufzend krallte ich mich in sein Shirt, das er jetzt wieder trug, und hielt ihn fest. Ich wollte mich nicht verabschieden, genauso wenig wie er.

Doch irgendwann mussten wir uns trennen. Als er seine weichen Lippen ein letztes Mal behutsam auf meine drückte, tat es fast körperlich weh, mich zurückzulehnen und die Tür zu öffnen, nachdem er das Auto entriegelt hatte.

Dieser Kuss hatte alles gesagt. In ihm hatten wir all unsere Zuneigung, Verzweiflung und Hingabe mitgeteilt. Worte waren überflüssig. Mühsam verdrängte ich die Feuchtigkeit, die sich in meinen Augen sammelte, schluckte ein Schluchzen runter, als ich ausstieg und er den schnurrenden Motor startete.

Ich musste mich regelrecht davon abhalten, zum Wagen zu hechten, mich an Tristan zu hängen, um ihn anzuflehen, bei ihm bleiben zu dürfen.

Mit quietschenden Reifen wendete er und raste davon, und eine einzelne Träne lief meine Wange hinab.

Einerseits weinte ich vor Kummer, aber andererseits auch vor Freude, denn in unserer kleinen Welt gehörte Tristan Wrangler zu mir.

Früher oder später würde er sich selbst eingestehen, dass er etwas für mich empfand, denn ich war mir sicher, dass es so war. Früher oder später würde er es auch offiziell machen. Schon heute freute ich mich auf den Tag, an dem ich meinen gesamten Mitschülern hocherhobenen Hauptes in die Augen sehen und ihnen mitteilen konnte, dass Tristan Sexy mein Freund war.

Bis es so weit war, musste ich lediglich geduldig sein.

17. Verkettung der Ereignisse

Tristan ›so bored‹ Wrangler

Das konnte einfach nicht wahr sein. Warum hatte ich mich dazu breitschlagen lassen, hier aufzulaufen – auf eine verschissene Strandparty, schon wieder? Ich wusste doch, wie öde und selten bescheuert diese kranken Veranstaltungen waren, zumal sich ohnehin immer die komplette Dämlichkeit der gesamten Schule einfand. Dazu kam, dass die Musik scheiße war, die Bar schlecht bestückt, und warum zum Teufel wurden pinke Badehosen für Kerle eigentlich nicht verboten? Es war alles wie gehabt, denn leider hatte sich der Großteil immer noch nicht der so dringend benötigten Schönheits-OP unterzogen, vorzugsweise am Hirn. Da es die leider nicht umsonst gab – warum eigentlich nicht? –, sollte ich vielleicht sammeln gehen. Genügend freiwillige Spender gab es bestimmt.

Links neben mir unterhielt sich beispielsweise so ein Vollspast mit einer unterbelichteten Ausgabe des weiblichen Geschlechts über Taschentücher. Das musste man sich mal reinziehen! Die laberten über Taschentücher auf einer Strandparty.

Rechts stand mein Bruder Tom, der Arsch, mit seiner Schlampe und glotzte mich permanent dümmlich an. Beide kicherten und tuschelten, tranken und knutschten. Trotzdem schielten sie immer wieder zu mir. Weiß die fucking Muschi, warum.

Fuck, die Pisser hier regten mich alle auf! Die Bar regte mich auf, der Strand regte mich auf, die bunten Lampions überall auch und das Lagerfeuer sowie die scheiß Fackeln erst recht.

Kurz: Die gesamte Menschheit kotzte mich an!

Ich verschwendete hier nämlich kostbare Zeit. Seit Montag kurz vor siebzehn Uhr hatte ich nicht mehr getan, was ich eigentlich tun wollte: mein Mädchen in den Armen halten, ihr irgendeinen Scheiß erzählen, ihr zuhören und natürlich sie geradezu ehrfürchtig ficken.

Ich hatte keine Ahnung, was in mich gefahren oder wann das passiert war, aber wenn ich sie ansah, empfand ich Ehrfurcht, tiefe Ehrfurcht.

Auch jetzt.

Sie stand mir gegenüber an der Bar. Genau an derselben Bar, an der ich vor vier Wochen einen Drink nach dem nächsten gekippt hatte. Die Umstände waren die gleichen. Doch wir waren es nicht.

Vor vier Wochen war mein Mädchen noch der Truthahn. Niemals hätte ich es über mich bringen können, sie anzufassen, zu beachten oder gar zu schätzen. Sie war es schlicht nicht wert gewesen. Stattdessen hatte ich ihr das Leben zur Hölle gemacht.

Und nun? Nun war ich mir nicht sicher, ob ich es wert war. Mittlerweile war sie wahrhaftig mehr als nur ein guter Fick, denn je öfter ich ihre enge Pussy um mich spürte, desto mehr wurde ich zu einer. Das Allerschlimmste? Ich wusste nicht, ob mich das tatsächlich störte.

Immer wieder sah ich verstohlen zu ihr. Ich wollte bei ihr sein. Besonders als sie an ihrem alkoholfreien Cocktail nippte und mich unter gesenkten Wimpern anlächelte. Nicht schüchtern. Nicht errötend. Sondern sinnlich. Verführerisch. Schwanz anziehend.

Fuck!

Schnell wandte ich meine Augen von ihren dunklen, lustverschleierten ab und nahm einen sehr großen Schluck von meiner Whiskey-Cola. Der Scheiß war eklig. Ich wollte nur einen Geschmack auf meiner Zunge, den meines Mädchens, egal ob von ihrem Mund oder ihrer Pussy. Mhm …

Derweil kicherten diese kleine Hexe und mein Idiotenbruder schon wieder neben mir, doch diesmal reichte es. Mit meiner Geduld am Ende fuhr ich zu ihnen herum und erwischte sie beim Glotzen.

»Was? Noch nie einen Typen gesehen, der kurz davor ist, seinen Bruder und seine Hexe zu köpfen?«, blaffte ich.

Vivi verzog ihren Mund lediglich zu einem himmelschreienden dreckigen Grinsen, während Tom nur wissend eine Augenbraue hob.

»Ich wollte gerade was rauchen gehen. Und du siehst aus, als würde dir etwas Beruhigung guttun. Kommst du mit?«, erkundigte er sich mit vermeintlicher Engelsstimme.

»Frag nicht so blöd!«, grölte ich. Ja, ich war die letzten Tage ständig überreizt und verdammt angepisst. Sogar noch mehr als sonst. Dieses dämliche Pärchen, das sich eben noch so angeregt über Taschentücher unterhalten hatte, machte die Flocke. Vielleicht hätte ich schon eher ein wenig rummotzen sollen. Ich war mir sicher, niemand brauchte in diesem

Moment dringender einen entspannenden Zug aus einer erstklassigen Grastüte als ich.

»Dann komm, Alter«, lachte Tommy und ging vor. Vivi folgte mir.

Fluchend bahnte ich mir einen Weg durch die ›tanzenden‹ Spacken und bekam gerade so aus dem Augenwinkel mit, dass Phil und Katha mein Mädchen ansprachen, und sie grinsten – absolut hinterfotzig.

Ich blieb so abrupt stehen, dass sich Vivis spitzes Näschen in meinen Rücken bohrte. »Tristan!«, rief sie empört und verschüttete auch noch ihren scheiß Yogi Tee auf meiner Kehrseite. Nur diese Kräuterkuh brachte es fertig, ihren widerlichen Yogi Tee sogar auf einer Strandparty zu trinken. Rein, biologisch und gesund, bla, bla, bla.

»Vivi!«, ätzte ich und wirbelte zu ihr herum. »Du hast …«, doch weiter kam ich nicht. Als ich mich vergewissern wollte, dass Mia mit Phil und Katha noch da waren, bevor ich Vivi zusammenschiss, waren sie verschwunden.

Mein Herz setzte aus.

»Gottverdammte Scheiße!«, wütete ich, bevor die Hexe auch schon ihre Stirn runzelte.

»Was ist denn?« Unschuldig sah sie mich an. Ich derweil wollte nur brüllen: Mia, where the fuck is Mia? Aber Tom hielt mich davon ab, indem er mir in den Arm boxte.

»Kommst du jetzt, oder was?«

Misstrauisch starrte ich die Schlunze von meinem Bruder an und verengte die Augen zu bedrohlichen Schlitzen. Irgendwas war im Busch und sie hatte damit zu tun. Das beruhigte mich aber nicht wirklich, auch wenn Vivi mein Mädchen mochte und die gesamte letzte Woche jeden Tag mit ihr verbracht hatte. Wenigstens jemand, wenn schon nicht ich.

Dafür war ich ihr sogar insgeheim dankbar. Dennoch konnte ich es auf den Tod nicht ausstehen, wenn irgendein Scheiß hinter meinem Rücken abging. Sogar Mias Verwandlung war Vivis Werk: der Push Up BH, das dezente Make up, die moderne Kleidung und die wild gelockten Haare, nicht zu vergessen die Intimrasur. Allein der Gedanke brachte meinen Ficker zum Zucken, dem ich jetzt aber keine Beachtung schenken konnte. Stattdessen machte ich mir eine Randnotiz, die Hexe ab heute einfach zu mögen und grinste sie an.

Darauf riss diese die Augen auf, als würde sie sich um meinen Geisteszustand sorgen. Ich lachte nur und durchwühlte mit einer Hand ihre naturroten Haare. Ärgerlich runzelte sie die Stirn.

»Ich hoffe, du passt auf sie auf!« Für einen kurzen Moment klappte ihr der Mund auf, aber dann lächelte sie beruhigend.

»Ich liebe sie auch, weißt du.« Ihre klaren, blauen Augen schauten direkt in meine, bereits leicht glasigen.

Bevor ich diesen verbalen Herzinfarkt nur ansatzweise verkraften konnte, zog sie mich auch schon bestimmend durch die Menge.

»Aber jetzt komm! Wir müssen uns beeilen, du kleiner schwanzgesteuerter, verliebter Dummkopf. Du versaust noch alles. Die ganze Planung …«, murmelte sie vor sich hin, aber ich vernahm nur ein Rauschen.

Hatte dieses Weib mir gerade indirekt zu verstehen gegeben, dass ich Mia Engel lieben würde? Wenn, war es sogar zu absurd, um darüber zu lachen.

No fucking way! Ich, Tristan Wrangler, liebte nicht! Keinen! Nicht mal mich selbst! Rein aus Prinzip.

Ich stolperte immer noch völlig verwirrt hinter Vivi her, bis wir die Treppen erreichten, die zum Kiesstrand führten.

Erleichtert registrierte ich Phils breite Schultern in einer Gruppe von Leuten, die sich dort versammelt hatten, und setzte mich wieder in Bewegung. Als Tom bereits die Tüte angezündet hatte, entdeckte ich neben Katha mein Mädchen, was mich über meine eigenen Füße stolpern ließ. Vivi kicherte lediglich, weil ich fast auf die Nase fiel, und zerrte mich weiter.

Es kostete mich meine gesamte Selbstbeherrschung, mir nichts anmerken zu lassen. Weder meinen Schock noch meine Latte. Vom Lagerfeuer leicht erhellt wirkte sie wie eine Erscheinung, während sie einen luftigen braunen Rock und eine weiße Tunika mit verdammten V-Ausschnitt trug – inklusive Push Up.

Oberfuck!

Ohne dass ich es wirklich hätte beeinflussen können, wurde ich in ihre Richtung geschubst. Als meine Schulter sie streifte, kaute sie auf ihrer Lippe herum und verspannte sich am ganzen Körper, genau wie ich. Auf ihre Gegenwart reagierte ich hochsensibel, nahm jede Berührung wahr, fühlte sie. Das hier würde mein Untergang sein. Denn ich sah weder was die anderen Wichser sagten noch was sie taten. Jede Faser meines Seins war auf Mia neben mir fixiert, auf mein Mädchen, obwohl ich sie nicht einmal ansah.

Erst als Phil, der gerade an der Tüte gezogen hatte, schwankend seine Hand ausstreckte, um ihr den Joint unter die Nase zu halten, den sie mit großen, unschuldigen Augen anstarrte, reagierte ich.

Fuck, nein!

»Auf keinen Fall!«, stieß ich aus und riss ihm das Teil geradezu panisch aus den dicken Fingern.

Er lachte schallend. »Da ist aber jemand geizig, hm? Lass

doch unseren Truthahn auch mal ziehen. Vielleicht lernt er dann fliegen!«

Ich verschluckte mich an dem Scheißteil, als sie scharf die Luft einzog, und hustete wie ein Irrer.

Bitte! Geht nicht auf den Namen ein!

Aber es wäre ja nicht meine verschissene Familie, wenn sie in diesem Übel nicht auch noch rumgebohrt hätten.

Katha stupste Mia spielerisch an, allerdings gar nicht abwertend, und lachte.

»Ja, Tristan hat diesen ganz speziellen, liebevollen Namen für dich kreiert.«

Fuck! Das war's. Mein Ficker konnte sich von seiner absoluten Lieblingspussy verabschieden! Riesige Augen musterten mich vorwurfsvoll und durchaus verletzt. Mit offenem Mund erwiderte ich ihren Blick. Ich konnte sehen, dass sie gleich anfangen würde zu weinen. Was hatte ich getan? Wie konnte ich sie nur jemals Truthahn nennen? Ich wusste doch, was für Komplexe sie hatte. Die höhnische Stimme in meinem Kopf musste natürlich auch noch ihren Senf dazugeben: *Ja, jetzt weißt du es. Ein bisschen spät, oder?* Ich ignorierte sie lediglich und überlegte, was ich tun konnte. Irgendwas musste ich sagen, es abschwächen, sie idealerweise beruhigen. Aber vor den anderen konnte ich kaum mit der Wahrheit rausrücken, zumal ich selbst nicht einmal wusste, was die Wahrheit war.

»Ich … ich …«, stammelte ich vor mich hin, als ihre Unterlippe auch schon bebte und sie erneut auf ihr herumkaute, um die angekündigte Tränenflut zu verhindern.

Fuck! Nein! »Das …« Ich fühlte mich, als würde ich keine Luft bekommen. Meine Finger zitterten so sehr, dass die Tüte auf den Boden fiel. Doch als ich mich nach ihr bückte, fing

Mia plötzlich an zu lachen. Aus vollem Halse, laut und glockenklar. Eine Welle der Ruhe und des Friedens und vor allem der Erleichterung breitete sich in mir aus.

Es war fast schon ein Naturgesetz, dass ich jeden an den Eiern oder Eierstöcken aufhängen würde, hätte er sich über mein Gestammel und den kleinen Ausflipper lustig gemacht.

Aber mein Mädchen durfte immer über mich lachen. Der Klang war einfach zu verdammt schön.

Ich grinste und hob die Tüte auf. »Nicht sehr einfallsreich … Ich weiß.«

Leise glucksend gestattete ich mir einen tiefen Zug an dem Joint und beachtete die anderen Penner nicht, die mucksmäuschenstill und baff um uns herum standen.

Na ja, Vivi und Katha kicherten leise, aber Mia lachte mich weiterhin richtig aus und ging völlig aus sich heraus. Genauso, wie nur ich sie kannte. Viel fehlte nicht mehr, nur dass sie sich den Bauch halten und auf mich zeigen würde, aber das entsprach ihr nicht.

Meine Brüder mimten weiterhin Statuen und schauten dämlich aus der Wäsche. Vermutlich warteten sie immer noch auf meinen Ausraster, der unweigerlich folgen musste. Doch der blieb aus – auch als sich alle beruhigt hatten. Dies war eine absolute Premiere. Offenbar merkte das auch Mia, denn sie lehnte sich ein kleines Stückchen nach rechts, um ihre Schulter leicht an meine Seite zu schmiegen, als wolle sie sich entschuldigen. Aber das musste sie nicht – sie nicht!

Ich grinste in mich hinein und gab die Tüte an Vivi weiter, die nur »Jetzt« rief.

Aufgeschreckt gab ich ein »Was?« von mir, als Tom und Phil auch schon auf mich zusprangen und mit Stahlgriffen meine Oberarme packten. Es ging alles rasend schnell, ohne dass ich den Hauch einer Möglichkeit hatte, mich zu wehren oder wenigstens lautstark zu protestieren.

Endgültig fassungslos war ich, als Vivi und Katha mein Handgelenk nahmen, welches Mias streifte, und etwas Plüschiges darum befestigten. Mit einem Klack rastete ein Schloss ein. Mir schwante Böses, besonders da sich plötzlich alle in Sicherheit brachten, sogar mein Mädchen, das sich aber keine zwei Schritte von mir entfernen konnte, ohne mir den Arm auszureißen. Eine Sekunde lang versuchte ich zu ergründen, was uns aneinander fesselte, schloss meine Augen, öffnete sie wieder, aber konnte nicht glauben, was ich sah. Die Wichser waren tot!

Sie hatten mir verdammte Handschellen angelegt. Aber das Abgefuckteste kam ja noch. Sie waren mit schweinchenrosa Fell besetzt, als wäre ich eine verflixte Pussy, und waren an einer kleinen Kette mit einem viel zierlicheren Handgelenk verbunden. Normalerweise hätten sie mir dort auch sehr gut gefallen, aber hier und jetzt war das ein absolutes No Go!

Ich befand mich auf einer Strandparty in der verfickten Öffentlichkeit, war offenbar dazu verdammt, mit einem Dauerständer rumzulaufen, weil mein Mädchen so dicht bei mir stand und ich sie so lange nicht mehr hatte.

Meine Gedanken schienen völlig wirr, hin- und hergerissen zwischen diversen Mordplänen und meiner Erregung, erst recht, als ich in die großen, ängstlichen Augen von Mia sah.

Mein Kopf fuhr zu meinem ältesten Bruder herum, der schon halb im Fluchtmodus befindlich bereit war, jeden Moment Katha wie einen Football zu packen und mit ihr zu türmen.

»Öffne den Scheiß, solange du noch nicht tot bist!« Ich bekam kaum die Zähne auseinander.

»Nö!« Gelangweilt grinste er, aber ich konnte einen Funken Unsicherheit in seinem Blick erkennen.

»Ich schwöre dir, Phil … Du wirst …« Der Scheißer hatte sich den Mist ausgedacht, ganz klar. Er besaß auch den Schlüssel, weswegen er diesen überheblichen Ausdruck in seiner hässlichen Visage trug. Außerdem war er der Stärkste in der Familie und konnte ihn am effektivsten beschützen. Nur leider würde mich das nicht daran hindern, ihm seinen widerlichen Arsch aufzureißen, wenn ich erst einmal freikam.

Ich musste zugeben, dass sie es geschickt eingefädelt hatten. Meine Drohungen blieben wirkungslos, stattdessen drängelte sich Vivi an Mia und gab ihr einen Kuss auf die Wange, ehe sie Tom mit sich fortschleifte.

»Viel Spaß an diesem schönen Samstagabend!«, trällerte sie noch ätzend fröhlich.

Phil zuckte mit den Schultern, als könne er überhaupt nichts tun, und zog Katha lachend in seine Arme. »Bis später, Bro!« Dann kniff er ihr in den Arsch, woraufhin sie ihm kichernd auf den Hinterkopf schlug, und schon machten sich auch die beiden vom Acker.

Ich blieb zurück, an Mia gekettet. Die ersten Leute wurden auf uns aufmerksam, und ich hatte einen Ständer. Mein Herz raste.

Mir kam all das in den Sinn, was ich die gesamte Woche nicht mit ihr tun konnte, wovon aber ich und mein Ficker geträumt hatten.

»Weißt du …«, sagte ich schließlich und sah den Wellen dabei zu, wie sie sich sanft am Strand vor unseren Füßen brachen.

»Hm?«, murmelte sie und schaute in den Himmel.

Ja. Das Arschloch in mir würde sich den ganzen Abend mit

ihr irgendwo verstecken, damit niemand sie auch nur von der Seite ansehen konnte. Egal ob wir Handschellen trugen oder nicht. Das Getratsche konnte ich jetzt schon hören: »Tristan Wrangler musste den ganzen Abend mit dem Truthahn über die Party laufen und sich von ihr anhimmeln lassen … und dem Penner hat es auch noch gefallen, denn er hatte eine verdammte Dauerlatte!« So oder so ähnlich würde die Scheiße laufen.

Sollte ich weiterhin das Arschloch mimen, um heil aus der Nummer rauszukommen, oder sollte ich etwas anderes schützen?

Ich löste meinen Blick von den Wellen und schaute auf sie herab. Auf sie, die so klein und zerbrechlich neben mir stand, auch wenn sie körperlich nicht so wirkte. Dennoch war sie empfindsamer als alle magersüchtigen Schlampen zusammen. Innerlich. Ein falsches Wort konnte sie zerstören.

Dennoch oder vielleicht auch gerade deshalb brauchte ich sie, also musste ich aufpassen, dass dies nicht geschah. Ich musste sie beschützen. Zudem wollte ich, dass sie mir vertraute. Nein, genaugenommen brauchte ich es.

»Tu mir einen einzigen Gefallen.« Kalt, knapp und hart betonte ich jede Silbe. Sie wandte sich mir zu, um kleinlaut zu mir aufzusehen.

»Ich tu alles, was du willst«, flüsterte sie natürlich sofort absolut verunsichert und erzitterte leicht.

Fuck! Sie war so verdammt anbetungswürdig! Ihre Angst war geradezu greifbar: die Furcht vor Zurückweisung. Doch ich hatte mich bereits entschieden. Also grinste ich sie verführerisch und dreckig an, was sofort ihr Kopfkino aktivierte und die erste körperliche Reaktion entlockte. Ihr Blick verschleierte sich leicht, ihr Atem beschleunigte sich und diese gewisse Spannung baute sich zwischen uns auf. Ich wollte sie haben! Hier und jetzt! Mein Ficker schrie förmlich nach ihr, schien sich nach ihr zu verzehren. Aber das würde ich nicht tun! Nicht jetzt und auch nicht hier!

Dafür war es nötig, dass sie etwas einhielt, eine einzige verdammte Regel, zumindest solange wir uns in der Öffentlichkeit befanden und aneinander gekettet waren.

Ich wusste, es würde schwer für sie werden, sehr schwer. Mindestens genauso wie für mich. Denn wir reizten uns ständig gegenseitig.

Allein die Vision, sie könnte die schwarzen Hotpants tragen, die ich ihr ausgesucht hatte, entlockte mir ein Keuchen.

»Baby.« Mit weicher Stimme begann ich, was sie sofort verträumt und erleichtert lächeln ließ. Sie mochte es, wenn ich sie ›Baby‹ nannte oder noch besser, ihren Lieblingskosenamen benutzte: ›Mia-Baby‹.

»Fass. Meinen. Schwanz. Nicht. An!« Deutlich sprach ich jedes einzelne Wort aus und sah sie ernst und eindringlich an. Aber meine Augen funkelten schelmisch, denn ich wusste, wie sie reagieren würde.

Bei dieser Gewissheit zuckten sogar meine Mundwinkel nach oben.

Sie lachte – ausgelassen, herzerfrischend und frei. Auch ich konnte nicht anders, als nun endgültig zu grinsen und ihr die weichen Haare zu verwuscheln.

»Ich brauch erst mal was zu trinken.« Schon machte ich mich auf den Weg in Richtung der Treppen, um meinen ursprünglichen Platz an der Bar wieder einzunehmen. Allerdings kam ich nicht weit. Ein Widerstand an meinem Handgelenk brachte mich zum Stoppen. Verwirrt drehte ich mich mit hochgezogener Augenbraue zu Mia um, die sich weigerte mitzukommen.

»Dir … macht es echt nichts … aus?«, fragte sie leise und zaghaft. Ich konnte nur ironisch aufschnauben.

Die ganze verschissene Woche war ich ein genervter Pisser gewesen, weil ich meine Zeit nicht mit ihr verbringen konnte, und jetzt fragte sie mich allen Ernstes, ob es mir was ausmachen würde, wenn ich endlich einen ganzen Abend mit ihr hatte?

Ausmachen? Ich schwebte gerade im verfickten Himmel!

Mein Ficker sah das ähnlich, denn ich hätte schwören können, dass er dreckig grinste. Er konnte nämlich nie genug von ihrer Nähe bekommen.

»Mir macht lediglich etwas aus, dass unsere einzige körperliche Verbindung aus Handschellen besteht.« Als sie die Bedeutung meiner Aussage erfasste, bekamen Mias Augen einen lustvollen Ausdruck und verursachten eine Gänsehaut, die ihr den Rücken hinabrieselte, sodass ich sie fast erbeben sah. Ganz in ihren Phantasien versunken folgte sie mir ohne weitere Gegenwehr.

»Keine Angst, Mia-Baby«, beruhigte ich sie und meinen ungeduldigen Schwanz gleichzeitig. »Ich werde es nicht lange aushalten.« Meine Warnung brachte sie zum Glucksen, voller Vorfreude und Erwartung. Ich lächelte nur vor mich hin, als wir die Strandbar betraten und uns den ganzen Spasten stellten.

Wenigstens musste ich mir jetzt keine Sorgen um sie machen, denn sie war sicher an mich gekettet.

Ein verdammt angenehmes Gefühl …

Danksagung

Okay … Danksagungstime …

Diese Story fing ich an, vor ungefähr … boah, drei Jahren zu schreiben, denn ich liebe so Psycho-Quatsch. Ich liebe es, dafür stundenlang zu recherchieren und auch das Wissen anzubringen, das ich mir zu diesem Thema angeeignet habe, ich wollte nämlich eine lange Zeit lang mal Psychologin werden. HAHA Don Both – Therapie oder so … Auf jeden Fall … fand ich sie ab einem bestimmten Punkt einfach nur scheiße und legte sie weg. Denn ich schreibe nicht an Storys, die ich scheiße finde lol. Weswegen ich mich im Moment auch nicht zu zum geplanten Nachfolger von Deep Instinct durchringen kann … Drei Jahre später kramte ich sie wieder mal hervor … las sie nochmal durch (oft hat man nach so einer langen Zeit ja einen komplett anderen Blick auf die Dinge) und dachte mir … boah … so schlecht ist das ja gar nicht, ich versuche mal was daraus zu machen, ne neue Richtung einzuschlagen … Dabei entstand Ryder Black und ich wusste sofort, als ich seine ersten Sätze schrieb. Oh mein Gott! DAS IST ES!

Evan und Ryder! Das ist perfekt! Wobei ich mich echt nicht für einen von ihnen entscheiden könnte … Evan ist so hach und sexy aber Ryder gleichzeitig so düster, dreckig und doch so hingebungsvoll … Ich meine der hat sich EWIG für sie zurückgehalten und oh Gott … na ja EGAL!

Einmal Feuer gefangen schrieb ich es fertig, wie eine Verrückte und bin echt froh, dass ich noch rechtszeitig geschafft habe euch diese Geschichte zu Weihnachten fertig zu machen … Ich hoffe einfach nur, dass sie euch gefallen hat … Mehr nicht. LOL. Bin ja nicht anspruchsvoll oder so ;)

Und …

Ich wünsche euch ein wunderschönes Fest mit denen die ihr liebt. Ich wünsche euch, dass eure Wünsche wahr werden. Ich wünsche euch, dass ihr immer ihr selbst sein dürft. Ich wünsche euch alles Glück dieser Welt … und ganz viele Plätzchen!

Genießt diese besondere Zeit des Jahres!

(Und lasst mir ein paar Worte zu der Geschichte da, wenn ihr wollt, denn das wäre das schönste Weihnachtsgeschenk von euch an mich <3)

Ich liebe euch!

Eure Bethy und ihr geniales wunderbares A.P.P. Team.

Über die Autorin:

Don Both, die 29-jährige Tschechin, die in Bayern lebt, fing im Alter von zwölf Jahren an Geschichten zu schreiben, weil sie die beste Kurzgeschichte in der Schule abliefern wollte. Der Plan gelang und sie entdeckte dadurch ihr Talent, Geschichten erzählen zu können. Während ihrer Schulzeit und ihrer Berufsausbildung als Kinderpflegerin ließ sie ihrer Fantasie als Hobbyautorin freien Lauf. Der Schwerpunkt ihrer Erzählungen lag anfangs meist bei Liebesromanen und humorvollen Komödien. Jedoch kamen auch das Drama, die Fantasy und der Horror nicht zu kurz. Im späteren Verlauf floss auch immer mehr Erotik ein und diese Kategorie entwickelte sich schnell zu einer ihrer liebsten. Im Jahr 2010 wagte sie den großen Schritt und stellte einige ihrer Erzählungen auf einer Fanfiktion- Seite einer breiteren Leserschaft zu Verfügung. Ihre Angst, Spott und Häme dafür einzustreichen, war mehr als unbegründet. Sie hatte durch ihre provokanten, aber ehrlichen Geschichten schnell eine große, begeisterte Leserschaft und gewann einige Wettbewerbe und Preise. Durch diese Erfolge ermutigt veröffentlichte sie im Jahr 2013 ihren ersten erfolgreichen Roman ›Immer wieder samstags‹ und gehört seit dem zu einer der meistgelesenen Autoren auf dem E-book-Markt. Privat engagiert sie sich für den Tierschutz, versucht jeden Tag etwas Gutes zu tun und lebt mit ihren Katzen, ihrem supersüßen Schäferhund und ihrem Sohn im beschaulichen Bayern.

15844921R10181

Printed in Poland
by Amazon Fulfillment
Poland Sp. z o.o., Wrocław